主編：陳大為、鍾怡雯

華文文學百年選

香港卷

貳

小說

編輯體例

一、時間距度：以一九一八年為起點，到二〇一七年結束。

二、地理範圍：以臺灣、香港、馬華、中國大陸等四個創作質量較理想，而且學術研究成果已具規模的華文文學區域為編選範圍。歐美、新加坡等東南亞九國的華文文學，不在選文範圍內。

三、選文類別：以新詩、散文、短篇小說為主，在特殊情況下，節錄長篇小說當中足以反映全書敘事風格，而且情節相對獨立的章節。

四、編選形式：以單篇作品為單位，透過編年史的方式，讓不同時代作品依序登場，藉此建構一地文壇的百年文學發展脈絡。百年當中，總會有幾個時期的整體創作質量，或直接受到政治局勢左右，或受二戰的戰火波及，而導致嚴重的崩壞；但也總會有那麼幾個時代人才輩出，而且出版業興盛，每個「十年」（decade）的選文結果因此不盡相同，不過至少會有一兩篇重要的作品負責呈現那個「十年」的文學風貌，或文學浪潮。在此一理念下建構起來的百年文學地景，應該是相對完善的。

五、選稿門檻：所有入選作家必須正式出版過至少一部個人作品集，唯有發表於一九五〇年以前的部分單篇作品得以破例。

六、選稿基礎：主要選文來源，包括文學大系、年度選集、世代精選、個人文集、個人精選、期刊雜誌、文學副刊、數位文學平臺。至於作家及作品的得獎紀錄、譯本數量、銷售情況、點閱與按讚次數，皆不在評估之例。

七、作家國籍：華人作家在過去百年因國家形勢或個人因素，常有南遊北返，或遷徙他鄉的行述，部分作家甚至產生國籍上的變化。在分卷上，本書同時考慮「原國籍」、「新國籍」、「異地定居」、「長期旅居」等因素（不含異地出版），彈性處理，故某些作家的作品會分別出現在兩個地區的卷次。

目次

總序

華文文學・百年・選

《華文文學百年選》是一套回顧華文文學百年發展的大書，書名由三個關鍵詞組成，涵蓋了全書的編選理念。

先說華文文學。在中港臺三地以外的華人社會，華文是一顆文化的種籽，從華文小學到華文中學，從華語到華文課本，「華」字的存在跟空氣一樣自然，一般百姓不會特別去思量它的命名有何不妥。華語文不但區隔了在地的異族語文，其實也區隔了文化中國這個母體，它暗示了一種「海外」獨有的、在地化的「非純正中文」或「非純正漢語」，日子久了，發酵成像土特產一樣的腔調。

在一九八〇年代進入中國學術視域的「華文文學研究」，不包括中國大陸的境內文學，因為那是「中國文學研究」，臺港澳文學後來跟海外華文文學融為一體，統稱為華文文學。當時臺灣學界不重視這個領域，命名權自然被中國學界整碗端去，先後成立了研究中心、超大型國際會議、專業學術期刊，甚至主動撰寫各國文學史，由此架設起一個龐大的研究平臺，「世界華文文學」遂成囊中之物。華文文學自此獲得更多的交流與關注，學科視野變得更為開闊，我們對東南亞華文文學的研究，確實獲利於此平臺，中國學界的貢獻不容抹煞。不過，「海外」華文文學詮釋權旁落的問題十分嚴重，除了馬華文學有能力在一九九〇年代奪回詮釋權，其他地區至今都沒有足夠強大的本土研究團隊跟中國學界抗衡，發不出自己的聲音。世界華文文學研究平臺，是跨國的學術論壇，也是話語權的戰場。

近十餘年來，有些學者覺得華文文學是中共中心論的政治符號，必須另起爐灶，重新界定了「華語語系文學」，它的命名過程很粗糙且漏洞百出，卻成為當前最流行的學術名詞。它建基於學理和心理上的「雙重反共」，在本質上並沒有改變任何東西，沒有哪個國家或地區的華文文學創作和研究從此改頭換面。

再度把鏡頭轉向廿一世紀的中國大陸，情況又不同了。原本屬於海外華人專利的「華語」，被中國民間商業團體改了體質，撐大了容量，成了現代漢語全球化的通行證，華語吞噬了漢語的概念版圖，一個懷抱天下的「華語世界」在中國傳媒界裡誕生。其中最好的例子是「華語電影傳媒大獎」（十七屆）、「華語音樂傳媒大獎」（十七屆），和「華語文學傳媒大獎」（十五屆），全都是包含中國在內的影音文學大獎；如果再算上那些五花八門的全球華語詩歌大獎，即可發現華語在非官方的日常使用領域中，正逐步取代漢語或普遍話，尤其在能見度較高的國際性藝文舞臺。

我們以華文文學作為書名，兼取上述華文和華語的慣用意涵，把中國大陸涵蓋在內（一如我們主辦的「亞太華文文學國際學術研討會」），強調它的全球化視野。這種視野同樣體現在馬來西亞「花蹤世界華文文學獎」（九屆），卻在臺灣逐步消失。鎖國多年的結果，曾為全球華文文學中心的臺灣離世界越來越遠。

這套書的最大編選目的，不是形塑經典，而是把濃縮淬取後的華文文學世界，以編年史的形式帶進臺灣書市，學生和大眾讀者可以用最小的篇幅去了解華文文學的百年地景——展讀中國小說家如何歷經五四運動、京海之爭、十年文革、文化尋根，和原鄉寫作浪潮的衝擊，如何在新世紀開創武俠、科幻、玄幻小說的大局；或者細讀香港文人從殖民到後殖民，從人文地誌到本土意識的敘述；以及歷代馬華作家筆下的南洋移民、娘惹文化、國族政治、雨林傳奇。當然還有自己的百年臺灣文學脈動。

現代百年，真的是很長的時間。

這百年的起點，有幾種說法。在我們的認知裡，現代白話文的源頭來自白話漢譯《聖經》及晚清傳教士的衍生寫作，當時有些讚美詩的中文／中譯，已經是相當成熟的「歐化白話」，胡適不過借用現成的歐化白話來進行新詩習作，從這角度來看，《嘗試集》比較像是一筆重要的文學史料或遺產。真正對中國現代文學寫作具有影響力並產生經典意義的，是一九一八年魯迅發表的〈狂人日記〉，此文正式揭開中國現代文學乃至全球現代漢語寫作的序幕，是歷久不衰的真經典。故本書以一九一八年為起點，止於二〇一七年終，整整一百年。

百年文學，分量遠比想像中的大。

我們在過去二十年的個人研究生涯中，花了一半的心力研究中國當代小說、散文和詩歌，另一半心力則投入臺灣、香港、馬華新詩及散文，有關新加坡、泰國、越南、菲律賓的研究成果不及一成，北美和歐洲則止於閱讀。上述研究成果，以及我們過去編選的二十幾冊新詩、散文、小說選，都是這套大書的基石，編起來才不致於太吃力。經過一番閱讀與評估，我們認為只有中、臺、港、馬四地的文獻資料是相對完整的，文學史的發展軌跡十分清晰，在質量上足以獨自成卷，而且我們長期追蹤它們的發展，不時選取新近出版的佳作來當教材，比較有把握。歐美的資料太過零散，東南亞其餘九國都面臨老化、斷層、衰退的窘境，即使有很熱心的中國學者為之撰史，甚至編選出文學大系，但質量並不理想。我們最終決定只編選中、臺、港、馬四地，所以不冠以世界或全球之名，只稱華文文學。

最後談到選文。

每個讀者都有自己的好惡，每個學者都有自己的一部（沒有寫出來的）文學史，大家總是對別人編的選集產生異議。文學本來就是主觀的。為了平衡主編自身的個人口味與好惡，我們初步擬好隱藏其後的文學史發展架構，再從各種文學大系、年度選集、世代精選、選出部分被各地區的主流論述認可的經典之作；接著，從個人文集與精選、期刊雜誌、文學副刊、數位文學平臺，挖掘出能夠跟前者並肩的佳作。我們既選了擁有大量研究成果的重量級作家，和中流砥柱的實力派，同時也選了被主流評論忽略的大眾文學作家與文壇新銳。在同水平作品當中，我們會根據教學經驗挑選一些適合課堂討論，或個人研讀與分析的作品。至於作家的得獎紀錄、譯本數量、銷售情況、點閱與按讚次數、意識形態、族群政治等因素，皆不在評估之例。

編這麼一套工程浩大的選集，確實很累。回想埋首書堆的日子，其實是快樂的——重溫了一路陪伴我們成長的老經典，發現了令人讚歎的新文章。我們希望能夠把多年來在教學和研究方面累積的成果，轉化成一套大書，它即是回顧華文文學百年發展的超級選本，也是現代文學史和創作課程的理想教材，更是讓一般讀者得以認識華文文學世界的一流讀物。

陳大為、鍾怡雯

二〇一八年一月八日　中壢

香港卷序

混血與流動

曾經在一篇題為〈遺落的鄉愁〉的散文提到，新馬是香港流行文化的殖民地，我跟香港的因緣，也跟香港的流行文化有關。生平看的第一部電影是《半斤八兩》，小學二年級；後來更看了不少公仔書，跟著大人追港劇、聽廣東歌。從小學三年級起，開始追報紙的連載小說，金庸、梁羽生是最早的文學啟蒙，亦舒和倪匡也每日必備，就這樣在香港的流行文化陪伴下渡過了青少年時期。接觸純文學是很後來的事了，大概是一九八八年來臺讀大學，最早讀的是西西，開始蒐集香港雜誌，如《素葉文學》。九七之前，香港主體性的論述引發我對香港文學的興趣，也可以說，因為九七，香港純文學真正進入我的生活，進入教學，成為大學部和研究所亞洲華文文學課程的必備。當然，跟香港的因緣，最直接的當然是寫了〈夾縫裡的中國性〉，那是博士論文《亞洲華文散文的中國圖象》（二〇〇〇）的一節；也寫過論董橋和杜杜的論文。除此之外，在《香港文學》寫了三年專欄，應該也算難得的香港因緣吧。（註❶）

其實，新馬跟香港的關係千絲萬縷，這是進入馬華文學研究之後的發現。一九五〇年代初，是華人的大遷徙時代。當時南來新馬的文人其中有一個群體是從香港南來的作家群和文化人，他們在馬來西亞的報館工作，辦雜誌和報紙、編華文教科書，或在南洋大學任教。他們從內地到了香港，又從香港到了新馬一帶。（註❷）或者如徐訏，他之於香港是南來文人，但是跟甫謝世的學者饒宗頤一樣，都曾在南洋大學短暫教過書，最後魂歸香港。

當時另外有一波北返中國大陸的新馬文人，乃是跟時代與政治認同有關。一九四八年六月，英殖民政府頒布緊急法令，試圖削弱漸成氣候的馬來亞共產黨。緊急法令之後，新村成立，華人被送入新村集中管理，而被懷疑援共的華人則被英殖民政府遣送回中國，最有名的例子是馬來西亞出生的九葉派詩人杜運燮，他以筆名吳進寫的《熱帶風光》（一九五一），是在香港編《大公報》期間出版的。

緊急法令頒布後，禁止輸入中國出版品，於是中國文學對新馬的入口貿易轉而由臺港文學取代。因此，香港不止是那時代文人的中途站，同時也是華人世界重要的出版中心和文化中心。曾在香港居留，又於此取道南下的新馬文人，便把香港經驗帶入馬華文學，如蕭遙天。

與此同時，又有一批從中國南來，在香港逗留或定居的文人以及學者，最為人所知的包括張愛玲以及蕭紅，這個名單可列舉的作家很多，已累積相當豐富的論述，不贅。從新馬文學史的角度來看，香港是遙遠的大後方；對於中國大陸的文學史而言，香港則可視為後花園，在一個大動盪的時代，提供庇護及照應，或者，成為作家文人的另一種抉擇。留在香港或留在中國大陸的文人，因此有了完全不同的生命形態。香港的殖民地背景和都市性格，以及前面所述的「中途站」的地理特質，形塑它「混血的歷史」和「流動的身世」的文學特質，讓香港文學呈現截然不同於中國大陸文學或臺灣文學的風景。

這兩本香港選集大體上呈現了前述的幾項觀察。它包含了大比例的純文學，以及部分大眾文學。九七之前，有學者認為香港的身世特色是雜糅和不純。從另一個角度來看，雜糅和不純意味著多元。從一開始我們就打算選入武俠和科幻小說。當然，即便是「純」文學，也仍然有它異質的聲音，沒有一個概念可以概括所有的作者，香港文學的多元和豐富，就留給讀者仔細品味。

這兩本選集終於塵埃落定，要特別感謝小思老師、陶然，以及樊善標鼎力相助，在百忙中聯繫作者，在此致上萬分感謝。

鍾怡雯

二〇一八年四月十七日

註❶：詳見鍾怡雯〈遺落的鄉愁〉《明報・明報副刊》二〇一七年十一月五日。

註❷：這群文人包括終老於馬來西亞的姚拓；力匡則居住在新加坡直到逝世；有的短暫逗留之後重返香港，包括《蕉風》編輯群的方天、黃思騁；黃崖一九五〇年南來後，到一九八六年離馬赴美；楊際光和白垚則分別在一九七四和一九八一年離馬定居美國到過世；小說家劉以鬯也在馬來亞住了五年，而後定居香港，成為香港作家；埋骨於馬來西亞的蕭遙天，正屬於這個時期從香港南來的文人之一。

小說

1940 呼蘭河傳

蕭紅

第一章

一

嚴冬一封鎖了大地的時候，則大地滿地裂著口。從南到北，從東到西，幾尺長的，一丈長的，還有好幾丈長的，它們毫無方向地，便隨時隨地，只要嚴冬一到，大地就裂開口了。

嚴寒把大地凍裂了。

年老的人，一進屋用掃帚掃著鬍子上的冰溜，一面說：

「今天好冷啊！地凍裂了。」

趕車的車伕，頂著三星，繞著大鞭子走了六七十里，天剛一蒙亮，進了大車店，第一句話就向客棧掌櫃的說：

「好厲害的天啊！小刀子一樣。」

等進了棧房，摘下狗皮帽子來，抽一袋菸之後，伸手去拿熱饅頭的時候，那伸出來的手在手背上有無數的裂口。

人的手被凍裂了。

賣豆腐的人清早起來沿著人家去叫賣，偶一不慎，就把盛豆腐的方木盤貼在地上拿不起來了，被凍在地上了。

賣饅頭的老頭，背著木箱子，裡邊裝著熱饅頭，太陽一出來，就在街上叫喚。他剛一從家裡出來的時候，他走得快，他喊的聲音也大。可是過不了一會，他的腳上掛了掌子了，在腳心上好像踏著一個雞蛋似的，圓滾滾的。原來冰雪封滿了他的腳底了。他走起來十分的不得力，若不是十分的加著小心，他就要跌倒了。就是這樣，也還是跌倒的。跌倒了是不很好的，把饅頭箱子跌翻了，饅頭從箱底一個一個的滾了出來。旁邊若有人看見，趁著這機會，趁著老頭子倒下一時還爬不起來的時候，就拾了幾個一邊吃著就走了。等老頭子掙扎起來，連饅頭帶冰雪一起揀到箱子去，一數，不對數。他明白了。他向著那走不太遠的吃他饅頭的人說：

「好冷的天，地皮凍裂了，吞了我的饅頭了。」

行路人聽了這話都笑了。他背起箱子來再往前走，那腳下的冰溜，似乎是越結越高，使他越走越困難，於是背上出了汗，眼睛上了霜，鬍子上的冰溜越掛越多，而且因為呼吸的關係，把破皮帽子的帽耳朵和帽前遮都掛了霜了。這老頭越走越慢，擔心受怕，顫顫驚驚，好像初次穿上滑冰鞋，被朋友推上了溜冰場似的。

小狗凍得夜夜的叫喚，哽哽的，好像牠的腳爪被火燒著一樣。

天再冷下去：

水缸被凍裂了；

井被凍住了；

大風雪的夜裡，竟會把人家的房子封住，睡了一夜，早晨起來，一推門，竟推不開門了。

大地一到了這嚴寒的季節，一切都變了樣，天空是灰色的，好像刮了大風之後，呈著一種混沌沌的氣象，而且整天飛著清雪。人們走起路來是快的，嘴裡邊的呼吸，一遇到了嚴寒好像冒著煙似的。七匹馬拉著一輛大車，在曠野上成串的一輛挨著一輛地跑，打著燈籠，甩著大鞭子，天空掛著三星。跑了兩里路之後，馬就冒汗了。再跑下去，這一批人馬在冰天雪地裡邊竟熱氣騰騰的了。一直到太陽出來，進了棧房，那些馬才停止了出汗。但是一停止了出汗，馬毛立刻就上了霜。

人和馬吃飽了之後，他們再跑。這寒帶的地方，人家很少，不像南方，走了一村，不遠又來了一村，過了一鎮，不遠又來了一鎮。這裡是什麼也看不見，遠望出去是一片白。從這一村到那一村，根本是看不見的。只有憑了認路的人的記憶才知道是走向了什麼方向。拉著糧食的七匹馬的大車，是到他們附近的城裡去。載來大豆的賣了大豆，載來高粱的賣了高粱。等回去的時候，他們帶了油、鹽和布匹。

呼蘭河就是這樣的小城，這小城並不怎樣繁華，只有兩條大街，一條從南到北，一條從東到西，而最有名的算是十字街了。十字街口集中了全城的精華。十字街上有金銀首飾店、布莊、油鹽店、茶莊、藥店，也有拔牙的洋醫生。那醫生的門前，掛著很大的招牌，那招牌上畫著特別大的有量米的斗那麼大的一排牙齒。這廣告在這小城裡邊無乃太不相當，使人們看了竟不知道那是什麼東西，因為油店、布店和鹽店，他們都沒有什麼廣告，也不過是鹽店門前寫個「鹽」字，布店門前掛了兩張怕是自古亦有之的兩張布幌子。其餘的如藥店的招牌，也不過是：把那戴著花鏡的伸出手去在小枕頭上號著婦女們的脈管的醫生的名字掛在門外就是了。比方那醫生的名字叫李永春，那藥店也就叫「李永春」。人們憑著記憶，哪怕就是李永春摘掉了他的招牌，人們也都知李永春是在那裡。不但城裡的人這樣，就是從鄉下來的人也多少都把這城裡的街道，和街道上儘是些什麼都記熟了。用不著什麼廣告，用不著什麼招引的方式，要買的比如油鹽、布匹之類，自己走進去就會買。不需要的，你就是掛了多大的牌子，人們也是不去買。那牙醫生就是一個例子，那從鄉下來的人們看了這麼大的牙齒，真是覺得希奇古怪，所以那大牌子前邊，停了許多人在看，看也看不出是什麼道理來。假若他是正在牙痛，他也絕對的不去讓那用洋法子的醫生給他拔掉，也還是走到李永春藥店去，買二兩黃連，回家去含著算了吧！因為那牌子上的牙齒太大了，有點莫名其妙，怪害怕的。

所以那牙醫生，掛了兩三年招牌，到那裡去拔牙的卻是寥寥無幾。

後來那女醫生沒有辦法，大概是生活沒法維持，她兼做了收生婆。

城裡除了十字街之外，還有兩條街，一條叫做東二道街，一條叫做西二道街。這兩條街是從南到北的，大概五六里長。

這兩條街上沒有什麼好記載的，有幾座廟，有幾家燒餅鋪，有幾家糧棧。

東二道街上有一家火磨，那火磨的院子很大，用紅色的好磚砌起來的大煙筒是非常高的，聽說那火磨裡邊進去不得，那裡邊的消信可多了，是碰不得的。一碰就會把人用火燒死，不然為什麼叫火磨呢？就是因為有火，聽說那裡邊不用馬，或是毛驢拉磨，用的是火。一般人以為儘是用火，豈不把火磨燒著了嗎？想來想去，想不明白，越想也就越糊塗。偏偏那火磨又是不准參觀的。聽說門口站著守衛。

東二道街上還有兩家學堂，一個在南頭，一個在北頭。都是在廟裡邊，一個在龍王廟裡，一個在祖師廟裡。兩個都是小學：

龍王廟裡的那個學的是養蠶，叫做農業學校。祖師廟裡的那個，是個普通的小學，還有高級班，所以又叫做高等小學。

這兩個學校，名目上雖然不同，實際上是沒有什麼分別的。也不過那叫做農業學校的，到了秋天把蠶用油炒起來，教員們大吃幾頓就是了。

那叫做高等小學的，沒有蠶吃，那裡邊的學生的確比農業學校的學生長得高，農業學生開頭是念「人、手、足、刀、尺」，頂大的也不過十六七歲。那高等小學的學生卻不同了，吹著洋號，竟有二十四歲的，在鄉下私學館裡已經教了四五年的書了，現在才來上高等小學。也有在糧棧裡當了二年的管帳先生的現在也來上學了。

這小學的學生寫起家信來，竟有寫到：「小禿子鬧眼睛好了沒有？」小禿子就是他的八歲的長公子的小名。次公子，女公子還都沒有寫上，若都寫上怕是把信寫得太長了。因為他已經子女成群，已經是一家之主了，寫起信來總是多談一些個家政：姓王的地戶的地租送來沒有？大豆賣了沒有？行情如何之類。

這樣的學生，在課堂裡邊也是極有地位的，教師也得尊敬他，一不留心，他這樣的學生就站起來了，手裡拿著「康熙字典」，常常會把先生指問住的。萬里乾坤的「乾」和乾菜的「乾」，據這學生說是不同的。乾菜的「乾」應該這樣寫：「乾」，而不是那樣寫：「乾」。

西二道街上不但沒有火磨，學堂也就只有一個。是個清真學校，設在城隍廟裡邊。

其餘的也和東二道街一樣，灰禿禿的，若有車馬走過，則煙塵滾滾，下了雨滿地是泥。而且東二道街上有大泥坑一個，五六尺深。不下雨那泥漿好像粥一樣，下了雨，這泥坑就變成河了，附近的人家，就要吃它的苦頭，沖了人家裡滿滿是泥，等坑水一落了去，天一晴了，被太陽一曬，出來很多蚊子飛到附近的人家去。同時那泥坑也就越曬越純淨，好像在提煉什麼似的，好像要從那泥坑裡邊提煉出點什麼來似的。若是一個月以上不下雨，那大泥坑的質度更純了，水分完全被蒸發走了，那裡邊的泥，又黏又黑，比粥鍋瀨糊，比漿糊還黏。好像煉膠的大鍋似的，黑糊糊的，油亮亮的，那怕蒼蠅蚊子從那裡一飛也要黏住的。

小燕子是很喜歡水的，有時誤飛到這泥坑上來，用翅子點著水，看起來很危險，差一點沒有被泥坑陷害了它，差一點沒有被粘住，趕快地頭也不回地飛跑了。

若是一匹馬，那就不然了，非粘住不可。不僅僅是粘住，而且把它陷進去，馬在那裡邊滾著，掙扎著，掙扎了一會，沒有了力氣那馬就躺下了。一躺下那就很危險，很有致命的可能。但是這種時候不很多，很少有人牽著馬或是拉著車子來冒這種險。

這大泥坑出亂子的時候，多半是在旱年，若兩三個月不下雨這泥坑子才到了真正危險的時候。在表面上看來，似乎是越下雨越壞，一下了雨好像小河似的了，該多麼危險，有一丈來深，人掉下去也要沒頂的。其實不然，呼蘭河這城裡的人沒有這麼傻，他們都曉得這個坑是很厲害的，沒有一個人敢有這樣大的膽子牽著馬從這泥坑上過。

可是若三個月不下雨，這泥坑子就一天一天地乾下去，到後來也不過是二三尺深，有些勇敢者就試探著冒險的趕著車從上邊過去了，還有些次勇敢者，看著別人過去，也就跟著過去了。一來二去的，這坑子的兩岸，就壓成車輪經過的車轍了。那再後來者，一看，前邊已經有人走在先了，這懦怯者比之勇敢的人更勇敢，趕著車子走上去了。

誰知這泥坑子的底是高低不平的，人家過去了，可是他卻翻了車了。

車伕從泥坑爬出來，弄得和個小鬼似的，滿臉泥污，而後再從泥中往外挖掘他的馬，不料那馬已經倒在泥污之中了，這時候有些過路的人，也就走上前來，幫忙施救。

這過路的人分成兩種，一種是穿著長袍短褂的，非常清潔。看那樣子也伸不出手來，因為他的手也是很潔淨的。不用說那就是紳士一流的人物了，他們是站在一旁參觀的。

看那馬要站起來了，他們就喝彩，「噢！噢！」地喊叫著，看那馬又站不起來，又倒下去了，這時他們又是喝彩，「噢噢」地又叫了幾聲。不過這喝的是倒彩。

就這樣的馬要站起來，而又站不起來的鬧了一陣之後，仍然沒有站起來，仍是照原樣可憐地躺在那裡。這時候，那些看熱鬧的覺得也不過如此，也沒有什麼新花樣了。於是星散開去，各自回家去了。

現在再來說那馬還是在那裡躺著，那些幫忙救馬的過路人，都是些普通的老百姓，是這城裡的擔蔥的、賣菜的、瓦匠、車伕之流。他們捲捲褲腳，脫了鞋子，看看沒有什麼辦法，走下泥坑去，想用幾個人的力量把那馬抬起來。

結果抬不起來了，那馬的呼吸不大多了。於是人們著了慌，趕快解了馬套。從車子把馬解下來，以為這回那馬毫無擔負的就可以站起來了。

不料那馬還是站不起來。馬的腦袋露在泥漿的外邊，兩個耳朵哆嗦著，眼睛閉著，鼻子往外噴著突突的氣。

看了這樣可憐的景象，附近的人們跑回家去，取了繩索，拿了絞錐。用繩子把馬捆了起來，用絞錐從下邊掘著。人們喊著號令，好像造房子或是架橋樑似的，把馬抬出來了。

馬是沒有死，躺在道旁。人們給馬澆了一些水，還給馬洗了一個臉。

看熱鬧的也有來的，也有去的。

第二天大家都說：

「那大水泡子又淹死了一匹馬。」

雖然馬沒有死，一哄起來就說馬死了。若不這樣說，覺得那大泥坑也太沒有什麼威嚴了。

在這大泥坑上翻車的事情不知有多少。一年除了被冬天凍住的季節之外，其餘的時間，這大泥坑子像它被賦給生命了似的，它是活的。水漲了，水落了，過些日子大了，過些日子又小了。大家對它都起著無限的關切。

水大的時間，不但阻礙了車馬，且也阻礙了行人，老頭走在泥坑子的沿上，兩條腿打顫，小孩子在泥坑子的沿上嚇得狼哭鬼叫。

一下起雨來這大泥坑子白亮亮地漲得溜溜地滿，漲到兩邊的人家的牆根上去了，把人家的牆根給淹沒了。來往過路的人，一走到這裡，就像在人生的路上碰到了打擊。是要奮鬥的，捲起袖子來，咬緊了牙根，全身的精力集中起來，手抓著人家的板牆，心臟撲通撲通地跳，頭不要暈，眼睛不要花，要沉著迎戰。

偏偏那人家的板牆造得又非常地平滑整齊，好像有意在危難的時候不幫人家的忙似的，使那行路人不管怎樣巧妙地伸出手來，也得不到那板牆的憐憫，東抓抓不著什麼，西摸也摸不到什麼，平滑得連一個疤拉節子也沒有，這可不知道是什麼山上長的木頭，長得這樣完好無缺。

掙扎了五六分鐘之後，總算是過去了。弄得滿頭流汗，滿身發燒，那都不說。再說那後來的人，依法炮製，那花樣也不多，也只是東抓抓，西摸摸。弄了五六分鐘之後，又過去了。

一過去了可就精神飽滿，哈哈大笑著，回頭向那後來的人，向那正在艱苦階段上奮鬥著的人說：

「這算什麼，一輩子不走幾回險路那不算英雄。」

可也不然，也不一定都是精神飽滿的，而大半是被嚇得臉色發白。有的雖然已經過去了多時，還是不能夠很快地抬起腿來走路，因為那腿還在打顫。

這一類膽小的人，雖然是險路已經過去了，但是心裡邊無由地生起來一種感傷的情緒，心裡顫抖抖的，好像被這大泥坑子所感動了似的，總要回過頭來望一望，打量一會，似乎要有些話說。終於也沒有說什麼，還是走了。

有一天，下大雨的時候，一個小孩子掉下去，讓一個賣豆腐的救了上來。

救上來一看，那孩子是農業學校校長的兒子。

於是議論紛紛了，有的說是因為農業學堂設在廟裡邊，沖了龍王爺了，龍王爺要降大雨淹死這孩子。

有的說不然，完全不是這樣，都是因為這孩子的父親的關係，他父親在講堂上指手畫腳的講，講給學生們說，說這天下雨不是在天的龍王爺下的雨，他說沒有龍王爺。你看這不把龍王爺活活地氣死，他這口氣那能不出呢？所以就抓住了他的兒子來實行因果報應了。

有的說，那學堂裡的學生也太不像樣了，有的爬上了老龍王的頭頂，給老龍王去戴了一個草帽。這是什麼年頭，一個毛孩子就敢惹這麼大的禍，老龍王怎麼會不報應呢？看著吧，這還不能算了事，你想龍王爺並不是白人呵！你若惹了他，他可能夠饒了你？那不像對付一個拉車的、賣菜的，隨便的踢他們一腳就讓他們去。那是龍王爺呀！龍王爺還是惹得的嗎？

有的說，那學堂的學生都太不像樣了，他說他親眼看見過，學生們拿了蠶放在大殿上老龍王的手上。你想老龍王哪能夠受得了。

有的說，現在的學堂太不好了，有孩子是千萬上不得學堂的。一上了學堂就天地人鬼神不分了。

有的說他要到學堂把他的兒子領回來，不讓他唸書了。

有的說孩子在學堂裡唸書，是越念越壞，比方嚇掉了魂，他娘給他叫魂的時候，你聽他說什麼？他說這叫迷信。你說再念下去那還了得嗎？

說來說去，越說越遠了。

過了幾天，大泥坑子又落下去了，泥坑兩岸的行人通行無阻。

再過些日子不下雨，泥坑子就又有點像要干了。這時候，又有車馬開始在上面走，又有車子翻在上面，又有馬倒在泥中打滾，又是繩索棍棒之類的，往外抬馬，被抬出去的趕著車子走了，後來的，陷進去，再抬。

一年之中抬車抬馬，在這泥坑子上不知抬了多少次，可沒有一個人說把泥坑子用土填起來不就好了嗎？沒有一個。

有一次一個老紳士在泥坑漲水時掉在裡邊了。一爬出來，他就說：

「這街道太窄了，去了這水泡子連走路的地方都沒有了，這兩邊的院子，怎麼不把院牆拆了讓出一塊來？」

他正說著，板牆裡邊，就是那院中的老太太搭了言。她說院牆是拆不得的，她說最好種樹，若是沿著牆根種上一排樹，下起雨來人就可以攀著樹過去了。

說拆牆的有，說種樹的有，若說用土把泥坑來填平的，一個人也沒有。

這泥坑子裡邊淹死過小豬，用泥漿悶死過狗，悶死過貓，雞和鴨也常常死在這泥坑裡邊。

原因是這泥坑上邊結了一層硬殼，動物們不認識那硬殼下面就是陷阱，等曉得了可也就晚了。它們跑著或是飛著，等往那硬殼上一落可就再也站不起來了。白天還好，或者有人又要來施救。夜晚可就沒有辦法了。它們自己掙扎，掙扎到沒有力量的時候就很自然地沉下去了，其實也或者越掙扎越沉下去的快。有時至死也還不沉下去的事也有。若是那泥漿的密度過高的時候，就有這樣的事。

比方肉上市，忽然賣便宜豬肉了，於是大家就想起那泥坑子來了，說：

「可不是那泥坑子裡邊又淹死了豬了？」

說著若是腿快的，就趕快跑到鄰人的家去，告訴鄰居。

「快去買便宜肉吧，快去吧，快去吧，一會沒有了。」

等買回家來才細看一番，似乎有點不大對，怎麼這肉又紫又青的！可不要是瘟豬肉。

但是又一想，哪能是瘟豬肉呢，一定是那泥坑子淹死的。

於是煎、炒、蒸、煮，家家吃起便宜豬肉來。雖然吃起來了，但就總覺得不大香，怕還是瘟豬肉。

可是又一想，瘟豬肉怎麼可以吃得，那麼還是泥坑子淹死的吧！

本來這泥坑子一年只淹死一兩隻豬，或兩三口豬，有幾年還連一個豬也沒有淹死。至於居民們常吃淹死的豬肉，這可不知是怎麼一回事，真是龍王爺曉得。

雖然吃的自己說是泥坑子淹死的豬肉，但也有吃了病的，那吃病了的就大發議論說：

「就是淹死的豬肉也不應該抬到市上去賣，死豬肉終究是不新鮮的，稅局子是幹什麼的，讓大街上，在光天化日之下就賣起死豬肉來？」

那也是吃了死豬肉的，但是尚且沒有病的人說：

「話可也不能是那麼說，一定是你疑心，你三心二意的吃下去還會好。你看我們也一樣的吃了，可怎麼沒病？」

間或也有小孩子太不知時務，他說他媽不讓他吃，說那是瘟豬肉。

這樣的孩子，大家都不喜歡。大家都用眼睛瞪著他，說他：

「瞎說，瞎說！」

有一次一個孩子說那豬肉一定是瘟豬肉，並且是當著母親的面向鄰人說的。

那鄰人聽了倒並沒有堅決的表示什麼，可是他的母親的臉立刻就紅了。伸出手去就打了那孩子。

那孩子很固執，仍是說：

「是瘟豬肉嗎！是瘟豬肉嗎！」

母親實在難為情起來，就拾起門旁的燒火的叉子，向著那孩子的肩膀就打了過去。於是孩子一邊哭著一邊跑回家裡去了。

一進門，炕沿上坐著外祖母，那孩子一邊哭著一邊撲到外祖母的懷裡說：

「姥姥，你吃的不是瘟豬肉嗎？我媽打我。」

外祖母對這打得可憐的孩子本想安慰一番，但是一抬頭看見了同院的老李家的奶奶站在門口往裡看。

於是外祖母就掀起孩子後衣襟來，用力地在孩子的屁股上匡匡地打起來，嘴裡還說著：

「誰讓你這麼一點你就胡說八道！」

一直打到李家的奶奶抱著孩子走了才算完事。

那孩子哭得一塌糊塗，什麼「瘟豬肉」不「瘟豬肉」的，哭得也說不清了。

總共這泥坑子施給當地居民的福利有兩條：

第一條：常常抬車抬馬，淹雞淹鴨，鬧得非常熱鬧，可使居民說長道短，得以消遣。

第二條就是這豬肉的問題了，若沒有這泥坑子，可怎麼吃瘟豬肉呢？吃是可以吃的，但是可怎麼說法呢？真正說是吃的瘟豬肉，豈不太不講衛生了嗎？有這泥坑子可就好辦，可以使瘟豬變成淹豬，居民們買起肉來，第一經濟，第二也不算什麼不衛生。

二

東二道街除了大泥坑子這番盛舉之外，再就沒有什麼了。也不過是幾家碾磨房，幾家豆腐店，也有一兩家機房，也許有一兩家染布匹的染缸房，這個也不過是自己默默地在那裡做著自己的工作，沒有什麼可以使別人開心的，也不能招來什麼議論。那裡邊的人都是天黑了就睡覺，天亮了就起來工作。一年四季，春暖花開、秋雨、冬雪，也不過是隨著季節穿起棉衣來，脫下單衣去地過著。生老病死也都是一聲不響地默默地辦理。

比方就是東二道街南頭，那賣豆芽菜的王寡婦吧：她在房脊上插了一個很高的桿子，桿子頭上挑著一個破筐。因為那桿子很高，差不多和龍王廟的鐵馬鈴子一般高了。來了風，廟上的鈴子格稜格稜地響。王寡婦的破筐子雖是它不會響，但是它也會東搖西擺地作著態。

就這樣一年一年地過去，王寡婦一年一年地賣著豆芽菜，平靜無事，過著安詳的日子，忽然有一年夏天，她的獨子到河邊去洗澡，掉河淹死了。

這事情似乎轟動了一時，家傳戶曉，可是不久也就平靜下去了。不但鄰人、街坊，就是她的親戚朋友也都把這回事情忘記了。

再說那王寡婦，雖然她從此以後就瘋了，但她到底還曉得賣豆芽菜，她仍還是靜靜地活著，雖然偶爾她的菜被偷了，在大街上或是在廟臺上狂哭一場，但一哭過了之後，她還是平平靜靜地活著。

至於鄰人街坊們，或是過路人看見了她在廟臺上哭，也會引起一點惻隱之心來的，不過為時甚短罷了。

還有人們常常喜歡把一些不幸者歸劃在一起，比如瘋子傻子之類，都一律去看待。
哪個鄉、哪個縣、哪個村都有些個不幸者，瘸子啦、瞎子啦、瘋子或是傻子。
呼蘭河這城裡，就有許多這一類的人。人們關於他們都似乎聽得多、看得多，也就不以為奇了。偶爾在廟臺上或是大門洞裡不幸遇到了一個，剛想多少加一點惻隱之心在那人身上，但是一轉念，人間這樣的人多著哩！於是轉過眼睛去，三步兩步地就走過去了。即或有人停下來，也不過是和那些毫沒有記性的小孩子似的向那瘋子投一個石子，或是做著把瞎子故意領到水溝裡邊去的事情。
一切不幸者，就都是叫化子，至少在呼蘭河這城裡邊是這樣。
人們對待叫化子們是很平凡的。
門前聚了一群狗在咬，主人問：
「咬什麼？」
僕人答：
「咬一個討飯的。」
說完了也就完了。
可見這討飯人的活著是一錢不值了。
賣豆芽菜的女瘋子，雖然她瘋了還忘不了自己的悲哀，隔三差五的還到廟臺上去哭一場，但是一哭完了，仍是得回家去吃飯、睡覺、賣豆芽菜。
她仍是平平靜靜地活著。

三

再說那染缸房裡邊，也發生過不幸，兩個年青的學徒，為了爭一個街頭上的婦人，其中的一個把另一個按進染缸子給淹死了。死了的不說，就說那活著的也下了監獄，判了個無期徒刑。

但這也是不聲不響地把事就解決了，過了三年二載，若有人提起那件事來，差不多就像人們講著岳飛、秦檜似的，久遠得不知多少年前的事情似的。

同時發生這件事情的染缸房，仍舊是在原址，甚或連那淹死人的大缸也許至今還在那兒使用著。從那染缸房發賣出來的布匹，仍舊是遠近的鄉鎮都流通著。藍色的布匹男人們做起棉褲棉襖，冬天穿它來抵禦嚴寒。紅色的布匹，則做成大紅袍子，給十八九歲的姑娘穿上，讓她去做新娘子。

總之，除了染缸房子在某年某月某日死了一個人外，其餘的世界，並沒有因此而改動了一點。

再說那豆腐房裡邊也發生過不幸：兩個夥計打仗，竟把拉磨的小驢的腿打斷了。

因為它是驢子，不談它也就罷了。只因為這驢子哭瞎了一個婦人的眼睛，（即打了驢子那人的母親）所以不能不記上。

再說那造紙的紙房裡邊，把一個私生子活活餓死了。因為他是一個初生的孩子，算不了什麼。也就不說他了。

四

其餘的東二道街上，還有幾家紮彩鋪。這是為死人而預備的。

人死了，魂靈就要到地獄裡邊去，地獄裡邊怕是他沒有房子住、沒有衣裳穿、沒有馬騎。活著的人就為他做了這麼一套，用火燒了，據說是到陰間就樣樣都有了。

大至噴錢獸、聚寶盆、大金山、大銀山，小至丫鬟使女、廚房裡的廚子、餵豬的豬倌，再小至花盆、茶壺茶杯、雞鴨鵝犬，以至窗前的鸚鵡。

看起來真是萬分的好看，大院子也有院牆，牆頭上是金色的琉璃瓦。一進了院，正房五間，廂房三間，一律是青紅磚瓦房，窗明几淨，空氣特別新鮮。花盆一盆一盆的擺在花架子上，石柱子、全百合、馬蛇菜、九月菊都一齊的開了。看起來使人不知道是什麼季節，是夏天還是秋天，居然那馬蛇菜也和菊花同時站在一起。也許陰間是不分什麼春夏秋冬的。這且不說。

再說那廚房裡的廚子，真是活神活現，比真的廚子真是乾淨到一千倍，頭戴白帽子、身紮白圍裙，手裡邊在做拉麵條。似乎午飯的時候就要到了，煮了麵就要開飯了似的。

院子裡的牽馬童，站在一匹大白馬的旁邊，那馬好像是阿拉伯馬，特別高大，英姿挺立，假若有人騎上，看樣子一定比火車跑得更快。就是呼蘭河這城裡的將軍，相信他也沒有騎過這樣的馬。

小車子、大騾子，都排在一邊。騾子是油黑的，閃亮的，用雞蛋殼做的眼睛，所以眼珠是不會轉的。

大騾子旁邊還站著一匹小騾子，那小騾子是特別好看，眼珠是和大騾子一般的大。

小車子裝潢得特別漂亮，車輪子都是銀色的。車前邊的簾子是半掩半捲的，使人得以看到裡邊去。車裡邊是紅堂堂地鋪著大紅的褥子。趕車的坐在車沿上，滿臉是笑，得意洋洋，裝飾得特別漂亮，紮著紫色的腰帶，穿著藍色花絲葛的大袍，黑緞鞋，雪白的鞋底。大概穿起這鞋來還沒有走路就趕過車來了。他頭上戴著黑帽頭，紅帽頂，把臉揚著，他蔑視著一切，越看他越不像一個車伕，好像一位新郎。

公雞三兩隻，母雞七八隻，都是在院子裡邊靜靜地啄食，一聲不響，鴨子也並不呱呱地直叫，叫得煩人。狗蹲在上房的門旁，非常的守職，一動不動。

看熱鬧的人，人人說好，個個稱讚。窮人們看了這個竟覺得活著還沒有死了好。

正房裡，窗簾、被格、桌椅板凳，一切齊全。

還有一個管家的，手裡拿著一個算盤在打著，旁邊還擺著一個帳本，上邊寫著：

「北燒鍋欠酒二十二斤

東鄉老王家昨借米二十擔

白旗屯泥人子昨送地租四百三十吊

白旗屯二個子共欠地租兩千吊」

這以下寫了個：

「四月二十八日」

以上的是四月二十七日的流水帳，大概二十八日的還沒有寫吧！

看這帳目也就知道陰間欠了帳也是馬虎不得的，也設了專門人才，即管帳先生一流的人物來管。同時也可以看出來，這大宅子的主人不用說就是個地主了。

這院子裡邊，一切齊全，一切都好，就是看不見這院子的主人在什麼地方，未免地使人疑心這麼好的院子而沒有主人了。這一點似乎使人感到空虛，無著無落的。

再一回頭看，就覺得這院子終歸是有點兩樣，怎麼丫鬟、使女、車伕、馬童的胸前都掛著一張紙條，那紙條上寫著他們每個人的名字：

那漂亮得和新郎似的車伕的名字叫：

「長鞭」

馬童的名字叫：

「快腿」

左手拿著水煙袋，右手掄著花手巾的小丫鬟叫：

「德順」

另外一個叫：

「順平」

管帳的先生叫：

「妙算」

提著噴壺在澆花的使女叫：

「花姐」

再一細看才知道那匹大白馬也是有名字的，那名字是貼在馬屁股上的，叫：

「千里駒」

其餘的如騾子、狗、雞、鴨之類沒有名字。

那在廚房裡拉著麵條的「老王」，他身上寫著他名字的紙條，來風一吹，還忽咧忽咧地跳著。

這可真有點奇怪，自家的僕人，自己都不認識了，還要掛上個名簽。

這一點未免地使人迷離恍惚，似乎陰間究竟沒有陽間好。

雖然這麼說，羨慕這座宅子的人還是不知多少。因為的確這座宅子是好：清悠、閑靜，鴉雀無聲，一切規整，絕不紊亂。丫鬟、使女，照著陽間的一樣，雞犬豬馬，也都和陽間一樣，陽間有什麼，到了陰間也有，陽間吃麵條，到了陰間也吃麵條，陽間有車子坐，到了陰間也一樣的有車子坐，陰間是完全和陽間一樣，一模一樣的。

只不過沒有東二道街上那大泥坑子就是了。是凡好的一律都有，壞的不必有。

五

東二道街上的紮彩鋪，就紮的是這一些。一擺起來又威風、又好看，但那作坊裡邊是亂七八糟的，滿地碎紙，秫桿棍子一大堆，破盒子、亂罐子、顏料瓶子、漿糊盆、細麻繩、粗麻繩……走起路來，會使人跌倒。那裡邊砍的砍、綁的綁，蒼蠅也來回地飛著。

要做人，先做一個臉孔，糊好了，掛在牆上，男的女的，到用的時候，摘下一個來就用。給一個用秫桿捆好的人架子，穿上衣服，裝上一個頭就像人了。把一個瘦骨伶仃的用紙糊好的馬架子，上邊貼上用紙剪成的白毛，那就是一匹很漂亮的馬了。

做這樣的活計的，也不過是幾個極粗糙極醜陋的人，他們雖懂得怎樣打扮一個馬童或是打扮一個車伕，怎樣打扮一個婦人女子，但他們對他們自己是毫不加修飾的，長頭髮的、毛頭髮的、歪嘴的、歪眼的、赤足裸膝的，似乎使人不能相信，這麼漂亮炫眼耀目，好像要活了的人似的，是出於他們之手。

他們吃的是粗菜、粗飯，穿的是破爛的衣服，睡覺則睡在車馬、人、頭之中。

他們這種生活，似乎也很苦的。但是一天一天的，也就糊里糊塗地過去了，也就過著春夏秋冬，脫下單衣去，穿起棉衣來地過去了。

生、老、病、死，都沒有什麼表示。生了就任其自然的長去；長大就長大，長不大也就算了。

老，老了也沒有什麼關係，眼花了，就不看；耳聾了，就不聽；牙掉了，就整吞；走不動了，就癱著。這有什麼辦法，誰老誰活該。

病，人吃五穀雜糧，誰不生病呢？

死，這回可是悲哀的事情了，父親死了兒子哭；兒子死了母親哭；哥哥死了一家全哭；嫂子死了，她的娘家人來哭。

哭了一朝或是三日，就總得到城外去，挖一個坑把這人埋起來。

埋了之後，那活著的仍舊得回家照舊地過著日子。該吃飯，吃飯。該睡覺，睡覺。外人絕對看不出來是他家已經沒有了父親或是失掉了哥哥，就連他們自己也不是關起門來，每天哭上一場。他們心中的悲哀，也不過是隨著當地的風俗的大流逢年過節的到墳上去觀望一回。二月過清明，家家戶戶都提著香火去上墳塋，有的墳頭上塌了一塊土，有的墳頭上陷了幾個洞，相觀之下，感慨唏噓，燒香點酒。若有近親的人如子女父母之類，往往且哭上一場；那哭的語句，數數落落，無異是在做一篇文章或者是在誦一篇長詩。歌誦完了之後，站起來拍拍屁股上的土，也就隨著上墳的人們回城的大流，回城去了。

回到城中的家裡，又得照舊的過著日子，一年柴米油鹽，漿洗縫補。從早晨到晚上忙了個不休。夜裡疲乏之極，躺在炕上就睡了。在夜夢中並夢不到什麼悲哀的或是欣喜的景況，只不過咬著牙、打著哼，一夜一夜地就都這樣地過去了。

假若有人問他們，人生是為了什麼？他們並不會茫然無所對答的，他們會直截了當地不假思索地說了出來：「人活著是為吃飯穿衣。」

再問他，人死了呢？他們會說：「人死了就完了。」所以沒有人看見過做紮彩匠的活著的時候為他自己糊一座陰宅，大概他不怎麼相信陰間。假如有了陰間，到那時候他再開紮彩鋪，怕又要租人家的房子了。

（編按：第一章共九節，主要描述呼蘭河小鎮的「卑瑣平凡的實際生活」，在此略去後三節；第二章共五節，描繪了地方文化習俗如跳大神、盂蘭會、看野臺子戲、娘娘廟大會的光景，全數略去。有了前五節的空間建構，方可銜接第三章的開頭。以下乃第三章的全文。）

第三章

一

呼蘭河這小城裡邊住著我的祖父。

我生的時候，祖父已經六十多歲了，我長到四五歲，祖父就快七十了。

我家有一個大花園，這花園裡蜂子、蝴蝶、蜻蜓、螞蚱，樣樣都有。蝴蝶有白蝴蝶、黃蝴蝶。這種蝴蝶極小，不太好看。好看的是大紅蝴蝶，滿身帶著金粉。

蜻蜓是金的，螞蚱是綠的，蜂子則嗡嗡地飛著，滿身絨毛，落到一朵花上，胖圓圓地就和一個小毛球似的不動了。

花園裡邊明晃晃的，紅的紅，綠的綠，新鮮漂亮。

據說這花園，從前是一個果園。祖母喜歡吃果子就種了果園。祖母又喜歡養羊，羊就把果樹給啃了。果樹於是都死了。到我有記憶的時候，園子裡就只有一棵櫻桃樹，一棵李子樹，因為櫻桃和李子都不大結果子，所以覺得他們是並不存在的。小的時候，只覺得園子裡邊就有一棵大榆樹。

這榆樹在園子的西北角上，來了風，這榆樹先嘯，來了雨，大榆樹先就冒煙了。太陽一出來，大榆樹的葉子就發光了，它們閃爍得和沙灘上的蚌殼一樣了。

祖父一天都在後園裡邊，我也跟著祖父在後園裡邊。祖父戴一個大草帽，我戴一個小草帽，祖父栽花，我就栽花；祖父拔草，我就拔草。當祖父下種，種小白菜的時候，我就跟在後邊，把那下了種的土窩，用腳一個一個地溜平，哪裡會溜得準，東一腳的，西一腳的瞎鬧。有的把菜種不單沒被土蓋上，反而把菜子踢飛了。

小白菜長得非常之快，沒有幾天就冒了芽了，一轉眼就可以拔下來吃了。

祖父鏟地，我也鏟地；因為我太小，拿不動那鋤頭桿，祖父就把鋤頭桿拔下來，讓我單拿著那個鋤頭的「頭」來鏟。其實哪裡是鏟，也不過爬在地上，用鋤頭亂勾一陣就是了。也認不得哪個是苗，哪個是草。往往把韭菜當做野草一起地割掉，把狗尾草當做谷穗留著。

等祖父發現我鏟的那塊滿留著狗尾草的一片，他就問我：

「這是什麼？」

我說：

「穀子。」

祖父大笑起來，笑得夠了，把草摘下來問我：

「你每天吃的就是這個嗎？」

我說：

「是的。」

我看著祖父還在笑，我就說：

「你不信，我到屋裡拿來你看。」

我跑到屋裡拿了鳥籠上的一頭穀穗，遠遠地就拋給祖父了。說：

「這不是一樣的嗎？」

祖父慢慢地把我叫過去，講給我聽，說穀子是有芒針的。狗尾草則沒有，只是毛嘟嘟的真像狗尾巴。

祖父雖然教我，我看了也並不細看，也不過馬馬虎虎承認下來就是了。一抬頭看見了一個黃瓜長大了，跑過去摘下來，我又去吃黃瓜去了。

黃瓜也許沒有吃完，又看見了一個大蜻蜓從旁飛過，於是丟了黃瓜又去追蜻蜓去了。蜻蜓飛得多麼快，哪裡會追得上。好在一開初也沒有存心一定追上，所以站起來，跟了蜻蜓跑了幾步就又去做別的去了。

採一個倭瓜花心，捉一個大綠豆青螞蚱，把螞蚱腿用線綁上，綁了一會，也許把螞蚱腿就綁掉，線頭上只拴了一隻腿，而不見螞蚱了。

玩膩了，又跑到祖父那裡去亂鬧一陣，祖父澆菜，我也搶過來澆，奇怪的就是並不往菜上澆，而是拿著水瓢，拚盡了力氣，把水往天空裡一揚，大喊著：

「下雨了，下雨了。」

太陽在園子裡是特大的，天空是特別高的，太陽的光芒四射，亮得使人睜不開眼睛，亮得蚯蚓不敢鑽出地面來，蝙蝠不敢從什麼黑暗的地方飛出來。是凡在太陽下的，都是健康的、漂亮的，拍一拍連大樹都會發響的，叫一叫就是站在對面的土牆都會回答似的。

花開了，就像花睡醒了似的。鳥飛了，就像鳥上天了似的。蟲子叫了，就像蟲子在說話似的。一切都活了。都有無限的本領，要做什麼，就做什麼。要怎麼樣，就怎麼樣。都是自由的。倭瓜願意爬上架就爬上架，願意爬上房就爬上房。

黃瓜願意開一個謊花，就開一個謊花，願意結一個黃瓜，就結一個黃瓜。若都不願意，就是一個黃瓜也不結，一朵花也不開，也沒有人問它。玉米願意長多高就長多高，他若願意長上天去，也沒有人管。蝴蝶隨意的飛，一會從牆頭上飛來一對黃蝴蝶，一會又從牆頭上飛走了一個白蝴蝶。它們是從誰家來的，又飛到誰家去？太陽也不知道這個。

只是天空藍悠悠的，又高又遠。

可是白雲一來了的時候，那大團的白雲，好像灑了花的白銀似的，從祖父的頭上經過，好像要壓到了祖父的草帽那麼低。

我玩累了，就在房子底下找個陰涼的地方睡著了。不用枕頭，不用蓆子，就把草帽遮在臉上就睡了。

二

祖父的眼睛是笑盈盈的，祖父的笑，常常笑得和孩子似的。

祖父是個長得很高的人，身體很健康，手裡喜歡拿著個手杖。嘴上則不住地抽著旱菸管，遇到了小孩子，每每喜歡開個玩笑，說：

「你看天空飛個家雀。」

趁那孩子往天空一看，就伸出手去把那孩子的帽給取下來了，有的時候放在長衫的下邊，有的時候放在袖口裡頭。他說：

「家雀叼走了你的帽啦。」

孩子們都知道了祖父的這一手了，並不以為奇，就抱住他的大腿，向他要帽子，摸著他的袖管，撕著他的衣襟，一直到找出帽子來為止。

祖父常常這樣做，也總是把帽放在同一的地方，總是放在袖口和衣襟下。那些搜索他的孩子沒有一次不是在他衣襟下把帽子拿出來的，好像他和孩子們約定了似的：「我就放在這塊，你來找吧！」

這樣的不知做過了多少次，就像老太太永久講著「上山打老虎」這一個故事給孩子們聽似的，哪怕是已經聽過了五百遍，也還是在那裡回回拍手，回回叫好。

每當祖父這樣做一次的時候，祖父和孩子們都一齊地笑得不得了。好像這戲還像第一次演似的。

別人看了祖父這樣做，也有笑的，可不是笑祖父的手法好，而是笑他天天使用一種方法抓掉了孩子的帽子，這未免可笑。

祖父不怎樣會理財，一切家務都由祖母管理。祖父只是自由自在地一天閒著；我想，幸好我長大了，我三歲了，不然祖父該多寂寞。我會走了，我會跑了。我走不動的時候，祖父就抱著我；我走動了，祖父就拉著我。一天到晚，門裡門外，寸步不離，而祖父多半是在後園裡，於是我也在後園裡。

我小的時候，沒有什麼同伴，我是我母親的第一個孩子。

我記事很早，在我三歲的時候，我記得我的祖母用針刺過我的手指，所以我很不喜歡她。我家的窗子，都是四邊糊紙，當中嵌著玻璃。祖母是有潔癖的，以她屋的窗紙最白淨。

別人抱著把我一放在祖母的炕邊上，我不假思索地就要往炕裡邊跑，跑到窗子那裡，就伸出手去，把那白白透著花窗欞的紙窗給通了幾個洞，若不加阻止，就必得挨著排給通破，若有人招呼著我，我也得加速的搶著多通幾個才能停止。手指一觸到窗上，那紙窗像小鼓似的，彭彭地就破了。破得越多，自己越得意。祖母若來追我的時候，我就越得意了，笑得拍著手，跳著腳的。

有一天祖母看我來了，她拿了一個大針就到窗子外邊去等我去了。我剛一伸出手去，手指就痛得厲害。我就叫起來了。那就是祖母用針刺了我。

從此，我就記住了，我不喜她。

雖然她也給我糖吃，她咳嗽時吃豬腰燒川貝母，也分給我豬腰，但是我吃了豬腰還是不喜她。

在她臨死之前，病重的時候，我還會嚇了她一跳。有一次她自己一個人坐在炕上熬藥，藥壺是坐在炭火盆上，因為屋裡特別的寂靜，聽得見那藥壺骨碌骨碌地響。祖母住著兩間房子，是裡外屋，恰巧外屋也沒有人，裡屋也沒人，就是她自己。我把門一開，祖母並沒有看見我，於是我就用拳頭在板隔壁上，咚咚地打了兩拳。我聽到祖母「喲」地一聲，鐵火剪子就掉了地上了。

我再探頭一望，祖母就罵起我來。她好像就要下地來追我似的。我就一邊笑著，一邊跑了。

我這樣地嚇唬祖母，也並不是向她報仇，那時我才五歲，是不曉得什麼的，也許覺得這樣好玩。

祖父一天到晚是閒著的，祖母什麼工作也不分配給他。只有一件事，就是祖母的地櫬上的擺設，有一套錫器，卻總是祖父擦的。這可不知道是祖母派給他的，還是他自動的願意工作，每當祖父一擦的時候，我就不高興，一方面是不能領著我到後園裡去玩了，另一方面祖父因此常常挨罵，祖母罵他懶，罵他擦得不乾淨。祖母一罵祖父的時候，就常常不知為什麼連我也罵上。

祖母一罵祖父，我就拉著祖父的手往外邊走，一邊說：

「我們後園裡去吧。」

也許因此祖母也罵了我。

她罵祖父是「死腦瓜骨」，罵我是「小死腦瓜骨」。

我拉著祖父就到後園裡去了，一到了後園裡，立刻就另是一個世界了。決不是那房子裡的狹窄的世界，而是寬廣的，人和天地在一起，天地是多麼大，多麼遠，用手摸不到天空。

而土地上所長的又是那麼繁華，一眼看上去，是看不完的，只覺得眼前鮮綠的一片。

一到後園裡，我就沒有對象地奔了出去，好像我是看準了什麼而奔去了似的，好像有什麼在那兒等著我似的。其實我是什麼目的也沒有。只覺得這園子裡邊無論什麼東西都是活的，好像我的腿也非跳不可了。

若不是把全身的力量跳盡了，祖父怕我累了想招呼住我，那是不可能的，反而他越招呼，我越不聽話。

等到自己實在跑不動了，才坐下來休息，那休息也是很快的，也不過隨便在秧子上摘下一個黃瓜來，吃了也就好了。

休息好了又是跑。

櫻桃樹，明是沒有結櫻桃，就偏跑到樹上去找櫻桃。李子樹是半死的樣子了，本不結李子的，就偏去找李子。一邊在找，還一邊大聲的喊，在問著祖父：

「爺爺，櫻桃樹為什麼不結櫻桃？」

祖父老遠的回答著：

「因為沒有開花，就不結櫻桃。」

再問：

「為什麼櫻桃樹不開花？」

祖父說：

「因為你嘴饞，它就不開花。」

我一聽了這話，明明是嘲笑我的話，於是就飛奔著跑到祖父那裡，似乎是很生氣的樣子。等祖父把眼睛一抬，他用了完全沒有惡意的眼睛一看我，我立刻就笑了。而且是笑了半天的工夫才能夠止住，不知哪裡來了那許多的高興。把後園一時都讓我攪亂了，我笑的聲音不知有多大，自己都感到震耳了。

後園中有一棵玫瑰。一到五月就開花的。一直開到六月。花朵和醬油碟那麼大。開得很茂盛，滿樹都是，因為花香，招來了很多的蜂子，嗡嗡地在玫瑰樹那兒鬧著。

別的一切都玩厭了的時候，我就想起來去摘玫瑰花，摘了一大堆把草帽脫下來用帽兜子盛著。在摘那花的時候，有兩種恐懼，一種是怕蜂子的勾刺人，另一種是怕玫瑰的刺刺手。好不容易摘了一大堆，摘完了可又不知道做什麼了。忽然異想天開，這花若給祖父戴起來該多好看。

祖父蹲在地上拔草，我就給他戴花。祖父只知道我是在捉弄他的帽子，而不知道我到底是在幹什麼。我把他的草帽給他插了一圈的花，紅通通的二三十朵。我一邊插著一邊笑，當我聽到祖父說：

「今年春天雨水大，咱們這棵玫瑰開得這麼香。二里路也怕聞得到的。」

就把我笑得哆嗦起來。我幾乎沒有支持的能力再插上去。

等我插完了，祖父還是安然的不曉得。他還照樣地拔著□上的草。我跑得很遠的站著，我不敢往祖父那邊看，一看就想笑。所以我藉機進屋去找一點吃的來，還沒有等我回到園中，祖父也進屋來了。

那滿頭紅通通的花朵，一進來祖母就看見了。她看見什麼也沒說，就大笑了起來。父親母親也笑了起來，而以我笑得最厲害，我在炕上打著滾笑。

祖父把帽子摘下來一看，原來那玫瑰的香並不是因為今年春天雨水大的緣故，而是那花就頂在他的頭上。

他把帽子放下，他笑了十多分鐘還停不住，過一會一想起來，又笑了。

祖父剛有點忘記了，我就在旁邊提著說：

「爺爺……今年春天雨水大呀……」

一提起，祖父的笑就來了。於是我也在炕上打起滾來。

就這樣一天一天的，祖父，後園，我，這三樣是一樣也不可缺少的了。

刮了風，下了雨，祖父不知怎樣，在我卻是非常寂寞的了。去沒有去處，玩沒有玩的，覺得這一天不知有多少日子那麼長。

三

偏偏這後園每年都要封閉一次的，秋雨之後這花園就開始凋零了，黃的黃、敗的敗，好像很快似的一切花朵都滅了，好像有人把它們摧殘了似的。它們一齊都沒有從前那麼健康了，好像它們都很疲倦了，而要休息了似的，好像要收拾收拾回家去了似的。

大榆樹也是落著葉子，當我和祖父偶爾在樹下坐坐，樹葉竟落在我的臉上來了。樹葉飛滿了後園。

沒有多少時候，大雪又落下來了，後園就被埋住了。

通到園去的後門，也用泥封起來了，封得很厚，整個的冬天掛著白霜。

我家住著五間房子，祖母和祖父共住兩間，母親和父親共住兩間。祖母住的是西屋，母親住的是東屋。

是五間一排的正房，廚房在中間，一齊是玻璃窗子，青磚牆，瓦房間。

祖母的屋子，一個是外間，一個是內間。外間裡擺著大躺箱，地長桌，太師椅。椅子上鋪著紅椅墊，躺箱上擺著硃砂瓶，長桌上列著座鐘。鐘的兩邊站著帽筒。帽筒上並不掛著帽子，而插著幾個孔雀翎。

我小的時候，就喜歡這個孔雀翎，我說它有金色的眼睛，總想用手摸一摸，祖母就一定不讓摸，祖母是有潔癖的。

還有祖母的躺箱上擺著一個座鐘，那座鐘是非常稀奇的，畫著一個穿著古裝的大姑娘，好像活了似的，每當我到祖母屋去，若是屋子裡沒有人，她就總用眼睛瞪我，我幾次的告訴過祖父，祖父說：

「那是畫的，她不會瞪人。」

我一定說她是會瞪人的，因為我看得出來，她的眼珠像是會轉。

還有祖母的大躺箱上也盡雕著小人，儘是穿古裝衣裳的，寬衣大袖，還戴頂子，帶著翎子。滿箱子都刻著，大概有二三十個人，還有吃酒的，吃飯的，還有作揖的……

我總想要細看一看，可是祖母不讓我沾邊，我還離得很遠的，她就說：

「可不許用手摸，你的手髒。」

祖母的內間裡邊，在牆上掛著一個很古怪很古怪的掛鐘，掛鐘的下邊用鐵鏈子垂著兩穗鐵包米。鐵包米比真的包米大了很多，看起來非常重，似乎可以打死一個人。再往那掛鐘裡邊看就更希奇古怪了，有一個小人，長著藍眼珠，鐘擺一秒鐘就響一下，鐘擺一響，那眼珠就同時一轉。

那小人是黃頭髮，藍眼珠，跟我相差太遠，雖然祖父告訴我，說那是毛子人，但我不承認她，我看她不像什麼人。

所以我每次看這掛鐘，就半天半天的看，都看得有點發呆了。我想：這毛子人就總在鐘裡邊呆著嗎？永久也不下來玩嗎？

外國人在呼蘭河的土語叫做「毛子人」。我四五歲的時候，還沒有見過一個毛子人，以為毛子人就是因為她的頭髮毛烘烘地捲著的緣故。

祖母的屋子除了這些東西，還有很多別的，因為那時候，別的我都不發生什麼趣味，所以只記住了這三五樣。

母親的屋裡，就連這一類的古怪玩藝也沒有了，都是些普通的描金櫃，也是些帽筒、花瓶之類，沒有什麼好看的，我沒有記住。

這五間房子的組織，除了四間住房一間廚房之外，還有極小的、極黑的兩個小後房。祖母一個，母親一個。

那裡邊裝著各種樣的東西，因為是儲藏室的緣故。

罈子罐子、箱子櫃子、筐子簍子。除了自己家的東西，還有別人寄存的。

那裡邊是黑的，要端著燈進去才能看見。那裡邊的耗子很多，蜘蛛網也很多。空氣不大好，永久有一種撲鼻的和藥的氣味似的。

我覺得這儲藏室很好玩，隨便打開那一隻箱子，裡邊一定有一些好看的東西，花絲線、各種色的綢條、香荷包、搭腰、褲腿、馬蹄袖、繡花的領子。古香古色，顏色都配得特別的好看。箱子裡邊也常常有藍翠的耳環或戒指，被我看見了，我一看見就非要一個玩不可，母親就常常隨手拋給我一個。

還有些桌子帶著抽屜的，一打開那裡邊更有些好玩的東西，銅環、木刀、竹尺、觀音粉。這些個都是我在別的地方沒有看過的。而且這抽屜始終也不鎖的。所以我常常隨意地開，開了就把樣樣，似乎是不加選擇地都搜了出去，左手拿著木頭刀，右手拿著觀音粉，這裡砍一下，那裡畫一下。後來我又得到了一個小鋸，用這小鋸，我開始毀壞起東西來，在椅子腿上鋸一鋸，在炕沿上鋸一鋸。我自己竟把我自己的小木刀也鋸壞了。

無論吃飯和睡覺，我這些東西都帶在身邊，吃飯的時候，我就用這小鋸，鋸著饅頭。睡覺做起夢來還喊著：

「我的小鋸哪裡去了？」

儲藏室好像變成我探險的地方了。我常常趁著母親不在屋我就打開門進去了。這儲藏室也有一個後窗，下半天也有一點亮光，我就趁著這亮光打開了抽屜，這抽屜已經被我翻得差不多的了，沒有什麼新鮮的了。翻了一會，覺得沒有什麼趣味了，就出來了。到後來連一塊水膠，一段繩頭都讓我拿出來了，把五個抽屜通通拿空了。

除了抽屜還有筐子籠子，但那個我不敢動，似乎每一樣都是黑洞洞的，灰塵不知有多厚，蛛網蛛絲的不知有多少，因此我連想也不想動那東西。

記得有一次我走到這黑屋子的極深極遠的地方去，一個發響的東西撞住我的腳上，我摸起來抱到光亮的地方一看，原來是一個小燈籠，用手指把灰塵一劃，露出來是個紅玻璃的。

我在一兩歲的時候，大概我是見過燈籠的，可是長到四五歲，反而不認識了。我不知道這是個什麼。我抱著去問祖父去了。

祖父給我擦乾淨了，裡邊點上個洋蠟燭，於是我歡喜得就打著燈籠滿屋跑，跑了好幾天，一直到把這燈籠打碎了才算完了。

我在黑屋子裡邊又碰到了一塊木頭，這塊木頭是上邊刻著花的，用手一摸，很不光滑，我拿出來用小鋸鋸著。祖父看見了，說：

「這是印帖子的帖板。」

我不知道什麼叫帖子，祖父刷上一片墨刷一張給我看，我只看見印出來幾個小人。還有一些亂七八糟的花，還有字。祖父說：

「咱們家開燒鍋的時候，發帖子就是用這個印的，這是一百吊的……還有五十吊的十吊的……」

祖父給我印了許多，還用鬼子紅給我印了些紅的。

還有戴纓子的清朝的帽子，我也拿了出來戴上。多少年前的老大的鵝翎扇子，我也拿了出來吹著風。翻了一瓶莎仁出來，那是治胃病的藥，母親吃著，我也跟著吃。

不久，這些八百年前的東西，都被我弄出來了。有些是祖母保存著的，有些是已經出了嫁的姑母的遺物，已經在那黑洞洞的地方放了多少年了，連動也沒有動過，有些個快要腐爛了，有些個生了蟲子，因為那些東西早被人們忘記了，好像世界上已經沒有那麼一回事了。而今天忽然又來到了他們的眼前，他們受了驚似的又恢復了他們的記憶。

每當我拿出一件新的東西的時候，祖母看見了，祖母說：

「這是多少年前的了！這是你大姑在家裡邊玩的……」

祖父看見了，祖父說：

「這是你二姑在家時用的……」

這是你大姑的扇子，那是你三姑的花鞋……都有了來歷。

但我不知道誰是我的三姑，誰是我的大姑。也許我一兩歲的時候，我見過她們，可是我到四五歲時，我就不記得了。

我祖母有三個女兒，到我長起來時，她們都早已出嫁了。

可見二三十年內就沒有小孩子了。而今也只有我一個。實在的還有一個小弟弟，不過那時他才一歲半歲的，所以不算他。

家裡邊多少年前放的東西，沒有動過，他們過的是既不向前，也不回頭的生活，是凡過去的，都算是忘記了，未來的他們也不怎樣積極地希望著，只是一天一天地平板地、無怨無尤地在他們祖先給他們準備好的口糧之中生活著。

等我生來了，第一給了祖父的無限的歡喜，等我長大了，祖父非常地愛我。使我覺得在這世界上，有了祖父就夠了，還怕什麼呢？雖然父親的冷淡，母親的惡言惡色，和祖母的用針刺我手指的這些事，都覺得算不了什麼。何況又有後花園！

後園雖然讓冰雪給封閉了，但是又發現了這儲藏室。這裡邊是無窮無盡地什麼都有，這裡邊寶藏著的都是我所想像不到的東西，使我感到這世界上的東西怎麼這樣多！而且樣樣好玩，樣樣新奇。

比方我得到了一包顏料，是中國的大綠，看那顏料閃著金光，可是往指甲上一染，指甲就變綠了，往胳臂上一染，胳臂立刻飛來了一張樹葉似的。實在是好看，也實在是莫名其妙，所以心裡邊就暗暗地歡喜，莫非是我得了寶貝嗎？

得了一塊觀音粉。這觀音粉往門上一劃，門就白了一道，往窗上一劃，窗就白了一道。這可真有點奇怪，大概祖父寫字的墨是黑墨，而這是白墨吧。

得了一塊圓玻璃，祖父說是「顯微鏡」。他在太陽底下一照，竟把祖父裝好的一袋菸照著了。這該多麼使人歡喜，什麼什麼都會變的。你看他是一塊廢鐵，說不定他就有用，比方我撿到一塊四方的鐵塊，上邊有一個小窩。祖父把榛子放在小窩裡邊，打著榛子給我吃。在這小窩裡打，不知道比用牙咬要快了多少倍。何況祖父老了，他的牙又多半不大好。

我天天從那黑屋子往外搬著，而天天有新的。搬出來一批，玩厭了，弄壞了，就再去搬。

因此使我的祖父、祖母常常地慨歎。

他們說這是多少年前的了，連我的第三個姑母還沒有生的時候就有這東西。那是多少年前的了，還是分家的時候，從我曾祖那裡得來的呢。又哪樣哪樣是什麼人送的，而那家人家到今天也都家敗人亡了，而這東西還存在著。

又是我在玩著的那葡蔓籐的手鐲，祖母說她就戴著這個手鐲，有一年夏天坐著小車子，抱著我大姑去回娘家，路上遇了土匪，把金耳環給摘去了，而沒有要這手鐲。若也是金的銀的，那該多危險，也一定要被搶去的。

我聽了問她：

「我大姑在哪兒？」

祖父笑了。祖母說：

「你大姑的孩子比你都大了。」

原來是四十年前的事情，我哪裡知道。可是籐手鐲卻戴在我的手上，我舉起手來，搖了一陣，那手鐲好像風車似的，滴溜溜地轉，手鐲太大了，我的手太細了。

祖母看見我把從前的東西都搬出來了，她常常罵我：

「你這孩子，沒有東西不拿著玩的，這小不成器的……」

她嘴裡雖然是這樣說，但她又在光天化日之下得以重看到這東西，也似乎給了她一些回憶的滿足。所以她說我是並不十分嚴刻的，我當然是不聽她，該拿還是照舊地拿。

於是我家裡久不見天日的東西，經我這一搬弄，才得以見了天日。於是壞的壞，扔的扔，也就都從此消滅了。

我有記憶的第一個冬天，就這樣過去了。沒有感到十分的寂寞，但總不如在後園裡那樣玩著好。但孩子是容易忘記的，也就隨遇而安了。

四

第二年夏天，後園裡種了不少的韭菜，是因為祖母喜歡吃韭菜餡的餃子而種的。

可是當韭菜長起來時，祖母就病重了，而不能吃這韭菜了，家裡別的人也沒有吃這韭菜的，韭菜就在園子裡荒著。

因為祖母病重，家裡非常熱鬧，來了我的大姑母，又來了我的二姑母。

二姑母是坐著她自家的小車子來的。那拉車的騾子掛著鈴當，嘩嘩啷啷的就停在窗前了。

從那車上第一個就跳下來一個小孩，那小孩比我高了一點，是二姑母的兒子。

他的小名叫「小蘭」，祖父讓我向他叫蘭哥。

別的我都不記得了，只記得不大一會工夫我就把他領到後園裡去了。

告訴他這個是玫瑰樹，這個是狗尾草，這個是櫻桃樹。櫻桃樹是不結櫻桃的，我也告訴了他。

不知道在這之前他見過我沒有，我可並沒有見過他。

我帶他到東南角上去看那棵李子樹時，還沒有走到眼前，他就說：

「這樹前年就死了。」

他說了這樣的話，是使我很吃驚的。這樹死了，他可怎麼知道的？心中立刻來了一種忌妒的情感，覺得這花園是屬於我的，和屬於祖父的，其餘的人連曉得也不該曉得才對的。

我問他：

「那麼你來過我們家嗎？」

他說他來過。

這個我更生氣了，怎麼他來我不曉得呢？

我又問他：

「你什麼時候來過的？」

他說前年來的，他還帶給我一個毛猴子。他問著我：

「你忘了嗎？你抱著那毛猴子就跑，跌倒了你還哭了哩！」

我無論怎樣想，也想不起來了。不過總算他送給我過一個毛猴子，可見對我是很好的，於是我就不生他的氣了。

從此天天就在一塊玩。

他比我大三歲，已經八歲了，他說他在學堂裡邊念了書的，他還帶來了幾本書，晚上在煤油燈下他還把書拿出來給我看。書上有小人、有剪刀、有房子。因為都是帶著圖，我一看就連那字似乎也認識了，我說：

「這念剪刀，這念房子。」

他說不對：

「這念剪，這念房。」

我拿過來一細看，果然都是一個字，而不是兩個字，我是照著圖念的，所以錯了。

我也有一盒方字塊，這邊是圖，那邊是字，我也拿出來給他看了。

從此整天的玩。祖母病重與否，我不知道。不過在她臨死的前幾天就穿上了滿身的新衣裳，好像要出門做客似的。說是怕死了來不及穿衣裳。

因為祖母病重，家裡熱鬧得很，來了很多親戚。忙忙碌碌不知忙些個什麼。有的拿了些白布撕著，撕得一條一塊的，撕得非常的響亮，旁邊就有人拿著針在縫那白布。還有的把一個小罐，裡邊裝了米，罐口蒙上了紅布。還有的在後園門口攏起火來，在鐵火勺裡邊炸著麵餅了。問她：

「這是什麼？」

「這是打狗餑餑。」

她說陰間有十八關，過到狗關的時候，狗就上來咬人，用這餑餑一打，狗吃了餑餑就不咬人了。

似乎是姑妄言之、姑妄聽之，我沒有聽進去。

家裡邊的人越多，我就越寂寞，走到屋裡，問問這個，問問那個，一切都不理解。祖父也似乎把我忘記了。我從後園裡捉了一個特別大的螞蚱送給他去看，他連看也沒有看，就說：

「真好，真好，上後園去玩去吧！」

新來的蘭哥也不陪我時，我就在後園裡一個人玩。

五

祖母已經死了，人們都到龍王廟上去報過廟回來了。而我還在後園裡邊玩著。後園裡邊下了點雨，我想要進屋去拿草帽去，走到醬缸旁邊（我家的醬缸是放在後園裡的），一看，有雨點拍拍的落到缸帽子上。我想這缸帽子該多大，遮起雨來，比草帽一定更好。

於是我就從缸上把它翻下來了，到了地上它還亂滾一陣，這時候，雨就大了。我好不容易才設法鑽進這缸帽子去。因為這缸帽子太大了，差不多和我一般高。

我頂著它，走了幾步，覺得天昏地暗。而且重也是很重的，非常吃力。而且自己已經走到哪裡了，自己也不曉，只曉得頭頂上拍拍拉拉的打著雨點，往腳下看著，腳下只是些狗尾草和韭菜。找了一個韭菜很厚的地方，我就坐下了，一坐下這缸帽子就和個小房似的扣著我。這比站著好得多，頭頂不必頂著，帽子就扣在韭菜地上。但是裡邊可是黑極了，什麼是看不見。

同時聽什麼聲音，也覺得都遠了。大樹在風雨裡邊被吹得嗚嗚的，好像大樹已經被搬到別人家的院子去似的。

韭菜是種在北牆根上，我是坐在韭菜上。北牆根離家裡的房子很遠的，家裡邊那鬧嚷嚷的聲音，也像是來在遠方。

我細聽了一會，聽不出什麼來，還是在我自己的小屋裡邊坐著。這小屋這麼好，不怕風，不怕雨。站起來走的時候，頂著屋蓋就走了，有多麼輕快。

其實是很重的了，頂起來非常吃力。

我頂著缸帽子，一路摸索著，來到了後門口，我是要頂給爺爺看看的。

我家的後門坎特別高，邁也邁不過去，因為缸帽子太大，使我抬不起腿來。好不容易兩手把腿拉著，弄了半天，總算是過去了。雖然進了屋，仍是不知道祖父在什麼方向，於是我就大喊，正在這喊之間，父親一腳把我踢翻了，差點沒把我踢到灶口的火堆上去。缸帽子也在地上滾著。

等人家把我抱了起來，我一看，屋子裡的人，完全不對了，都穿了白衣裳。

再一看，祖母不是睡在炕上，而是睡在一張長板上。

從這以後祖母就死了。

六

祖母一死，家裡繼續著來了許多親戚，有的拿著香、紙，到靈前哭了一陣就回去了。有的就帶著大包小包的來了就住下了。

大門前邊吹著喇叭，院子裡搭了靈棚，哭聲終日，一鬧鬧了不知多少日子。

請了和尚道士來，一鬧鬧到半夜，所來的都是吃、喝、說、笑。

我也覺得好玩，所以就特別高興起來。又加上從前我沒有小同伴，而現在有了。比我大的，比我小的，共有四五個。

我們上樹爬牆，幾乎連房頂也要上去了。

他們帶我到小門洞子頂上去捉鴿子，搬了梯子到房簷頭上去捉家雀。後花園雖然大，已經裝不下我了。

我跟著他們到井口邊去往井裡邊看，那井是多麼深，我從未見過。在上邊喊一聲，裡邊有人回答。用一個小石子投下去，那響聲是很深遠的。

他們帶我到糧食房子去，到碾磨房去，有時候竟把我帶到街上，是已經離開家了，不跟著家人在一起，我是從來沒有走過這樣遠。

不料除了後園之外，還有更大的地方，我站在街上，不是看什麼熱鬧，不是看那街上的行人車馬，而是心裡邊想：是不是我將來一個人也可以走得很遠？

有一天，他們把我帶到南河沿上去了，南河沿離我家本不算遠，也不過半里多地。可是因為我是第一次去，覺得實在很遠。走出汗來了。走過一個黃土坑，又過一個南大營，南大營的門口，有兵把守門。那營房的院子大得在我看來太大了，實在是不應該。我們的院子就夠大的了，怎麼能比我們家的院子更大呢，大得有點不大好看了，我走過了，我還回過頭來看。

路上有一家人家，把花盆擺到牆頭上來了，我覺得這也不大好，若是看不見人家偷去呢！

還看見了一座小洋房，比我們家的房不知好了多少倍。若問我，哪裡好？我也說不出來，就覺得那房子是一色新，不像我家的房子那麼陳舊。

我僅僅走了半里多路，我所看見的可太多了。所以覺得這南河沿實在遠。問他們：

「到了沒有？」

他們說：

「就到的，就到的。」

果然，轉過了大營房的牆角，就看見河水了。

我第一次看見河水，我不能曉得這河水是從什麼地方來的？走了幾年了。

那河太大了，等我走到河邊上，抓了一把沙子拋下去，那河水簡直沒有因此而髒了一點點。河上有船，但是不很多，有的往東去了，有的往西去了。也有的劃到河的對岸去的，河的對岸似乎沒有人家，而是一片柳條林。再往遠看，就不能知道那是什麼地方了，因為也沒有人家，也沒有房子，也看不見道路，也聽不見一點音響。

我想將來是不是我也可以到那沒有人的地方去看一看。

除了我家的後園，還有街道。除了街道，還有大河。除了大河，還有柳條林。除了柳條林，還有更遠的，什麼也沒有的地方，什麼也看不見的地方，什麼聲音也聽不見的地方。

究竟除了這些，還有什麼，我越想越不知道了。

就不用說這些我未曾見過的。就說一個花盆吧，就說一座院子吧。院子和花盆，我家裡都有。但說那營房的院子就比我家的大，我家的花盆是擺在後園裡的，人家的花盆就擺到牆頭上來了。

可見我不知道的一定還有。

所以祖母死了，我竟聰明了。

七

祖母死了，我就跟祖父學詩。因為祖父的屋子空著，我就鬧著一定要睡在祖父那屋。

早晨念詩，晚上念詩，半夜醒了也是念詩。念了一陣，念困了再睡去。

祖父教我的有《千家詩》，並沒有課本，全憑口頭傳誦，祖父念一句，我就念一句。

祖父說：

「少小離家老大回……」

我也說：

「少小離家老大回……」

都是些什麼字，什麼意思，我不知道，只覺得念起來那聲音很好聽。所以很高興地跟著喊。我喊的聲音，比祖父的聲音更大。

我一念起詩來，我家的五間房都可以聽見，祖父怕我喊壞了喉嚨，常常警告著我說：

「房蓋被你抬走了。」

聽了這笑話，我略微笑了一會工夫，過不了多久，就又喊起來了。

夜裡也是照樣地喊，母親嚇唬我，說再喊她要打我。

祖父也說：

「沒有你這樣念詩的，你這不叫念詩，你這叫亂叫。」

但我覺得這亂叫的習慣不能改，若不讓我叫，我念它幹什麼。每當祖父教我一個新詩，一開頭我若聽了不好聽，我就說：

「不學這個。」

祖父於是就換一個，換一個不好，我還是不要。

「春眠不覺曉，處處聞啼鳥，夜來風雨聲，花落知多少。」

這一首詩，我很喜歡，我一念到第二句，「處處聞啼鳥」那處處兩字，我就高興起來了。覺得這首詩，實在是好，真好聽「處處」該多好聽。

還有一首我更喜歡的：

「重重疊疊上樓臺，幾度呼童掃不開。剛被太陽收拾去，又為明月送將來。」

就這「幾度呼童掃不開」，我根本不知道什麼意思，就念成西瀝忽通掃不開。越念越覺得好聽，越念越有趣味。

還當客人來了，祖父總是呼我念詩的，我就總喜念這一首。

那客人不知聽懂了與否，只是點頭說好。

就這樣瞎念，到底不是久計。念了幾十首之後，祖父開講了。

「少小離家老大回，鄉音無改鬢毛衰。」

祖父說：

「這是說小的時候離開了家到外邊去，老了回來了。鄉音無改鬢毛衰，這是說家鄉的口音還沒有改變，鬍子可白了。」

我問祖父：

「為什麼小的時候離家？離家到哪裡去？」

祖父說：

「好比爺像你那麼大離家，現在老了回來了，誰還認識呢？兒童相見不相識，笑問客從何處來。小孩子見了就招呼著說：你這個白鬍老頭，是從哪裡來的？」

我一聽覺得不大好，趕快就問祖父：

「我也要離家的嗎？等我鬍子白了回來，爺爺你也不認識我了嗎？」

心裡很恐懼。

祖父一聽就笑了：

「等你老了還有爺爺嗎？」

祖父說完了，看我還是不很高興，他又趕快說：

「你不離家的，你哪裡能夠離家……快再念一首詩吧！念春眠不覺曉……」

我一念起春眠不覺曉來，又是滿口的大叫，得意極了。完全高興，什麼都忘了。

但從此再讀新詩，一定要先講的，沒有講過的也要重講。

似乎那大嚷大叫的習慣稍稍好了一點。

「兩個黃鸝鳴翠柳，一行白鷺上青天。」

這首詩本來我也很喜歡的，黃梨是很好吃的。經祖父這一講，說是兩個鳥，於是不喜歡了。

「去年今日此門中，人面桃花相映紅。
人面不知何處去，桃花依舊笑春風。」
這首詩祖父講了我也不明白，但是我喜歡這首。因為其中有桃花。桃樹一開了花不就結桃嗎？桃子不是好吃嗎？
所以每念完這首詩，我就接著問祖父：
「今年咱們的櫻桃樹開不開花？」

九

除了念詩之外，還很喜歡吃。
記得大門洞子東邊那家是養豬的，一個大豬在前邊走，一群小豬跟在後邊。有一天一個小豬掉井了，人們用抬土的筐子把小豬從井吊了上來。吊上來，那小豬早已死了。井口旁邊圍了很多人看熱鬧，祖父和我也在旁邊看熱鬧。
那小豬一被打上來，祖父就說他要那小豬。
祖父把那小豬抱到家裡，用黃泥裹起來，放在灶坑裡燒上了，燒好了給我吃。
我站在炕沿旁邊，那整個的小豬，就擺在我的眼前，祖父把那小豬一撕開，立刻就冒了油，真香，我從來沒有吃過那麼香的東西，從來沒有吃過那麼好吃的東西。
第二次，又有一隻鴨子掉井了，祖父也用黃泥包起來，燒上給我吃了。

在祖父燒的時候，我也幫著忙，幫著祖父攪黃泥，一邊喊著，一邊叫著，好像啦啦隊似的給祖父助興。

鴨子比小豬更好吃，那肉是不怎樣肥的。所以我最喜歡吃鴨子。

我吃，祖父在旁邊看著。祖父不吃。等我吃完了，祖父才吃。他說我的牙齒小，怕我咬不動，先讓我選嫩的吃，我吃剩了的他才吃。

祖父看我每嚥下去一口，他就點一下頭，而且高興地說：

「這小東西真饞，」或是「這小東西吃得真快。」

我的手滿是油，隨吃隨在大襟上擦著，祖父看了也並不生氣，只是說：

「快蘸點鹽吧，快蘸點韭菜花吧，空口吃不好，等會要反胃的……」

說著就捏幾個鹽粒放在我手上拿著的鴨子肉上。我一張嘴又進肚去了。

祖父越稱讚我能吃，我越吃得多。祖父看看不好了，怕我吃多了。讓我停下，我才停下來。我明明白白的是吃不下去了，可是我嘴裡還說著：

「一個鴨子還不夠呢！」

自此吃鴨子的印象非常之深，等了好久，鴨子再不掉到井裡，我看井沿有一群鴨子，我拿了秫稈就往井裡邊趕，可是鴨子不進去，圍著井口轉，而呱呱地叫著。我就招呼了在旁邊看熱鬧的小孩子，我說：

「幫我趕哪！」

正在吵吵叫叫的時候，祖父奔到了，祖父說：

「你在幹什麼？」

我說：

「趕鴨子，鴨子掉井，撈出來好燒吃。」

祖父說：

「不用趕了，爺爺抓個鴨子給你燒著。」

我不聽他的話，我還是追在鴨子的後邊跑著。

祖父上前來把我攔住了，抱在懷裡，一面給我擦著汗一面說：

「跟爺爺回家，抓個鴨子燒上。」

我想：不掉井的鴨子，抓都抓不住，可怎麼能規規矩矩貼起黃泥來讓燒呢？於是我從祖父的身上往下掙扎著，喊著：

「我要掉井的！我要掉井的！」

祖父幾乎抱不住我了。

作者簡介

——蕭紅（1911-1942），本名張廼瑩，筆名蕭紅、悄吟、玲玲、田娣等。她出生在黑龍江省呼蘭縣城內南街長壽胡同的一個古老的地主家庭裡，祖父對蕭紅有很深的影響，他以古詩為主的啟蒙教育，使蕭紅從小打下良好的文學基礎。一九三一年，蕭紅在哈爾濱結識了蕭軍，她在蕭軍的影響下開始了創作生涯。一九三三年與蕭軍合著的小說、散文合集《跋涉》自費在哈爾濱出版，在東北引起了很大轟動，受到讀者的廣泛好評。一九三四年夏天，蕭紅在青島完成著名中篇小說《生死場》。一九三五年，《生死場》以「奴隸叢書」的名義在上海出版，魯迅為之作序，胡風為其寫後記，在文壇上引起轟動和反響，蕭紅也因此一舉成名，從而奠定了蕭紅作為抗日作家的地位。一九三八年夏天，蕭紅與共同生活六年的蕭軍分手，隨後與端木蕻良到了四川重慶，一九四〇年春天，二人抵達香港。在香港期間，蕭紅完成最重要的長篇小說《呼蘭河傳》。一九四一年一月，長篇小說《馬伯樂（第一部）》由香港大時代書局出版；二月至十一月，《馬伯樂（第二部）》發表於香港《時代批評》（第64-82期），未能完稿。翌年一月，蕭紅病重入院診治，罹患肺結核和惡性氣管擴張，一月二十二日病逝，年僅三十一歲。蕭紅去世後，一部分骨灰被葬於香港的淺水灣，剩餘骨灰葬於聖士提反女校後院土山坡下。

鯉魚門的霧

舒巷城

日出東山——啊
雲開霧又散
但你唱歌人仔
幾時還呢？……

霧喘著氣，在憤懣地吐著一口口煙把自身包圍著……那包圍的網像有目的地又像漫無目的地循著一個大的渾圓體拋開去，擴展著，纏結著，或者來來去去的在低沉的灰色的天空下打滾，一秒一秒鐘地把自身編成一個更大更密的網。偶爾碰上了大浪灣外向上噴射的浪花時，它，霧的網，便會無可奈何似的，稍一迴避，似乎讓開一條路來了，但很快地，等那兀突而來毅然而退的浪花由白色的飽和點——那顆顆向上濺起的水點——隨著一陣嘩啦的哀鳴而敗退下來還原成海的一部分——藍——的時候，霧，喘著一口口氣的霧，又慢慢地向海的平面處降落，伸出，開展……

從四面八方，霧是重重疊疊地滾來的呀——

從清水灣，從將軍澳，從大浪灣，從柴灣，從九龍的山的那一邊，霧來了；霧集中在鯉魚門海峽上，然後向筲箕灣的海面拋放出它的密密的網——它包圍著每一隻古老的木船，每一隻身經百戰滿身創痕的捕魚船，每一面因沒有出海而已垂下來破舊了幾經補綴但只要扯起來時仍能禦風抗雨的帆；它包圍著每一隻上了年紀而癱瘓在水淺的地方的可憐的小艇，連同那原不屬於筲箕灣海面的僅有的幾隻外來的舢舨……

霧包圍著埗頭。

霧包圍著坐在埗頭邊的一個石級上的梁大貴。

霧也彷彿包圍著這個十五年來生活在海洋上的老海員這時候那份異樣的心境。

載著太重的記憶，現在，他，四十歲的梁大貴的心在向下沉，向下沉……

這是一個三月尾的早晨。四周的魚腥味沒有十五年前（和梁大貴連結在一起的那些歡快或痛苦的往日）那樣濃厚和可愛。那時候，埗頭周年都熱鬧，四季都「熱烘烘」來往著各種各樣的人。那時候，埗頭上的厚石板永遠響著穿著木屐，穿著鞋的，更多的是赤著腳的人的腳步聲。那毫不單調也永不乏味的聲音，混和著小輪行前的汽笛叫鳴，混和著出海的漁船上夥計們起錨扯帆時的呼嚷，混和著埗頭上扛伕們的「杭唷」或吆喝，沖激著，鬥爭著——一任潮水漲，潮水落——它，那份十五年前的埗頭所不能缺少的聲音，此起彼落，是永無休止的……

梁大貴就是那些赤著腳有著壯健的身體的粗漢子中的一個。他工作著，忙碌著，喘著氣，在這埗頭上。這埗頭，他記得，十五年前還有一個熱熱鬧鬧的碼頭。那時候，每天有幾班小輪開出，到海的那邊紅磡去。小輪從這兒帶去了人，大擔小擔的魚，和其他貨物，又從那邊帶回來人，都是熟識，純樸，可親的臉——更帶回來大籮小籮的瓜菜……他大貴，就曾經有過一個時期來來去去的，替別人「帶貨」，上上落落在這樣的渡海小輪上。他記得那時候，小輪是沒有「樓上」「樓下」的：

各種不同的人，買著同一票價的船票。沒有誰看不起誰。他記得太和居（茶居）的老闆就常常拍著他大貴的寬闊的肩膀說：「大貴，你有出息的！」說完又常常硬拉著他回到太和居裡，叫他坐下，拿剛出籠的大包給他吃。在這樣的情形下，他總是紅著臉說：「呃，那麼點小事，算得什麼……」因為他覺得就算有時替他們太和居帶點居家要用的什麼回來，也不一定要那樣客氣的招待的。還有，船排廠後背那家山貨店的德叔就常常請他帶點貨物來往，給他一點報酬，但他總是拍拍胸膛說：「德叔，我大貴要賺錢，也不賺你德叔的。」德叔也就更看得起他。他說曾經親耳聽過德叔在他身旁對別人說過：「大貴將來一定大富大貴！這小夥子不怕吃虧！」

是的，梁大貴從來吃別人的虧，但都不計較。誰都喜歡有這麼一個夥計。找事做，他一點也不愁。東家不著西家有。憑一副粗大胳膊，氣力大，脾氣好，到哪家換不到口飯吃？到哪裡，隨便哪裡，會掙不到點錢？——是的，那時二十五歲的梁大貴就是那樣有自信心的一條好漢。他想，有一天，有機會出去，一定會掙到大把錢回來。

十五年彷彿很容易，又彷彿很困難的過去，像鯉魚門來來去去的三月早晨的霧。

十五年了，他並沒有大富大貴地回來，還是同樣的梁大貴。在外邊他常常給別人看不起過，人笑他是「蜑家佬」（水上人），連他自己也不知道為什麼：他的「水上」音調到現在還是改不了。還是同樣的梁大貴，但老了，老得多了，那紫銅色的健康的臉，現在是那樣蒼白、瘦削。

才個把鐘頭前。一輛向東行的電車把他帶到那個像往常一樣的筲箕灣電車總站。他看也沒多看一眼總站旁邊的鋪戶，雖然它們有了很大的改變。他擦過還是老樣子的街市，直走進鄉鎮式的又狹又長又古老的東大街去。那街還不是他要停留的街。那街上的洋貨店，金鋪，後來不曾在他的記憶裡留下過什麼。甚至現在他對它們還是陌生的，正如它們十五年前就同他陌生一樣。他從來沒有進去過一次，雖然他從前曾經夢想過進去的——現在他更不會進去了。

當他跑到大貴里的巷口時，很快地，他停下來。他的心不知怎的竟然跳了一下。身子有點哆嗦。他想，他這一回真的到了他闊別十五年的地方了。再走二十來步，他便會看見他所熟識的一切：那有篷沒篷的小艇。在巷的盡頭那處，他將看見他童年和少年時看慣了的那又黃又黑的海水，他將聽到那一份他祖母說過，他母親說過，而現在應該是他的「水上」姊妹們說的「阿佬，叫艇！過海呀。」的熟識的聲音。在巷的盡頭那處，他記得那樣清楚，靠一家醬園屋後的圍牆下，埗頭旁的另一邊，汙黑的泥灘上，有幾隻再不能下海而被遺棄在陸地上——泥灘上——的破舊不堪的小艇，他的出生的地方。他的家——如果說他也有過家的話——就是在那樣的一隻小艇裡。在巷的盡頭那處——呵，只要他一露面！……他將聽見那些從前是年輕而現在是老了的但仍熟識的聲音。他們將會親切地，或者歎息，或者同情的說——

「大貴！你回來了！……」

可是大貴沒有聽到。在大貴里的盡頭處——可以望見那軟而無力躺在灰白的霧下的又黃又黑的海水的地方——埗頭的旁邊，他站定了。他回來了。但沒有人向他招呼。生活在大貴里的人們，彷彿沒誰知道，也不認識，他就是和「大貴里」同名的梁大貴。

那些人，從前叫著「大貴，大貴」的人，都去了哪兒？常常和他隔著小艇唱鹹水歌的木群呢？她……

他梁大貴從前自己的家呢？……哦？也不見了！他家旁邊的別人的家——其他幾隻破舊的陸地

上的小艇呢？也都不見了！只有幾個拾荒的野孩子在汙泥上彎著身子在尋找什麼。他記起小孩子時赤著身子和別人一起在泥灘上掘蜆子的事來了；有時為了搶奪一隻蜆子，還和對方扭作一團在汙泥潭裡打滾。那泥灘上，現在除了一堆廢料，被棄的空罐子，一些斷木破片外，什麼也沒有。在那泥灘上（他怎能忘記呢？）他的守寡的母親在他未出世之前，曾為他安排過一個避風擋雨的家。縱然是那樣一隻破舊、齷齪的小艇，它仍然是他和他媽媽的家呀。聽媽說，他未出世以前，爸是在一隻捕魚船上工作的；有一次，爸出海，才第二天，滿海都是霧，她的心就有點放不下，第三天，鯉魚門山上天文臺扯起黑色風球，她慌了，發急了，整個晚上，大風大浪，她眼巴巴盼望天亮，盼望爸爸回來。

但是爸到底消失在大霧中，和颶風一齊離開鯉魚門海峽。

大霧去了會再來。颶風去了會再來。但爸去了不會再回來啦——任憑日日夜夜在埗頭等候。

「我那時候真想死。」媽把這告訴他的時候，他才十歲。

「媽！我將來大了，會大富大貴的！」十歲的他，抱著媽哭了。

「犬貴，我沒有死，我不肯死，都因為我還有你。」

十五歲的時候，他的媽到底也死了。

這樣又過了十年。十年，汙泥中的日子，他一步步的走過來，又一步步的走過去——直至二十五歲別人說他是個好漢子，直至他離開那永遠看不見「藍」的又黃又黑的海水，離開那永遠沒有海鷗飛繞的埗頭和埗頭下的小艇，直至他坐上一隻大洋船衝破鯉魚門的霧到霧以外的有時藍有時白茫茫一片的更大的海去，直至——

唉！四十歲的人了。現在才回來看望一下。

這埗頭上的太和居已經換了手。剛才問人，人對他說的。山貨店的德叔也不知搬到哪裡去了。從前，啊，常常稱呼他「貴哥，貴哥」的木群，那個一年到尾梳著一條烏油油的大鬆辮子、十九歲、會搖櫓、會撑船、煮一手香噴噴的飯、又唱得一口好聽的鹹水歌的小姑娘，也不知嫁了人或者，唉，或者……

「木群！」他默默的念著這兩個字，心裡有點說不出的味道——好似有點點苦澀，好似有點點辛酸，又好似有點點甜……

他記得有一年的大熱天——是他二十四歲那一年吧？他和一個叫牛記的「岸上人」一同租了一隻小艇合夥在晚上做小生意。賣的是「艇仔粥」。那時候，七姊妹（香港北角的舊名）那邊有好幾家游泳棚，熱天晚上，那一帶才熱鬧呢。他和牛記常常把小艇搖到那邊做生意。有一個晚上，差不多十二點鐘了，海面很靜，響著三幾聲的鹹水歌，他們的小艇回到埗頭下時，他看見木群獨個兒坐在石級上，低著頭像在想心事，又像等候誰似的。他向岸上叫了一聲：「木群！」

「咦！你回來啦。」木群馬上跳起來，掠一掠頭髮，高興地說，「貴哥！我等了你個把鐘頭啦！我肚子餓得要命。」

「幹嗎不買點東西吃？——鮮記球記還沒收市呢。」牛記這傢伙！他故意提高嗓子說。

木群怎樣回答呢？她真——呵——她真好！她說：

「我要幫襯貴哥的『艇仔粥』，怎麼樣？鮮記球記的我不高興吃！……」

二十四歲的他——「貴哥」笑了。

四十歲的他——梁大貴現在也笑了。

「那時候……」梁大貴想著，坐在埗頭上。「我……」

他覺得肩膀上給誰輕輕地拍了一下。他抬起頭來。

一個帶著客家口音的老婦人問他：「老哥，去茶果嶺的電船在哪地泊岸的？」

哦？現在這埗頭已經有電船去茶果嶺了麼？——他疑惑地望了望那老婦人：「阿娘，我也不知道哩。我是剛來的……」

「哦？這麼巧！你也是剛來的……」老婦人咕嚕著離開他。

唔，十五年啦！

梁大貴想者，站起來。走了幾步，他開始覺得有點熱烘烘的什麼貼著身子。

三月尾的暖氣，不知從什麼時候起，暗暗的在埗頭上流動著。

埗頭上的人開始多了。有幾個挑著生果、菜蔬的小販匆匆地走過。有一個兩個男女挑著擔鮮魚去「趕市」……梁大貴望著他們。他們卻都沒有望他。誰認識他呢？

不遠處的海上，霧漸漸散開了。

一隻兩隻木船開始在他眼前露出個全身。船桅一根，兩根……在晃呀晃的，彷彿在向他招手。陽光懶洋洋地帶著淡淡的一點十五年前的魚腥味投到埗頭下又黃又黑的海水上……他深深的吸了一口氣，人覺得舒服了許多。

但是——梁大貴這時才想起——他要走了。正待他打算離開埗頭的當兒，他意外地聽到一段他以前常常從木群那兒聽到的鹹水歌。那歌也是他母親唱過的。

這一剎那，他彷彿什麼也忘了——他感到一陣子快樂。他低聲地，但激動地跟著那歌聲唱：

日出東山——啊
雲開霧又散
但你唱歌人仔
幾時還呢？……

帶著一點依戀的心情，他又在另一個石級上坐下來。他緊緊的盯著埗頭下邊小艇上那個剛才在唱那段歌的小姑娘。像木群一樣——也是一條烏油油的辮子哩！……

那小姑娘大聲喊道：

「先生過海呀？」

梁大貴彷彿從她的聲音裡聽到十五年前木的聲音！

他搖搖頭，喃喃道：「我也是水上人！……」

那「水上」的小姑娘怔怔地望著他；忽然眼珠子一轉，把腦袋縮進艇篷裡。

這一下——梁大貴心裡感到失落了什麼似的站起來。他怏怏地拖著他那雙笨重的皮鞋，一拐一拐地從這埗頭走開去。

還沒走上十來步，突然，他回轉身來——又一次在埗頭上站住。

他把頭抬得高高。他做夢似的望著遠處鯉魚門海峽上那還沒完全散去的霧。

……呵，霧。去了又來，來了又去的——唔，十五年啦。

「嗯。我是剛來的……」他迷惘地自己和自己說。他的嘴唇在微微的顫抖著。

作者簡介

——舒巷城（1921-1999），原名王深泉，祖籍廣東惠陽縣。香港五、六〇年代著名的作家。另有筆名秦西寧、邱江海、舒文朗、王思暢、秦可、秦城洛、秦楚深、香港仔、方永等，他以這些不同筆名發表了大量的小說、散文、新詩等作品，並結集出版。舒巷城喜歡接觸不同社會階層的人物，積累生活素材。他許多膾炙人口的小說如《太陽下山了》、《鯉魚門的霧》及都市詩完全來自土生土長的舒巷城對香港的真實體驗。五〇年代初他曾以「秦西寧」的筆名，在《新晚報》副刊及其他報刊上發表兩千字的現實短篇小說，以馬克．吐溫式的幽默手法描繪都市中的小人物。一九七一年他在《七十年代》月刊上以筆名「邱江海」發表連載小說《艱苦的行程》，記述湘桂大撤退時顛沛流離的生活。一九七七年九月，舒巷城應邀參與美國愛荷華大學「國際寫作計畫」。

二〇一四年六月，商務印書館尖沙咀圖書中心舉行「舒巷城逝世十五週年手稿展」，並舉行「細說舒巷城」座談會，邀請王陳月明女士（舒巷城夫人）講述舒巷城生前的點點滴滴。

大雨之下，寺頂和各處的巡查都鬆了許多。張無忌以牆角、樹幹為掩蔽，一路追躡。只見圓真躍出寺後圍牆，他想：「原來義父囚在寺外，難怪寺中不見絲毫形跡。」他不敢公然躍牆而出，貼身牆邊，慢慢游上，到得牆頂，待牆外巡查的僧人走過，這才躍下。

一條條雨線之中，但見圓真的傘頂已在寺北百丈之外，折回向左，走向一座小山峰，跟著便迅速異常的攀上峰去。圓真此時已年逾七十，身手仍是矯捷異常，只見他上山時雨傘絕不晃動，冉冉上升，宛如有人以長索將他吊上去一般。

張無忌快步走近山腳，正要上峰，忽見山道旁中白光微閃，有人執著兵刃埋伏。他急忙停步，只過得片刻，見樹叢中先後竄出四人，三前一後，齊向峰頂奔去。遙見山峰之巔唯有幾株蒼松，並無房屋，不知謝遜囚在何處，見四下更無旁人，當下跟著上峰。

前面這四人輕功甚是了得，他加快腳步，追到離四人只不過二十來丈。黑暗中依稀看得出其中一個是女子，三個男子身穿俗家裝束，尋思：「這四人多半也是來向我義父為難的，讓他們先和圓真鬥個你死我活，我且不忙插手。」將到峰頂，那四人奔得更加快了。他突然認出了其中二人身形：「啊，那是崑崙派的何太沖、班淑嫻夫婦。」

猛聽得圓真一聲長嘯，倏地轉過身來，疾衝下山。張無忌立即隱入道旁草叢，伏地爬行，向左移了數丈，只聽得兵刃相交，鏗然聲響，圓真已和來人動上了手。從兵刃撞擊的聲音聽來，乃是二人對付圓真一人，心下一動：「尚有二人不上前圍攻，那是向峰頂找我義父去了。」當下從亂草叢中急攀上山。

到得峰頂，只見光禿禿地一片平地，更無房舍，只有三株高松，作品字形排列，枝幹插向天空，夭矯若龍，暗暗奇怪：「難道義父並非囚在此處？」

聽得右首草叢中簌簌聲響，有人爬動，跟著便聽得班淑嫻道：「急速動手，兩個師弟未必絆得住那少林僧。」何太沖道：「不錯。」兩人長身而起，撲向三株松樹。張無忌生怕謝遜便在近處，不敢有絲毫大意，跟著便在草叢中爬行向前。

突然之間，只聽得何太沖「嘿」的一聲，似已受傷，他抬頭一看，見何太沖身處三株松樹之間，長劍揮舞，已與人動上了手，卻不見對敵之人，只偶爾傳出啪啪啪幾下悶響，似是長劍與什麼古怪的兵刃相撞。他心下大奇，更爬前幾步，凝目看時，不禁吃了一驚。

原來斜對面兩株松樹的樹幹中都凹入一洞，恰容一人，每一株樹的凹洞中均坐著一個老僧，手舞黑色長索，攻向何太沖夫婦。一株松樹背向張無忌，樹前也有黑索揮出，料想樹中亦必有個老僧。黑夜之中，三根長索通體黝黑無光，舞動之時瞧不見半點影子。何太沖夫婦急舞長劍，嚴密守禦，只因瞧不見敵人兵刃來路，絕無反擊的餘地。這三根長索似緩實急，卻又無半點風聲，滂沱大雨之下，黑夜孤峰之上，三條長索如鬼似魅，說不盡的詭異。

何氏夫婦連聲叫嚷，急欲脫出這品字形的三面包圍，但每次向外衝擊，總是被長索擋了回來。張無忌暗暗驚訝，見黑索揮動時無聲無息，使索者的內力返照空明，功力精純，不露稜角，非自己所能及，心下駭異：「圓真說道，我義父由他三位太師叔看守，看來便是這三位老僧了，功力當真深厚之極！」

只聽得「啊」的一聲慘叫，何太沖背脊中索，從圈子中直摔出來，眼見得是不活了。班淑嫻又驚又悲，一個疏神，三索齊下，只打得她腦漿迸裂，四肢齊折，不成人形。跟著一根黑索一抖，將班淑嫻的屍身從圈子中拋出。

圓真邊鬥邊走，退上峰來，叫道：「相好的，有種的便到這裡領死。」和他對敵的那兩個壯漢都是崑崙派中的健者，圓真以武功論原是不輸，但難以一舉格殺二人，最多傷得一人，餘下一人不免會脫身逃走，當下引得二人追向松樹之間。

二人離松樹尚有數丈，驀地見到何太沖的屍身，一齊停步，不提防兩根長索從腦後無聲無息的圈到，各自繞住了一人的腰間，雙索齊抖，將二人從百餘丈高的山峰上拋了下去。兩人在山下撞得早已斃命，但身在半空時發出的慘呼，兀自纏繞數峰之間，回聲不絕。

張無忌見三名老僧在片刻間連斃崑崙派四位高手，舉重若輕，游刃有餘，武功之高，實是生平罕見，比之鹿杖客和鶴筆翁似乎猶有過之，縱不如太師父張三丰之深不可測，卻也到了神而明之的境界。少林派中居然尚有這等元老，只怕連太師父和楊逍也均不知，他心中怦怦亂跳，伏在草叢中一動也不敢動。

只見圓真接連兩腿，將何太沖和班淑嫻的屍身踢入了深谷之中。屍身墮下，過了好一陣才傳上兩響鬱悶的聲音。張無忌暗想：「何太沖對我以怨報德，今日又想來害我義父，劫奪寶刀，人品低下，但武功了得，實是武學中的一派宗匠，不意落得如此下場。」

只聽得圓真恭恭敬敬的道：「三位太師叔神功蓋世，舉手之間便斃了崑崙派的四大高手，圓真欽仰無已，難以言宣。」一名老僧哼了一聲，並不回答。圓真又道：「圓真奉方丈師叔之命，謹來向三位師叔請安，並有幾句話要對那囚徒言講。」

一個枯槁的聲音道：「空見師侄德高藝深，我三人最為眷愛，原期他發揚少林一派武學，不幸命喪此奸人之手。我三人坐關數十年，早已不聞塵務，這次為了空見師侄才到這山峰來。這奸人既是死有餘辜，一刀殺了便是，何必諸多囉唆，擾我三人清修？」

圓真躬身道：「太師叔吩咐得是。只因方丈師叔言道：我恩師雖是為此奸人謀害，但我恩師何等功夫，豈是這奸人一人之力所能加害？將他囚在此間，煩勞三位太師叔坐守，一來引得這奸人的同黨來救，好將當年害我恩師的仇人逐一除去，不使漏網。二來要他交出屠龍寶刀，以免該刀落入別派手中，篡竊武林至尊的名頭，折了本派千百年的威望。」

張無忌聽到這裡，不由得暗暗切齒，心道：「圓真這惡賊當真是千刀萬剮，難抵其罪，一番花言巧語，請出這三位數十年不問世事的高僧來，好假他三人之手，屠戮武林中的高手。」只聽得一名老僧哼了一聲，道：「你跟他講罷。」

此時大雨兀自未止，雷聲隆隆不絕。圓真走到三株松樹之間，跪在地下，對著地面說道：「謝遜，你想清楚了嗎？只須你說出收藏屠龍刀的所在，我立時便放你走路。」張無忌大為奇怪：「怎地他對著地面說話，難道此處有一地牢，我義父囚在其中？」

忽聽得一個聲音清越的老僧怒道：「圓真，出家人不打誑語，你何以騙他？他若說出藏刀的所在，難道你當真便放了他麼？」圓真道：「太師叔明鑒：弟子心想，恩師之仇雖深，但兩者相權，還是以本派威望為重。只須他說出藏刀之處，本派得了寶刀，放他走路便是。三年之後，弟子再去找他為恩師報仇。」那老僧道：「這也罷了。武林中信義為先，言出如箭，縱對大奸大惡，少林弟子也不能失信於人。」圓真道：「謹奉太師叔教誨。」

張無忌心想：「這三位少林僧不但武功卓絕，且是有德的高僧，只是墮入了圓真的奸計而不自覺。」只聽圓真又向地下喝道：「謝遜，我太師叔的話，你可聽見了麼？三位老人家答應放你逃走。」

忽聽得地底下傳上來一個聲音道：「成昆，你還有臉來跟我說話麼？」

張無忌聽到這聲音雄渾蒼涼，正是義父的口音，登時心中大震，恨不得立時撲上前去，擊斃成昆，將謝遜救出，但只要自己一現身，三位少林高僧的黑索便招呼過來，即使成昆不出手，自己也非三僧聯手之敵，當下強自克制，尋思：「待那圓真惡僧走後，我上前拜見三僧，說明這中間的原委曲折。他三位佛法精湛，不能不明是非。」

只聽得圓真歎道：「謝遜，你我年紀都大了，一切陳年舊事，又何必苦苦掛在心頭？最多也不過二十年，你我同歸黃土。我有過虧待你之處，也有過對你不錯的日子。從前的事，一筆勾銷了罷。」謝遜聽他絮絮而語，並不理睬，待他停口，便道：「成昆，你還有臉跟我說話麼？」圓真反覆說了半天，謝遜總是這句話：「成昆，你還有臉跟我說話麼？」

圓真冷冷的道：「我且容你多想三天。三天之後，若再不說出屠龍刀的所在，你也料想得到我會用什麼手段對付你。」說著站起身來，向三僧禮拜，走下山去。

張無忌待他走遠，正欲長身向三僧訴說，突覺身周氣流略有異狀，這一下襲擊事先竟無半點朕兆，一驚之下，立即著地滾開，只覺兩條長物從臉上橫掠而過，相距不逾半尺，去勢奇急，卻是絕無勁風，正是兩條黑索。他只滾出丈餘，又是一條黑索向胸口點到，那黑索化成一條筆直的兵刃，如長矛，如桿棒，疾刺而至，同時另外兩條黑索也從身後纏來。

他先前見崑崙派四大高手轉瞬間便命喪三條黑索之下，便知這三件奇異兵刃厲害之極，此刻身當其難，更是心驚。他左手一翻，抓住當胸點來的那條黑索，正想從旁甩去，突覺那條長索一抖，一股排山倒海的內勁向胸口撞到，這內勁只要中得實了，當場便得肋骨斷折，五臟齊碎。便在這電光石火般的一剎那間，他右手後揮，撥開了從身後襲至的兩條黑索，左手乾坤大挪移心法混著九陽神功，一提一送，身隨勁起，嗖的一聲，身子直衝上天。

正在此時，天空中白光耀眼，三四道閃電齊亮，只聽得兩位高僧都「嗯」的一聲，似對他的武功頗感驚異。這幾道閃電照亮了他身形，三位高僧抬頭上望，見這身具絕頂神功的高手竟是個面目污穢的鄉下少年，更是驚訝。三條黑索便如三條張牙舞爪的墨龍相似，急升而上，分從三面撲到。張無忌藉著電光，一瞥間已看清三僧容貌。坐在東北角那僧臉色漆黑，有似生鐵；西北角那僧枯黃如槁木；正南方那僧卻是臉色慘白如紙。三僧均是面頰深陷，瘦得全無肌肉，黃臉僧人眇了一目。三個老僧五道目光映著閃電，更顯得爍然有神。

眼見三根黑索便將捲上身來，他左撥右帶，一卷一纏，藉著三人的勁力，已將三根黑索卷在一起，這一招手勢，卻是張三丰所傳的武當派太極心法，勁成渾圓，三根黑索上所帶的內勁立時被牽引得絞成了一團。只聽得轟隆幾聲猛響，幾個霹靂連續而至，這天地雷震之威，直是驚心動魄。張無忌在半空中翻了個筋鬥，左足在一株松樹的枝幹上一勾，身子已然定住，於轟轟雷震中朗聲說道：「後學晚輩，明教教主張無忌，拜見三位高僧。」說著左足站在松幹，右足凌空，躬身行禮。松樹的枝幹隨著他這一拜之勢猶似波浪般上下起伏，張無忌穩穩站住，身形飄逸。他雖躬身行禮，但居高臨下，不落半點下風。

三位高僧一覺黑索被他內勁帶得相互纏繞，反手一抖，三索便即分開。

三僧適才三招九式，每一式中都隱藏數十招變化，數十下殺手，豈知對方竟將這三招九式一一化開，儘管化解時每一式都險到了極處，稍有毫釐之差，便是筋折骨斷、喪生殞命之禍，卻仍顯得揮灑自若、履險如夷。三高僧一生之中從未遇到過如此高強敵手，無不駭然。他們卻不知張無忌化解這三招九式，實已竭盡生平全力，正藉著松樹枝幹的高低起伏，暗自調勻丹田中已亂成一團的真氣。

張無忌適才所使武功，包括了九陽神功、乾坤大挪移、太極拳三大神功，而最後半空中一個觔斗，卻是聖火令上所刻的心法。三位少林高僧雖然身懷絕技，但坐關數十年，不聞世事，於他這四門功夫竟一門也沒見過，只隱約覺得他內勁和少林九陽功似是一路，但雄渾精微之處，又遠較少林派神功為勝。待得聽他自行通名，竟是明教教主，三僧心中的欽佩和驚訝之情，登時化為滿腔怒火。

那臉色慘白的老僧森然道：「老衲還道何方高人降臨，卻原來是魔教的大魔頭到了。老衲師兄弟三人坐關數十年，不但不理俗務，連本寺大事也素來不加聞問。不意今日得與魔教主相逢，實是生平之幸。」

張無忌聽他左一句「魔頭」，右一句「魔教」，顯是對本教惡感極深，不由得大是躊躇，不知如何開口申述才是。只聽那黃臉眇目的老僧說道：「魔教教主是陽頂天啊！怎麼是閣下？」張無忌道：「陽教主逝世已近三十年了。」那黃臉老僧「啊」的一聲，不再說話，一聲驚呼之中，似是蘊藏著無限傷心失望。

張無忌心想：「他聽得陽教主逝世，極是難過，想來當年和陽教主定是交情甚深。義父是陽教主的舊部，我且動以故人之情，再說出陽教主為圓真氣死的原由，且看如何？」便道：「大師想必識得陽教主了？」

黃臉老僧道：「自然識得。老衲若非識得大英雄陽頂天，何致成為獨眼之人？我師兄弟三人，又何必坐這三十餘年的枯禪？」這幾句話說得平平淡淡，但其中所含的沉痛和怨毒卻顯然既深且巨。張無忌暗叫：「糟糕，糟糕。」從他言語中聽來，這老僧的一隻眼睛便是壞在陽頂天手中，而他師兄弟三人枯禪一坐三十餘年，痛下苦功，就是為了要報此仇怨。這時聽得大仇人已死，自不免大失所望了。

黃臉老僧忽然一聲清嘯，說道：「張教主，老衲法名渡厄，這位白臉師弟，法名渡劫，這位黑臉師弟，法名渡難。陽頂天既死，我三人的深仇大怨，只好著落在現任教主身上。我們師侄空見、空性二人又都死在貴教手下。你既然來到此地，自是有恃無恐。數十年來恩恩怨怨，咱們武功上作一了斷便是。」張無忌道：「晚輩與貴派並無梁子，此來志在營救義父金毛獅王謝大俠。空見神僧雖為我義父失手誤傷，這中間頗有曲折。至於空性神僧之死，與敝派卻是全無瓜葛。三位不可但聽一面之辭，須得明辨是非才好。」

白臉老僧渡劫道：「依你說來，空性為何人所害？」張無忌皺眉道：「據晚輩所知，空性神僧是死於朝廷汝陽王府的武士手下。」渡劫道：「汝陽王府的眾武士為何人率領？」張無忌道：「汝陽王之女，漢名趙敏。」渡劫道：「我聽圓真言道，此女已然和貴教聯手作了一路，她叛君叛父，投誠明教，此言是真是假？」他辭鋒咄咄逼人，一步緊於一步。張無忌只得道：「不錯，她……她現下……現下已棄暗投明。」

渡劫朗聲道：「殺空見的，是魔教的金毛獅王謝遜；殺空性的，是魔教的趙敏。這個趙敏更攻破少林寺，將我合寺弟子一鼓擒去，最不可恕者，竟在本寺十六尊羅漢像上刻以侮辱之言。再加上我師兄的一隻眼珠，我三人合起來一百年的枯禪。張教主，這筆帳不跟你算，卻跟誰算去？」

張無忌長歎一聲，心想自己既承認收容趙敏，她以往的過惡，只有一古腦兒的承攬在自己身上，一瞬之間，深深明白了父親因愛妻昔年罪業而終至自刎的心情，至於陽教主和義父當年結下的仇怨，時至今日，渡劫之言不錯：我若不擔當，誰來擔當？

他身子挺直，勁貫足尖，那條起伏不已的枝幹突然定住，紋絲不動，朗聲說道：「三位老禪師既如此說，晚輩無可逃責，一切罪愆，便由晚輩一人承當便是。但我義父傷及空見神僧，內中實有無數苦衷，還請三位老禪師恕過。」

渡厄道：「你憑著什麼，敢來替謝遜說情？難道我師兄弟三人，便殺你不得麼？」張無忌心想事已至此，只有奮力一拚，便道：「晚輩以一敵三，萬萬不是三位的對手，請那一位老禪師賜教？」渡劫道：「我們單打獨鬥，並無勝你把握。這等血海深仇，也不能講究江湖規矩了。好魔頭，下來領死罷。阿彌陀佛！」他一宣佛號，渡厄、渡難二僧齊聲道：「我佛慈悲！」三根黑索倏地飛起，疾向他身上捲來。

張無忌身子一沉，從三條黑索間竄了下來，雙足尚未著地，半空中身形已變，向渡難撲了過去。

渡難左掌一立，猛地翻出，一股勁風向他小腹擊去。張無忌轉身卸勁，以乾坤大挪移心法將掌力化開，便在此時，渡厄和渡劫的兩根黑索同時捲到。張無忌滴溜溜轉了半個圈子。渡劫左掌猛揮，無聲無息的打了過來。張無忌在三株松樹之間見招拆招，驀地裡一掌劈出，將數百顆黃豆大的雨點挾著一股勁風向渡厄飛了過去。渡厄側頭避讓，還是有數十顆打在臉上，竟是隱隱生痛，他喝了一聲：「好小子！」黑索抖動，轉成兩個圓圈，從半空中往張無忌頭頂蓋下。張無忌身如飛箭，避過索圈，疾向渡劫攻去。

他越鬥越是心驚，只覺身周氣流在三條黑索和三股掌風激盪之下，竟似漸漸凝聚成膠一般。他自習成武功以來，從未遇到過如此高強的對手。三僧不但招數精巧，內勁更是雄厚無比。張無忌初時七成守禦，尚有三成攻勢，鬥到二百餘招時，漸感體內真氣不純，唯有只守不攻，以圖自保。

他的九陽神功本來用之不盡，越使越強，但這時每一招均須耗費極大內力，竟然漸感後勁不繼，這又是他自練成神功以來從未經歷過之事。更拆數十招，尋思：「再鬥下去只有徒自送命。今日且自脫身，待去約得外公、楊左使、范右使、韋蝠王，咱們五人合力，定可勝得三僧，那時再來營救義父。」當下向渡厄急攻三招，待要搶出圈子，不料三條黑索所組成的圈子已如銅牆鐵壁相似，他數次衝擊，均被擋回，已然無法脫身。

他心下大驚：「原來三僧聯手，有如一體，這等心意相通的功夫，世間當真有人能做到麼？」他哪知渡厄、渡劫、渡難三僧坐這三十餘年的枯禪，最大的功夫便是用在「心意相通」之上，一人動念，其餘二人立即意會，此般心靈感應說來甚是玄妙，但三人在斗室中相對三十餘年，專心致志以練感應，心意有如一體，亦非奇事。他又想：「這樣看來，縱然我約得外公等數位高手同來，亦未能攻破他三人心意相通所組成的堅壁。難道我義父終於無法救出，我今日要命喪此地？」

他心中一急，精神略散，肩頭登時被渡劫五指掃中，痛入骨髓，心道：「我死不足惜，義父的冤屈卻須申雪。義父一生高傲，既是落入人手，決不肯以一言半語為自己辯解。」當下朗聲說道：「三位老禪師，晚輩今日被困，性命難保，大丈夫死則死耳，何足道哉？有一事卻須言明……」呼呼兩聲，兩條黑索分從左右襲到，張無忌左撥右帶，化開來勁，續道：「那圓真俗家姓名，叫做成昆，外號混元霹靂手，乃是我義父謝遜的業師……」

三位少林高僧見他手上拆招化勁，同時吐聲說話，這等內功修為實非自己所能，不由得更增忌憚。三僧認定明教是無惡不作的魔教，這教主武功越高，為害世人越大，眼見他身陷重圍，無法脫困，正好乘機除去，實是無量功德，當下一言不發，黑索和掌力加緊施為。

張無忌繼續說道：「三位老禪師須當知曉，這成昆的師妹，乃是明教教主陽頂天的夫人。成昆一直對師妹有情，因情生妒，終於和明教結下了深仇大恨……」當下手上化解三僧來招，嘴裡原原本本的述說成昆如何處心積慮要摧毀明教、如何與楊夫人私通幽會以致激死陽頂天、如何假醉圖奸謝遜之妻，殺其全家，如何逼得謝遜亂殺武林人士，如何拜空見神僧為師，誘使空見身受謝遜一十三拳、如何失信不出，使空見飲恨而終。

渡厄等三僧越聽越是心驚，這些事情似乎件件匪夷所思，但事事入情入理，無不若合符節。渡厄手上的黑索首先緩了下來。

張無忌又道：「晚輩不知陽教主如何與渡厄大師結仇，只怕其中有奸人挑撥是非，此人多半便是這圓真了。渡厄大師不妨回思往事，印證晚輩是否虛言相欺。」渡厄嗯的一聲，停索不發，低頭沉吟，說道：「那也有些道理。老衲與陽頂天結仇，這成昆為我出了大力，後來他意欲拜老衲為師，老衲向來不收弟子，這才引薦他拜在空見師侄的門下。如此說來，那是他有意安排的了？」張無忌道：「不特如此，目下他更覬覦少林寺掌門方丈之位，收羅黨羽，陰謀密計，要害空聞神僧……」

這句話尚未說畢，突然間隆隆聲響，左首斜坡上滾落一塊巨大的圓石，衝向三株松樹之間。渡厄喝道：「什麼人？」黑索揮動，啪啪兩響，擊在圓石之上，只打得石屑私舞。圓石後突然竄出一條人影，迅速無倫的撲向張無忌，寒光閃動，一柄短刀刺向他咽喉。

這一下來得突兀之極，張無忌正自全力擋架渡劫、渡難二僧的黑索和拳掌，全沒防到竟會有人忽然偷襲，黑暗中只覺風聲颯然，短刀刃尖已刺到喉邊，危急中身子斜刺向旁射出，嗤的一聲響，刀尖已將他胸口衣服劃破了一條大縫，只須有毫釐之差，便是開膛破胸之禍。此人一擊不中，藉著那大石掩身，已滾出三僧黑索的圈子。

張無忌暗叫：「好險！」喝道：「成昆惡賊！有種的便跟我對質，想殺人滅口麼？」適才短刀那一刺，他雖未看清人形，但以對方身法之捷，出手之狠，內勁之強，而武功家數又與謝遜全是一路，除成昆外更無旁人。少林三僧的三條黑索猶如三隻大手，伸出去捲住了大石，一回一揮，將那重達千斤的大石抬了起來，直摜出去，成昆卻已遠遠的下山去了。

渡厄道：「當真是圓真麼？」渡難道：「確然是他。」渡厄道：「若非他作賊心虛，何必……」

驀地裡四面八方呼嘯連連，撲上七八條人影，當先一人喝道：「少林和尚枉為佛徒，殺害這許多人命，不怕罪孽麼？大夥兒齊上。」八個人各挺兵刃，向樹間三僧攻了上去。

張無忌身在三僧之間，只見這八人中有三人持劍，其餘五人或刀或鞭，個個武學精強，霎時間便和三僧的黑索鬥在一起。他看了一會，見那使劍三人的劍招，和數日前死在少林僧手下的青海三劍乃是一路，但變化精微，勁力雄渾，遠在青海三劍之上，當是青海派中長輩的佼佼人物，這三人合力攻擊渡厄。另有三人合攻渡難，餘下二人則聯手對付渡劫。渡劫的對手雖只二人，但二人的武功卻比餘人又高出一籌。斗了半晌，張無忌看出渡劫漸落下風，渡厄卻穩佔先手，以一敵三，兀自行有餘力。

又拆十餘招，渡厄看出渡劫應付維艱，黑索一抖，偷空向渡劫的兩名對手晃去。那二人都是身材魁梧，黑鬚飄動，身手極為矯捷，一個使一對判官筆，另一個使打穴橛。渡厄和渡劫身在數丈之外，已隱然感到他二人兵刃上發出來的勁風，若被欺近身來，施展短兵刃上的長處，勢必更為厲害。青海派三人劍上受力一輕，慢慢又扳回劣勢。這麼一來，變成渡難以一敵三，渡厄、渡劫二僧則是以二敵五，一時相持不下。

張無忌暗暗稱奇：「這八人的武功著實了得，實不在何太沖夫婦之下。除了三個是青海派外，其餘五人的門派來歷全然瞧不出來。可見天下之大，草莽間臥虎藏龍，不知隱伏著多少默默無聞的英雄好漢。」

十一人拆到一百餘招時，少林三僧的黑索漸漸收短。黑索一短，揮動時少耗內力，但攻敵時的靈動卻也減了幾分。更鬥數十招，三僧的黑索又縮短了六七尺。那兩名黑鬚老人越鬥越近，兵刃上的威力大增，尋瑕抵隙，步步進逼，竭力要撲到三僧身邊。但三僧黑索收短後守禦相當嚴密，三條黑索組成的圈子上似有無窮彈力，兩名黑鬚老人不住變招搶攻，總是被索圈彈了出去。這時三僧已聯成一氣，成為以三敵八之勢。

少林三僧奮力禦敵，心下都不禁暗暗叫苦，與這八人相鬥，再久也不致落敗，只須黑索再縮短八尺，便組成了「金剛伏魔圈」，別說八名敵人，便是十六人，三十二人，那也攻不進來，可是這圈子之中卻隱伏著一個心腹之患的強敵，張無忌若是出手，內外夾攻，立時便取了少林三僧的性命。三僧見他安坐不動，顯在等待良機，要讓自己三人和外敵拚到雙方筋疲力竭，他再來收漁人之利。這時三僧的內功已施展到了淋漓盡致，有心要長嘯向山下少林寺求援，卻是開口不得，這當兒只要輕輕吐出一個字，立時氣血翻湧，縱非立時斃命，也必身受內傷，成為廢人。三僧心下自責過於托大，當強敵來攻之初，竟未出聲通知本寺人眾，否則只要達摩堂或羅漢堂有幾名好手來援，便可克敵取勝。

這情勢張無忌自也早已看出，這時要取三僧性命自是舉手之勞，但想大丈夫不可乘人之危，何況三僧只是受了圓真瞞騙，並無可死之道，而殺了三僧後獨力應付外面八敵，亦是同樣的艱難。眼見雙方勝負非一時可決，他低下頭來，只見一塊大岩石壓住地牢之口，只露出一縫，作為謝遜呼吸與傳遞食物之用。心想時機稍縱即逝，待得相鬥雙方分了勝敗，或是少林寺有人來援，便救不了義父，當下跪在石旁，雙掌推住巨石，使出乾坤大挪移心法，勁力到處，巨石緩緩移動。

巨石移開不到一尺，突然間背後風動勁到，渡難揮掌向他背心拍落。張無忌卸勁借力，啪的一聲響，背上衣衫碎了一大塊，在狂風暴雨之中片片作蝴蝶飛舞，但渡難這一掌的掌力卻給他傳到了巨石之上，隆隆一響，巨石立時又移開尺許。掌力雖已卸去，未受內傷，但初受之際，他全身力道正盡數用來推石，背心上也是劇痛難當。

渡難一掌虛耗，黑索上露出破綻，一名黑鬚老人立時撲進索圈，右手點穴橛向渡難左乳下打去。

少林三僧的軟索擅於遠攻，不利近擊，渡難左手出掌，運勁逼開他點穴橛的一招。黑鬚老者左手食指疾伸，戳向渡難的「膻中穴」。渡難暗叫：「不好！」哪料到敵人「一指禪」的點穴功夫竟比打穴橛尤為厲害，危急之下，只得右手撒索，豎掌封擋，護住胸口，跟著拇指、食指、中指三指翻出，立時反攻。他雖擋住了敵人，但黑索離手，那使判官筆的老者當即搶前。少林三僧三索去其一，「金剛伏魔圈」已被攻破。

突然之間，那條摔在地下的黑索索頭昂起，便如一條假死的毒蛇忽地反噬，呼嘯而出，向那使判官筆的老者面門點去，索頭未到，索上所挾勁風已令對方一陣氣窒。那老者急舉判官筆擋架，索筆相交，一震之下，雙臂酸麻，左手判官筆險些脫手飛出，右手判官筆被震得擊向地下山石，石屑紛飛，火花四濺。那條黑索展將開來，將青海派三劍又逼得退出丈許，「金剛伏魔圈」不但回復原狀，威力更勝於前。

少林三僧驚喜交集之下，只見黑索的另一端竟是持在張無忌手中。他並未練過「金剛伏魔圈」的功夫，說到心意相通、動念便知的配合無間，那是遠不及渡難，但內力之剛猛，卻是無與倫比，黑索上所發出的內勁直如排山倒海一般，向著四面八方逼去。渡厄與渡劫的兩條黑索在旁相助，登時逼得索外七人連連倒退。

渡難專心致志對付那黑鬚老者，不論武功和內力修為都是勝了一籌，他坐在松樹穴中，並不起身，十指拍、戳、彈、勾、點、拂、擒、拿，數招之間，便令那黑鬚老者迭遇險招。那老者見同伴七人處境也均不利，當下一聲怒吼，從圈中躍出。

張無忌將黑索往渡難手中一塞，俯身運起乾坤大挪移心法，又將壓在地牢上的巨石推開了尺許，對著露出來的洞穴叫道：「義父，孩兒無忌救援來遲，你能出來麼！」謝遜道：「我不出來。好孩子，你快快走罷！」張無忌大奇，道：「義父，你是給人點中了穴道，還是身有銬鏈？」不等謝遜回答，便即縱身躍入地牢，噗的一聲，水花濺起。原來幾個時辰的傾盆大雨，地牢中已積水齊腰，謝遜半個身子浸在水裡。

張無忌心中悲苦，伸手抱著謝遜，在他手足上一摸，並無銬鏈等物，再在他幾處主要穴道上一加推拿，似也非被人施了手腳，當下抱著他躍出地牢，坐在巨石之上，張無忌道：「此時脫身，最好不過。義父，咱們走罷。」說著挽住他手臂，便欲拔步。

謝遜卻坐在石上，動也不動，抱膝說道：「孩子，我生平最大的罪孽，乃是殺了空見大師。你義父若是落入旁人之手，自當奮戰到底，但今日是囚在少林寺中，我甘心受戮，抵了空見大師這條性命。」張無忌急道：「你失手傷了空見大師，那是成昆這惡賊奸計擺布，何況義父你全家血仇未報，豈能死在成昆手下？」

謝遜嘆道：「我這一個多月來，在這地牢中每日聽著三位高僧誦經念佛，聽著山下寺中傳來的晨鐘暮鼓，回思往事，你義父手上染了這許多無辜之人的鮮血，實是百死難贖。唉，諸般惡因罪孽，我比成昆作得更多。好孩子，你別管我，自己快下山去罷。」

張無忌越聽越急，大聲道：「義父，你不肯走，我可要用強了。」說著轉過身來，抓住謝遜雙手，便往自己背上一負。

只聽得山道上人聲喧嘩，有數人大聲叫道：「什麼人到少林寺來撒野？」一陣踐水急奔之聲，十餘人搶上山來。

張無忌持住謝遜雙腿，正要起步，突然後心「大椎穴」一麻，卻是被謝遜拿住了穴道，雙手無力，只得放開了他，急得幾乎要哭了出來，叫道：「義父，你……你何苦如此？」

謝遜道：「好孩子，我所受冤屈，你已對三位高僧分說明白。我所做的罪孽，卻須由我自己身受報應。你再不去，我的仇怨又有誰來代我清算？」

張無忌心中一凜，但見十餘名少林僧各執禪杖戒刀，向那八人攻了上去。乒乒乓乓交手數合，那持判官筆的黑鬚老者情知再鬥下去，今日難逃公道，只是功敗垂成，被一名無名少年壞了大事，實是大大的不忿，朗聲喝道：「請問松間少年高姓大名，河間郝密、卜泰，願知是哪一位高人橫加干預。」渡厄黑索一揚，說道：「明教張教主，天下第一高手，河間雙煞怎地不知？」持判官筆的郝密「噫」的一聲，雙筆一揚，縱出圈子。其餘七人跟著退了出去。少林僧眾待要攔阻，但那八人武功了得，並肩一衝，一齊下山去了。

渡厄等三僧對謝遜與張無忌對答之言，盡數聽在耳裡，又想到適才他就算不是乘人之危，只須袖手旁觀，兩不相助，當卜泰破了「金剛伏魔圈」攻到身邊之時，以河間雙煞下手之辣，此刻三僧早已不在人世。三僧放下黑索，站起身來，向張無忌合十為禮，齊聲道：「多感張教主大德。」張無忌急忙還禮，說道：「份所當為，何足掛齒？」

渡厄道：「今日之事，老衲原當讓謝遜隨同張教主而去，適才張教主真要救人，老衲須是無力阻攔。只是老衲師兄弟三人奉本寺方丈法旨看守謝遜，佛前立下重誓，若非我三人性命不在，決不能放謝遜脫身。此事關涉本派千百年的榮辱，還請張教主見諒。」

張無忌哼了一聲，並不回答。

渡厄又道：「老衲喪眼之仇，今日便算揭過了。張教主要救謝遜，可請隨時駕臨，只須破了老衲師兄弟三人的『金剛伏魔圈』，立時可陪獅王同去。張教主可多約幫手，車輪戰也好，一湧而上也好，我師兄弟只是三人應戰。於張教主再度駕臨之前，老衲三人自當維護謝遜周全，決不容圓真辱他一言半語、傷他一毫一髮。」

張無忌向謝遜望了一眼，黑暗中只見到他巨大的身影，長髮披肩，低首而立，似乎心中深自懺悔昔日罪愆，無復當年神威凜凜的雄風。張無忌淚水幾欲奪眶而出，尋思：「今日是打不過他們的了，義父又不肯走，只有約了外公、楊左使、范右使他們再來鬥過。這三條黑索組成的勁圈便如銅牆鐵壁相似，適才若不是渡難大師在我背上打了一掌，那卜泰便萬萬攻不進來。下次縱有外公和左右光明使相助，是否能夠破得，實未可知。唉，眼下也只有走一步算一步了。」便道：「既是如此，自當再來領教三位大師的高招。」回身抱著謝遜的腰，說道：「義父，孩兒走了。」

謝遜點點頭，撫摸他的頭髮，說道：「你不必再來救我，我是決意不走的了。好孩子，盼你事事逢凶化吉，不負你爹娘和我的期望。你當學你爹爹，不可學你義父。」

張無忌道：「爹爹和義父都是英雄好漢，一般是光明磊落的大丈夫，都是孩兒的好榜樣。」說著躬身一拜，身形晃處，已自出了三株松樹圍成的圈子，向少林寺三僧一舉手，展開輕功，倏忽不見，但聽他清嘯之聲，片刻間已在里許之外。山峰畔少林僧眾相顧駭然，早聞明教張教主武功卓絕，卻沒想到神妙至斯。

張無忌既見形跡已露，索性顯一手功夫，好教少林僧眾心生忌憚，善待謝遜。他這一聲清嘯鼓足了中氣，綿綿不絕，在大雷雨中飛揚而出，有若一條長龍行經空際。他足下施展全力，越奔越快，嘯聲也是越來越響。少林寺中千餘僧眾齊在夢中驚醒，直至嘯聲漸去漸遠，方始紛紛議論。空聞、空智等知是張無忌到了，均是平增一番憂慮。

（本篇節選自《倚天屠龍記》第三十六章〈夭矯三松郁青蒼〉前半，遠流一九九六版）

作者簡介

——金庸（1924-），本名查良鏞，浙江海寧人。曾任報社記者、翻譯、編輯，電影公司編劇、導演等；一九五九年在香港創辦明報機構，出版報紙、雜誌及書籍；一九九三年退休。先後撰寫武俠小說十五部，廣受當代讀者歡迎，至今已蔚為全球華人的共同語言，並興起海內外金學研究風氣。曾獲頒眾多榮銜：包括英國政府 OBE 勳銜，法國「榮譽軍團騎士」勳銜、「藝術文學高級騎士」勳章；香港大學、香港理工大學、香港公開大學、加拿大英屬哥倫比亞大學、日本創價大學和英國劍橋大學的榮譽博士學位；香港大學、加拿大 UBC 大學、北京大學、浙江大學、中山大學、南開大學、蘇州大學、華東師大和臺灣國立清華大學的名譽教授，以及英國牛津大學聖安東尼學院及慕蓮學院、英國劍橋大學魯賓森學院及李約瑟研究院、澳洲墨爾本大學和新加坡東亞研究所選為榮譽院士。曾任浙江大學人文學院院長、教授、博士生導師；現任英國牛津大學漢學研究院高級研究員、加拿大 UBC 大學文學院兼任教授。《金庸作品集》分由香港、臺灣及廣州出版，有英、日、法、意、韓、泰、越、馬來、印尼等多種譯文。

街邊

綠騎士

很早。

街上冷得像一盆攤得太久的麵粉漿，硬綳綳、乾癟癟的。剛入冬吧，北風那短命的高利貸追債鬼便緊緊地纏了好多天，像要刮還一年以來春夏秋三季的好時光似地。

「金記」那個粗粗地塗在鐵皮上的招牌，蒙在從熊熊爐火間冒起來、白霧似的煙和水氣中。雖在路邊，卻是一個暖窩，滿溢著食客的談笑聲。

亞香快手快腳地在凍得像溶冰的膠水桶裡洗完了一疊碗，用油膩的袖口把垂到眼上的一綹長髮撥回腦後，又忙著把滾叔攪好了的粥捧到食客桌上。凍得麻木的指尖捧著滾燙的粥，像冰棒炙在火爐上，又刺疼又痠軟。但她都沒空理會了。

有一桌早班的小巴司機們匆匆地吃著。

亞香兩碗兩碗地把粗瓷碗遞到破木桌上。

在那些黑黑的人頭間，王健向她點點頭。年輕的臉孔上開始有一兩條粗糙的皺紋，像很懂事很知艱難辛苦的模樣；但那濃濃的兩道眉毛和一雙大大的眼，和那厚得有點笨拙的唇，一笑起來總是那麼和氣坦率，還粗心得有點兒孩子氣。

亞香裝作不在意似地，揀一個沒縫的碗放到他面前。

食客們談話的聲音很嘈雜，跟爐子噓噓的響聲混成一片。

「昨晚入冬第一場大火，真陰功。那賣糖果姓李的，一家七口死剩一人……」報攤的張老五說起來，大家一時都紛紛嗟悼談論著。

滾叔鼻子裡唏哩呼嚕地拖著鼻涕，一會切油條，一會攪粥，像個七手八臂的觀音。不過，他當然沒有觀音那麼好看。又瘦又皺又黃的臉，像塊路邊乾了的蕉皮，小眼睛，大鼻子，尖下巴。以前老闆金牙張未請亞毛來做幫手時，連腸粉也是他做的。腸粉的竹盆子又燙又濕，他每天不停地做好幾百回，十根手指已燙得像煲得半熟的牛肉，紅鬆稀爛的好難看。現在雖做了砧板，手指仍常常是濕的，所以一直都沒怎樣好起來。他幹活很起勁，每動一下，腦殼便跟著一前一後地伸縮著，像剛安裝上去、要試試會不會掉下來似的。忙得不可開交了，還要轉過身來跟食客搭腔：「你呀，天時乾，的冇牙老虎，好危險，郁吓就領嘢……」

話猶未了，忽然食客間一陣驚呼。只聽得「格嘞」一聲，剛來的大胖子豬肉七才坐到一條木板長凳上，便整條凳腳鬆脫了，「塌」地一聲跌倒在地上，還潑翻了兩碗粥。他一面用粗話咒罵著，一面哎哎雪雪地爬起來。

旁邊那桌小巴司機笑得噴粥，嚷道：「唔慌唔領嘢！」

只有一個個子不高、身體卻很紮實的，忍著笑，迅速跑過來，笨拙地扶起了他。那是王健。亞香帶點兒謝意地瞥了他一眼。他沒看到。

她連忙把濕淋淋的雙手在圍裙上揩揩，跑過來收拾碗桌，又蹲下來撿那些大塊的碎片。

小巴司機們剛吃完，找了數，匆匆地走了。王健臨走的時候回頭看了看，低沉的聲音粗魯隨便地說：「小心！別讓瓦片鎅損手。」亞香仰起頭來，看到他磨得殘舊的卡曲外衣上掉了一顆鈕釦，她已經看見好多天了，還沒有縫上去。男人真奇怪，這樣也可以的？

那邊，賣鹹蛋和醃菜的吳伯慢吞吞地說：「亞滾，你哋老闆真孤寒。呢檔嘢已經大過亞香，重未見佢換過半條新凳。賺埋噤多錢，唔通帶得埋入棺材？」

「我又冇噤好福分做老闆吖，唔係，我都會換過哂的新嘢，俾的街坊都有得嘆吓……」滾叔又尖又沙的嗓子直嚷著。

亞香用竹帚掃著地面的瓦碎和垃圾，向滾叔眨了眨眼，交換了個會心的微笑。潤叔那又皺又黃又油膩的臉上閃過一陣壓抑不住的光輝……

亞香用力把地上的碗碎和垃圾都倒進了大垃圾桶。

這時有一群學生來了。鄰近的店鋪：紙紮鋪、藥材鋪……也紛紛開門了，亞香清亮的嗓子又響起來：「大艇二，腸粉三碟……」忙碌又快樂得像一條新炸好的油炸鬼。

滾叔攪著粥，每一碗裡都好像看到了「金記」這個破舊的招牌換做端端正正肥肥壯壯的「滾記」。這個「滾」字多不像他，但將會是他的……

最忙的早市完了，就要收拾洗刷。

碗碟都是碰裂的，桌子椅子也破舊得像是大力點兒碰碰便會化灰似的。亞香自從十二歲上爸死了，跟滾叔到金牙張的檔子上幫工，不覺又五六年了。每天都是這樣忙得沒歇手。老闆又刻薄。看見別的女孩子打扮得花枝招展地去行街玩樂，心中只是羨慕，也從來沒有埋怨。到底仍是死心眼兒地勤勤快快工作，可以打理的便盡量打理好。

抹著，擦著。長板臺上有一株小小的水仙花頭。

她拿起那盞黃花的缺口瓷碗，拈起水仙頭，換了水。腳上已伸出幼幼的根芽了，鎅開了的地方也怯怯地探出兩三段嫩綠的莖葉。

這是王健帶來的。有一次，他從新界叔父家中出來，捧滿了番茄、菜心、芥藍、雞蛋。隨手抓了一把給他們叔姪倆，還有這個看來很豐壯的水仙花頭。之後，他便完全忘了這回事了。每天來吃早點也沒再留意到這水仙頭半眼。

但這是她第一次擁有的什麼花兒。每天都不忘換水。水仙漸漸在寒冬中抽芽了。

她站在髒水渠邊，望著水仙頭的嫩葉，竟怔怔地出起神來。水仙，多好聽的名字。原本是在水邊生長的吧？開啊開啊的，小小的花瓣像白玉，又鮮美又柔和的黃蕊，葱綠的莖，開滿了河邊，水中倒影搖搖，迎風送來陣陣清香。她和滾叔在那兒搭起了「滾記」，替大家煮更美味可口的粥。王健和司機們都會讚賞，孩子和街坊們都會高興。那兒沒有家中整天吵鬧的麻雀牌聲，沒有媽的哭啼吵罵，沒有這許多欠柴欠米的憂愁，沒有這把魂魄都吹乾了的北風，沒有這骯髒的臭坑渠……

「亞香，看什麼啊？」滾叔破鑼似的聲音把人嚇了一跳，險些兒沒讓她把這小小的水仙碗拋了。

他正出力地洗刷著麵盆子。自亞香懂事以來，他們便一起計畫著要「頂」這個檔子。金牙張根本已很少打理這檔生意。有時人家故意取笑滾叔是老闆時，他又不好意思又高興得不得了。瘦癟的臉掙得紅通通，結結巴巴地像片忍著笑的炸魚皮。他們生慳死抵，因為除了要錢「頂」這檔子，還決定了同時全部裝修換新。

滾叔自小便出來當學徒，在小飯店裡洗碗、送外賣……。老婆中年上死了，沒留下半個兒子。

自己捱了大半輩子白眼，眼看就快有出頭的一天了！「滾記」的金漆招牌，真會威水又醒目！

亞香也是這麼一條心。滾叔就像親爹一般。他們要一起努力捱世界。

「我們還要修坑渠，清旁邊那垃圾堆……」她興奮地指指點點著說。

「還種很多個水仙花頭。」滾叔頑皮地眨眨眼睛笑道。

她伸舌頭縮鼻子做了個鬼臉，發嗔不理他。轉身小心放好了水仙碗子，又用力地抹桌子了。

天天半夜便摸黑起來。街上又黑又冷，像個冰窟。他們好像是第一個來到世界上的人。點起燈，開好爐火……，等著第一批食客。報攤的、果菜欄的、小巴司機們……

每天她都喜歡。因為她可以替這許多人預備好暖暖的早餐，比第一線陽光更早地給他們氣力。況且昨天曾經見到他，明天也會見到他。可以揀沒有裂縫沒有缺口的碗放到他面前；可以在忙碌地捧粥、洗碗的時候，偶然抬起頭來看看他大口大口地吞著粥和腸粉。有時，聽著他粗聲粗氣地跟別的司機談什麼油渣、租車、泊車之類她不大明白的事。很多時他卻沒留意到她，匆匆地吃完，拋下錢便走。她便很安樂地忙碌她的工作。

有幾次，王健隨便笑著說：「粥很好吃。」她便很高興，他卻不知道。因為在這許多人面前，她最多也只是抿著嘴兒淺淺地一笑。

另一次，她穿了件紅紅的太空褸。其實她不算美，單眼皮，細長眼睛，纖巧的小鼻子，小嘴兒，只是鵝蛋形的臉兒白淨柔潔，被外衣映得帶著紅暈。烏黑的長髮照常隨便地束在背後，不過今天束上了在織造廠做工的表妹送給她的最流行的絨髮繩；一條鮮紅、一條淡藍、一條雪白。

那早，王健遲了點來，特別匆忙。臨走時才見到她。忽然頓了頓，眼睛溢滿了笑，又有點訝異地深深看了她一眼。想說什麼，可還是沒有說。她裝作沒留意，掉轉頭自顧工作。但當她再回轉頭來時，他的背影已去遠了。

北風又急又緊。但看著蹲在扳凳上吃粥的孩子們，半乾的鼻涕塗抹在紅凍的臉蛋上，心中很歡暢。街道上和不遠處的街市顏色真新鮮美麗。淡淡的陽光照得煲子碗碟和破鐵棚都閃閃生光……。我們一定要煮更美味的粥，修理好檔攤。滾叔會很快樂。這些孩子、西瓜婆、泥水佬，所有的人都會快樂。對面濶馬路上，汽車飛馳而過。那些紅黃二色的小巴，像一匹匹矯健的馬兒，縱橫在鬧市中。而她知道，城中有一條路上，他正乘載著客人，趕他們的路程……

另一天，滾叔見到王健來了。故意在粥中添上兩粒牛肉，朝亞香擠眉弄眼地笑笑。亞香覺得不好意思，便假裝看不見，還裝成冷冰冰的，把那碗粥重重地放到王健桌上。

又一次，她把粥和腸粉捧去擺了一桌，聽見兩個客人低聲地談論道：「啯個小巴司機好好人事架。有次我帶了很多東西上車，又慢又『論盡』，他不但沒有像別的司機那樣呼喝人，還好心地說：『亞伯，好「聲」啊！』……」

她不禁自己笑了起來。好像聽見一些什麼自己的祕密似的，滿心歡喜，又因為這歡喜而感到難為情，偷偷地瞥了坐在另一端的王健一眼。他永遠不會知道這許多許多的。他總是那麼隨便地吃完早點，爽快地笑笑，便匆忙地走了。尤其是近來，他好像比往常更加匆忙，有好多朝甚至沒有來。

這天，客人不多。

長板桌上，水仙花的莖長得青綠飽潤，有很多苞兒。

王健吃完了，等亞香找錢。有點心不在焉地搭訕著說：「噢，花快開了。」又說：「在荃灣我叔公那兒的水仙花，一條葉子便有兩條這麼粗。很多。開起來的時候一定會很好看。」

她不知說什麼好，便笑笑。

他又問：「你有去過荃灣嗎？」

她搖搖頭說：「只去過沙田和大埔。」

他不在意地說：「改天我去，順道帶你們去看看。也許下星期。好嗎？」

她抿著嘴兒認真地點點頭。

他把找回的碎銀嘩啦嘩啦地塞進衣袋裡，咬著牙簽跑了。

北風很緊，她冷硬的手指撥著髮；什麼時候去看那許多美麗的水仙花？到時候，她會束一條淡淡黃色的絲巾在頭髮上。

可是，第二天他沒有來。第三、四……天也沒有。他說「也許下星期」的，但兩個多星期過去了。

冬漸深，早晨的街頭越來越冷。

也許，他沒空，難道出了什麼事？

近來加開了晚市。這夜，晚市也快要收了。滾叔說：「等我煮好了這些『加料粥』，你先挽些回家給他們吃。」

亞香便站在長板桌前等著。垂下頭，用手指撥著水仙那綠得像嫩葱的葉子出神。忽然，有一個人的手也伸到水仙花的莖上輕輕觸觸。她抬頭一看，在夜色燈光掩影間，那濃眉、那大眼，就在面前，那麼老老實實友善地笑著。她又歡喜又吃驚，難道想著一個人想得久了，那個被想的人會感覺到的嗎？臉上一陣發熱。被他知道，那怎得了？連忙應著滾叔的呼喚，跑了開去。

王健是來帶他們去看水仙花的嗎？但他好像根本忘了。

她聽見他跟滾叔說：「是啊，很忙，跟朋友做替工，有時連夜班也開……今晚早收工……會搬去荃灣叔公家住，不走港島，改走新界……」

亞香心中直涼下去。

滾叔攬好了粥叫她帶回家時，王健也起身走了。她家離檔口只隔兩條街。王健陪她轉出了小巷，穿過街市，到了大路時越過天橋。很黑，下面的車輛都看不清，只有燈光，像滑在水面上的燈籠般，右面一對一對金黃色的迎面流到橋下，左面兩盞兩盞紅色的從橋下流開去。風又勁又尖，嗚嗚嗚。兩人都沒說話。她走在裡邊，手背輕輕地敲碰著鐵枝欄柵。她戴著的指環敲在鐵枝上，發出清脆的「叮」「叮」聲。她猜星星掉進水裡時一定是發出這種聲音的。

她只希望永遠是這樣。但路很快便走完了，燈火依舊在夜色中閃爍……

每天仍是半夜便爬起來，從早忙到夜。這一切，到底是為了什麼，什麼呢？

深冬的天氣很乾爽。沒有一朵雲，好藍的天。水仙花叢該是最美麗的時候，她卻從未見過。而煮得這樣好的粥，他卻不來嚐。

她照常忙著，捧粥、抹桌。日子好像仍是一般好端端。只是，什麼都好像少了一層光澤。

滾叔有時偷偷地看看亞香。大姑娘，幹嗎總不作聲？

一班小巴司機來了，她怔了一怔。

滾叔沒說什麼。午後給亞香攪了碗粥，說：「豬潤很新鮮，快吃了吧。」

抹著刀和砧板。「亞香，你喜歡什麼？紅色的桌子？綠色的桌子？」滾叔仍想像往常那樣談他們的計畫。

「唔。」亞香漫應道。

「哈，看那大姑娘。」滾叔伸著脖子，瞇起眼睛，提起手中的大菜刀遠遠地指著一個過路的時髦女子，說：「嗱，將來賺到錢，小鋪變大鋪，買很多靚衫給你。」

「唔。」亞香隨便應著，便拿碗去洗了。有些事是很奇怪的，譬如每天路上這麼多人走過，你卻不一定在乎他們覺得你是否美麗。

這晚，沒開夜市。晚飯後，滾叔搭訕著說：「隔鄰三叔他們裝了電視機，不如去看看……。」

「有什麼好看，你去吧。」亞香收著臺說。

「咳，唔，但我很想去啊，不如你陪我去吧。」他偷偷地望望她，稀爛的手指揉著鼻腳，小眼睛竭力地笑著。

「今晚怎麼忽然有這些閒心？」亞香有點奇怪。滾叔每晚都忙這忙那的。

「去吧，去吧……」滾叔涎著臉笑，露著黃黃黑黑的牙齒，只想逗她高興。

好吧……

熒光幕上映著遠近的新聞：打仗、地震……，窄窄的屋子裡擠滿了左鄰右舍，變成了像間涼茶鋪。滾叔平日很少機會看電視，看得連嘴巴都張開，忘了合起來。打劫、火災……在她眼前晃來晃去。啊，這個世界……。

不過有一件更重要的事：有一個女孩子很不快樂，但她有一株水仙花，卻仍無動於衷地生長。

大家在電視機前都出了神，但滾叔卻不時用眼尾瞥瞥亞香。

這天午間，滾叔一面用大刀劏著積了在大砧板上好久的積，一面忽然掉過頭來，輕鬆地對蹲在地上擦鍋子的亞香說：「昨天，賣菜的三姑入新界，碰巧坐著王健的車。」

亞香沒應，也沒掉過頭來，仍是埋頭埋腦地工作。但倒洗鑊水時竟嘩啦嘩啦地連鑊中的一把竹筷子都倒進坑渠裡了。她連忙俯下身去一把抓回來。

滾叔仍自言自語似地說：「他生意很好，很忙，面色也很好。」

亞香把拾回來的筷子重新洗好，揮了揮水，整齊地插回筷子筒上。

好像很安心，又好像空蕩蕩的。況且，不免有種被損害的感覺。

水仙花已開了第一朵，很柔美，很淡很淡的香。

黃昏，回家前，滾叔去賣鹹菜又兼賣花的九嬸的檔子，買了幾朵賣剩的雞冠花，兩枝紫藍色細花的風信子，幾朵深紅的非洲菊，還有鮮黃的瘦劍蘭，還用粉紅色的雞皮紙包著。帶回家，像一紮菜似地放在桌上。又尖又沙的破鑼聲笨兮兮地說：「這些花，顏色幾『威』……」

亞香用個空汽水瓶盛了些水，把這些不香的粗花擺在家裡。忽然她知道，世界上並沒有水仙林的，但至少有這些粗花。她轉頭來，見到滾叔的臉上帶著詢問的神情，以及無限的期望。

「嗱，亞香，我們買這種椅子，好不好？」他們走在北風的街頭，朝人家店鋪中的擺設指指點點地說。

「怎樣也好吧。」亞香再開始關心這檔子了，但仍不大提得起勁。

「你一定要幫我的。」滾叔興沖沖地說。

是的，該要好好地幫滾叔。每天檔子上已夠忙，還要忙籌備新檔的事。忙、忙，滾叔真正是需要她幫忙啊。

「我這麼多年來的積蓄都放在這兒了。」滾叔近來總是很興奮，像個加滿了油的火爐。「我們要開最好最的檔子，給孩子們、老街坊、學生、工友，都弄些美味的吃食……」

有一個人不再來了，但還可以替這許多其他的人煮美味的粥，況且，這是滾叔的命根。他把那種熱都傳給別人了。亞香也再開始提意見：「要把舊火水爐換過石油氣爐，爐櫃要鋪膠板……」

「我要一次過便全部都換新的。交了『頂手費』，裝修費又是一大筆的。還欠二百多元，我最多借高利貸也要一次過裝修得光光鮮鮮。」

「不，只欠二百多元吧。我有一條金鍊，賣了便夠。」亞香用心地跟滾叔一起計畫。

「不，不能的。」滾叔皺著眉，不大願意。

「我一定要，這是我的股份。」亞香固執起來也是很固執的。她像是從一個飄渺而美麗的地方遠行回來的人，到底要腳踏實地地走路了。

辦妥了頂手領牌等手續，「滾記」的大招牌早託人用端正的楷書寫好了。多年來的積蓄都一下子拿了出來，選桌椅，買碗碟，還要多請兩個夥計。

滾叔越來越緊張。街坊們都向他恭賀。買餸的，經過時都放下菜籃搭訕幾句。挑著布匹、花生糖果、玻璃杯碟的小販行過，都放下擔子歇歇，順便聊聊天。

亞滾記今次真像做老闆喇，街頭街尾都替他高興。滾叔更是高興得團團轉、手足無措，又結結巴巴。做什麼事都特別有勁。雙手更加紅爛了，脖子更是不停地一伸一縮得厲害。整個人沒有一秒鐘是閒著不動的。連覺也睡不穩，常常依依唔唔地發夢囈。

近幾天北風更急了，又冷又乾。街上孩子們都有淌鼻涕的紅鼻子，臉蛋上都裂開花。老太婆們整天嗟嘆著凍瘡。衣服晾了出來，沒半天便乾透了。城市乾得像破殼果。

但滾叔和亞香心中都是熱騰騰的，還擇好了開張的黃道吉日。

這天，不開檔了，舊檔拆下來的枯乾的木板木條破鐵皮、裂了的舊火水爐，以及清理出來的垃圾都堆在一起。舊木桌椅，預備賣給收買佬的，疊堆在旁邊。石油氣爐送來了，還有簇新的桌椅雜物也送來了，擠滿了這小小的檔口。小孩子們好奇地探頭探腦觀看，滾叔便緊張萬分地不許人碰這些東西。明天便開工裝修了。

這晚，風很勁。

滾叔說：「東西都來了，放在那兒，真不放心。今晚我開張帆布床，帶張棉胎在檔子的帳裡睡。」

「不，不。」亞香死命也不讓他這樣做，這是入冬以來最冷的一天。風又大，很容易冷病。「今晚亞媽煲了糖水。回來吃了，早點睡。明天準會很忙……」

真的很冷，亞香蒙過被頭睡，還聽到木窗外風嗚嗚的聲。

啊，明天快點到來，快點裝修好，過兩天便開張……。小鋪變大鋪，滾叔會多安慰。況且，忙碌便沒空閒想……。她做著很多很亂、很興奮，又有點淒涼的夢。有很多食客，有水仙花的河邊……風嘶得好尖啊，是夢裡的風嗎？嘶得好尖銳，好淒厲。不，那不是夢，是真的。窗外劃過驚心動魄的警號聲，是警車？救護車？或是滅火車？……一輛接一輛經過，嘶裂了夜。「一定是火警了，今次不知是什麼地方遭殃……」亞香朦朧地在被窩中想。

但附近響起了嘈雜的人聲。車在隔一兩條街停了。她跳起來，完全醒了。弟妹們仍睡著，亞媽和亞嫲都披衣起床。亞香撲到仔樓上，只有個亂亂的空被窩，外衣仍懸在床頭。滾叔呢？

亞香披頭散髮地跑下街。隔街熊熊的火和濃煙像一個血的噴泉，舌焰吞噬著沉沉的黑夜，北風勁捲……

街上亂哄哄，吵鬧鬧，混著呼喚叫喊。滾叔呢？滾叔呢？一陣從心中透出來的恐慌與冰冷使她近乎抽搐地發顫，蹣跚地跑向火場。

啊滾叔！

他被消防人員攔著不能衝進火場。只穿著睡衣和一隻拖鞋。小眼睛呆呆地瞪著火，嘴巴張著，露出黃黃黑黑的牙齒，乾瘦的臉又青又紅，映著火光。痙攣得好怕人。

亞香跑過去用力搖著他。啊，只要人仍活著，什麼都可以，什麼都算了。

那堆瓦礫，那些木柱支著的破牆，便曾是好多人的家，其中也有他叔姪倆多年來的貯蓄、心血和理想。

滾叔的臉呆滯灰白得就像一堆瓦礫。「活了這大半輩子，也不是一次遭禍。但這一切努力，到底為了什麼？我實在可以坐著，慢慢等死了……」他喃喃地自言自語。

「滾叔，走吧，有什麼好看。」亞香哽咽著把他扯離了火場。

北風已靜了不少。太陽也好端端地探出頭來了。藍藍的天，看來是多騙人地和藹與平安啊。她走在路上，實實在在的路上。也許是很忍心，但她忽然知道自己很感激很高興，因為至少仍能走在這樣踏實的路上，能夠呼吸著街市邊那種新鮮與發臭味奇怪地混在一起的空氣。滾叔佝僂蹣跚地走著，希望都破滅了，但至少仍可以走著。

這破舊的街道像個打落到凡間的佛爺，沒有法術了。

是的，只要仍活著，總會有意思的。

黃昏時，亞香在破爛的後窗收起晾曬的衣服。一切都沒意思，一切都使人疲倦，一切都使人煩惱。但她仍衷心地感激他們仍能在這一切中活著。後街是灰灰茶茶的顏色，遠近的燈漸漸亮起來了。有多少人，跟他們的親友，在燈邊。一種暖暖的，快慰又悲哀的感覺在她心中轉迴著。飄過一朵雲，一隻肥貓跳過屋脊。後巷傳來孩子們的笑玩聲。做媽媽的喚道：「亞蝦，番嚟食飯囉——」

她把這些破舊的但洗得乾淨的衣服一件一件地摺疊好。預備它們再去接受生活的塵埃與汙跡，髒了再洗，破了便補……

滾叔總是呆坐著。

她遞給他一碗豬肉湯，還故意說：「這條木凳鬆了條腿，請你釘好它……」滾叔只是搖搖頭。

亞媽早已不耐煩了。更兼這幾天手氣都不好，每天打牌便輸錢。便一天嚕嗦幾十次：「亞香，不如去找工廠做啦，周圍都請女工。」

而滾叔這把年紀了，還可去做什麼工？他唏噓地說：「是的，你去工廠做吧。」

「不不，」亞香認真地向他說：「我們還有舊煲子，破碗子，我們可以從頭來過……」

「還可以做什麼呢？反正捱一輩子也不會出頭。」滾叔呆呆地望著前面，尖沙的聲音從來沒有過這樣疲倦的。」

「從——頭——來——過——」亞香一個字一個字地說道。

她心中實在害怕。滾叔雖然瘦瘦矮矮，一向都像個鐵靠山似地扶著她，護著她。現在這鐵山竟然完全倒塌了。她不但要自己站起來，還要扶他起來，但她怎樣怎樣也不能讓人看出她害怕。

她把最後的首飾——一枚戒指，也押掉了。買了開檔的用品。勉強笑著：「滾叔，早點睡吧。明天早些開檔。」

屋裡汽水瓶中插著的雞冠花等早已殘了，但亞香仍記得它們那平凡的鮮豔。

粥檔變了由亞香負責。滾叔只幫忙。他神情萎頓得像個壞了的火水爐。

但街坊們都很關心。有很多人到他們檔上吃。越來越忙，滾叔也再沒空發呆了。

他再做腸粉。紅爛的雙手仍然紅爛下去。他那把脖子一伸一縮的習慣也緩慢得多了。只是，當人家讚道：「滾叔造的腸粉，特別香滑美味。」他便忍不住又笑了起來。他實在老了很多，皺紋也增了很多。但到底仍能一心一意地，每天為這許多人預備早點。

「白粥一碗，腸粉三碟……」亞香的呼喚又響在清晨的街頭。不過再沒以前那種天真單亮了，清澈中微帶著沙啞。她實在沉著了很多。

有時，仍有一些念頭會忽然在心中一閃，她便很想知道，這個時刻，他在想著什麼？走在新界怎樣的一條路上？水仙林又到底會是怎樣的？

但，通常地，她都可以專心地替這些早起的街坊預備早點，在寒冷的街頭，把一碗碗熱粥遞給他們，讓他們能夠飽飽暖暖地開始一天的工作。

作者簡介

——綠騎士（1947-），原名陳重馨，一九四七年五月二十六日生於香港，原籍廣東臺山。在香港大學主修現代英語、副修中國文學。這時期的作品在《純文學》、《南北極》等雜誌刊登。一九七三年拋下了穩定的工作和生活軌道到了巴黎，進入法國國立高等美術學院。現定居巴黎。作品包括散文、小說、隨筆等，曾於港、臺報章雜誌發表。著作有《綠騎士之歌》、《棉衣》、《深山薄雪草》、《壺底咖啡店》、《魔牆的祕密》、《啞箏之醒》，以及《飛樹謎》、《心形月亮》等。

十三婆的黃昏

蓬草

小黑子歪著頭，斜了眼覷看三個小孩蹲在樓梯轉角處，吸食從路上撿回來的香菸屁股。因是這樣的姿勢擺得長久，口涎便黏黏的從微綻的嘴巴流出，沿著脖子落在右肩膊上。小黑子趕快吞了一口唾沫，也順帶吞進香菸屁股的熏濁味，涎沫的酸臭味和浮溢在樓房之間的髒污味。

在很短時間內，天黯黯的慘淡了神色，灰黃夕照覆罩在光禿禿的紅山嶺上，勾出麻糊的輪廓，山下是二十多座一式一樣醜鄙粗劣的徙置房宇，所僅賴以判別不同的便是在叢生著瘡癬的牆壁上，悸目驚心地漆著斗大的數目字。

汗水淋淋從小黑子的髮際流下，其中一滴滑進眼眶裡，他也不用手揩拭，只死命地睜著眼，結果還是免不了辛辣的滋味，他舉起黧黑的手撫擦著臉……。

一大巴掌直劈下來，小黑子觸電似地躍開兩步，十三婆巍巍的身影在黃昏殘照中突現，背後是癆病似的紅山。

「誰要你潑賴在這兒？有好不學，抽菸也值得看的？一副死相，二菜頭不見了，你死，你死！」

十三婆剛擱下洗衣的工作前來，兩隻手濕漉漉。隨著每一巴掌便有幾星水花飛濺在小黑子身上，辛香的肥皂味使他的鼻孔一陣酸，直要打噴嚏，但抬頭望著十三婆的歪形臉，小黑子把噴嚏忍下了。

他機巧地兩手護頭，躲得遠遠，貼著霉裂的牆，「二菜頭在樓下玩，沒有不見。」

十三婆拍掌大罵，「在樓下玩？你不看著他，他一個兒在樓下玩？爬出街上，給車撞倒怎辦？那時，你有臉見爹娘我也沒臉。混賬鬼子，除了吃飯拉屎什麼也不會，快去找二菜頭回來。」

小黑子木然走了兩步，回過頭來，壯著膽說：「阿婆，我餓，給二毫錢買麵包吃。」

「你作死！」十三婆「虎」的跳起來，一手脫了左腳下的木屐，「敲穿你的臭頭！」

小黑子如風似地疾奔下樓，在最後一塊石階處踢翻了正要掙扎爬上來的二菜頭，兩人滾了一團，二菜頭裂白著嘴，哭個人仰馬翻。

貧薄的晚飯攤伏在桌上。鹽炒白菜，蒸五花腩肉，還有四碗白飯。

枇杷自踏腳入屋便無聲響，臉挺得緊緊。此刻她拿著碗，自己吞一口又硬飼二菜頭一口。二菜頭光著屁股坐在枇杷膝上，用力嚥著飯，好幾次差點回不過氣來，小臉上時有紫漲的顏色。

長生看不順意，「你餵了孩子自己才吃不好？看他吃嗆了。」

枇杷瞟他一眼，不作聲。匙羹再往二菜頭的嘴巴送。

「你當我死了？」長生把碗一放，又疲乏又氣悶的叫嚷，一伸手把二菜頭抓過來，放在床上。

做妻子的像一枚燃上了火的爆竹，手腳向四方擺動，指天畫地回罵個淋漓盡致，「我當你死？你才當我死！飯也沒法安樂吃，已經餵著小孩你還要罵，我生出來是該你罵的？也不用水照照自己是什麼貴相。我在外頭工作，朝八晚六做膠花，回家仍要理小孩，理家務，理你，要不是阿媽幫我，我早走了不回頭，要待在這兒捱窮！」

長生扯大了嗓門：「朝八晚六做膠花還不是你自己甘願，有誰逼著你？賺了錢也是私己錢，我有拿你一個子兒嗎？你可以不做啊！」

十三婆看著形勢不好，便出言調停，「算了算了，淺水望船浮，你們也想這頭家好，吃飯吧！」

「不！」枇杷使性地站直了身子，「我倒要說清楚，什麼叫做私己錢？還不是貼了這個家？我也要有件光鮮衣服穿，孩子也要放出去見得人，就憑你每月拿回來的幾百塊錢我們只好活得像乞丐。你道我喜歡出去熬的嗎？誰不想大魚大肉，綾羅綢緞的留在家中享福？只是我有眼無珠，嫁與你，一生捱窮，要想多穿一件衣裳，多吃一片水果糖便要從早到夜沒命地做，做，還惹你閒言閒語，不過，」說到這裡枇杷「花喇喇」的流下了淚，「你可以安樂了，姓趙的，從此以後你跪拜我去開工也不成，明天起，廠子關門大吉，如了你的意！」話說完後她重重坐回椅子上，淚繼續沒休止的下。

長生全泄了氣，求助似的瞪著十三婆，「我才說她兩句，那兒便來這麼多話！」然後便默默吃飯。

小黑子溜轉著大眼珠靜心觀看一切，但仍不忘記挑最瘦的幾片肉往嘴裡填。

二菜頭不知在哪個時刻舒展了四肢，睡起覺來。碌架床的下格，在棉被雜物之間，

枇杷失業後兩頓飯由她來燒，十三婆躭在家中坐立均覺著不是。

她整天穿插鄰居房舍間，盤了腿涎著臉盡盯緊人家的電視機，看了還不夠，咿咿呀呀的和著唱，又把故事絮瑣地說與四座的人聽，弄致別人白了眼，「你就靜靜吧！」十三婆立時彎起背哆嗦，不到五分鐘便可忘形地再次叭呱。人家煩厭站起，「小黑子和二菜頭怕要找你了，回去吧！」她嗒然若失地陪著笑，昏頭昏腦的樣子。

回抵自家的房子，枇杷正站在甬道上燒飯，左手持著光滑的魚身，右手拿刀「刮刮」的削著鱗，看見母親回來只用目示意，也不言語。十三婆掀起簾子，小室除了面對窗子那一片兒地方還沾著光亮，其餘暗黑得可以。她沒有亮燈，蜷身蹲進牆角，無意中手觸著缺了門的衣櫥，立刻機械性地伸手進去第二格，碰到一個上了鎖的小木盒，心才舒服，暢快地嘆了一口氣。

枇杷毫無所覺，繼續大力砍一根骨頭。

十三婆寧願日子像從前一樣，枇杷和長生每天大清早外出，黃昏才回來，她便不怕有人看到她抱著小木盒的滿足神情。幾乎每過兩小時，她總要從內衣口袋中掏出油膩的一串匙，把最小的一條放進木盒鑰孔，輕巧地扭動，翻起蓋子，她的命根又和她見面了。兩隻金指環，一隻金手鐲，還雕了龍鳳的，一條金項鏈，四隻金耳墜，「我的身家性命呀！」每次看著，十三婆便饜足得很。

自從枇杷失業以來，十三婆大大減少這種樂趣，只能乘著枇杷上街買菜才那麼心慌意亂的開箱子窺看幾眼，所以她的情緒也變得陰惻而不穩定，又擔心家計日漸困難，「但要我貼錢出來，皇帝老子下命令我也不依的！」她眨眨眼，核桃似的乾臉上更多幾條皺紋。

十三婆有時也耐人尋味的蹲踞在路攤旁，用三元五塊的價錢購買一塊「玉」。拿給人看時總把價錢提高，三元說成三十元，五塊說成五十塊，但人家仍要笑她，「婆子，這哪兒是玉！」她急著說，「賣的說是玉。」四周哄起笑聲，「他當然說是玉，難道說是玻璃，塑膠，石頭嗎？」十三婆便很生氣，「你們總要挑剔我的！」

因為日子實在無聊，十三婆四處浪蕩，也從在地盆工作的漢子口中，聽取了不少「政府加稅」，「劫掠打殺」，「經濟不景」的社會新聞，特別喜歡「不景氣」這個新名詞，回抵家中便權威地說，

「捱窮是應該的，經濟不景嘛！」覺得「不景」這兩個字音色鏗鏘，而且很有「學問」的味道。但是長生不喜十三婆在地盆遊蕩，認為太危險，著實的把她訓斥了一頓，枇杷也和著說，「磚塊石頭機器全會掉下來的，打死了怎辦？」十三婆只好在徙置區內野鬼似的飄動。

雖是傍晚時分，熱氣仍大團大團的滾進屋子。十尺乘十一尺的地方除了要容納五個人的體積，和因這五個人而引發的一大堆家私雜物外，再加上實體似的熱氣，人們只能詛咒著隨汗水兇兇流下，也不擦拭了。小黑子鑽進床下捉蟑螂，用膠拖板「啪啪」的追殺，但床下滿是箱篋，肥大蟑螂逃匿得容易。二菜頭滿身長了痱子，拍著手在旁邊助陣叫嚷。

長生放下報紙，蠻有興趣的述說一則兇殺案。

「如今人命不值錢了，這個人身上只有幾塊錢，也給箍頸黨光顧，他大叫救命，搶劫的人一氣，惡向膽邊生，一刀、兩刀後三刀，就把他剮刺，這個人還帶了一身血，掩著流出來的腸子，拖拉著去警崗報案，剛捱到門前，轟然倒在地，死了，身後留下一條長長的血路。唉，光天化日啊！」

小黑子有故事好聽，蟑螂也不打殺了，坐在木凳上張大嘴巴。

枇杷厭惡的神色，「你呀，最喜歡看，最喜歡說的便是這些新聞，心理變態！」

長生嘻笑著，「沒有這些新聞，我還有得說嗎？」

枇杷想了一想，「這個人也不知輕重，錢財身外物，給了他便算，叫什麼救命，還不是找死？」

「你倒說得漂亮，錢物身外物，我少給一個錢家用你也和我過不去呢！」長生本想和妻子頑頑。但枇杷可認了真，反了臉，火爆發罵，「你的話很好聽，只會『少給一個錢家用』嗎？怎麼不說多給一個錢家用呢，我便打鑼敲鼓的宣揚你是我的好丈夫。有錢只管喝酒，賭四重彩，整天想著的便是怎樣少給一個錢家用，還是人嗎？」

長生唉聲歎氣，「開不得玩笑，開不得玩笑！」把報紙篷著臉，想想有點不服氣，嘀咕說，「喝酒，賭四重彩，只是少少的意思意思，也有贏錢的時候。」

「嗤！」枇杷重重的發出不屑的聲音。

小黑子打了個大呵欠，這樣的對白實在聽膩了，他寧可聽一開始那個「肚破腸流」的故事。他很想叫爸爸再講一次，但又怕媽媽罵他不學好。於是偷偷溜出甬道，迎著全黑的天伸手遞腿，口中念誦，「我是飛天超人，風雷電，把你們妖魔鬼怪通通殺死！」

十三婆躺在床上假寐，沒有插嘴說話，但心裡很慌。也知道世情不好，但為十多塊錢斬殺一個人的事總叫人發毛。這夜她做了許多夢，刀光劍影的，一會子是血肉，一會子是錢財，一會子連自己的金首飾也夢上了，嚇得大叫一聲醒過來，從拉不攏的窗簾隙縫滑進一片兒光，直刺得她雙眼發痛，但心裡很快活的明白剛才只是做夢。

十三婆的眼睛不行了。

早在去年左眼便昏昏迷迷的，看東西一天差似一天。她買眼藥水，昂著頭像雞隻一般，手捧瓶子擠呀擠，藥水流了一面，也不大清楚有多少走進眼眶裡，只是掛著幾行水漬在房子內抱了手踱步，算是盡過人事。

有時她闔上一隻眼，用壞的那隻凝神觀看桌上的時鐘，起先還勉強分辨出時刻，慢慢只見一團不清不楚的字影，她慌忙睜開右眼，幸好一切又清晰呈現，便不勝欷歔的嘆口大氣。

但令她恐懼的卻是：近來，右眼也好像不行了。

她有點亂了手腳，開始在枇杷和長生的臉前申訴起來，「唉，我會瞎的，真苦啊！」泛著淚，憂惻的樣子。

「應該去看眼科醫生的，但這兒哪裡找！」長生儼然說。

枇杷接著，「要乘車出九龍，一來一往，單是交通便費上兩個多鐘頭，而且，」狠狠的說下去，「看眼科，怕不要四五十塊錢一趟！」

十三婆駭得話也沒了，氣也微了，幽幽說兩句：「其實也不算什麼，年老人總會這樣，退化，一切退化！」

枇杷怪臉的擠出笑容，「我說阿媽，有病還是看醫生好，我們做女兒婿子的無本事，怕典盡當清也只能帶你看幾次眼醫，但你也要為自己著想，錢財身外物，眼睛可是要緊的，有人用幾萬塊錢買下剛死的人的眼珠，也為了要把這世界看得明明白白，你不可糊塗，誤了自己！」

十三婆發了麻，手足立時一陣陣冰冷，聽出枇杷話裡有因。她可憐地顫著聲說，「我哪兒有錢？有錢還是這樣子？破舊的老婆子讓人家看了礙眼？有錢我也該換換這套衣服，窮人真是苦啊！」

長生不明所以，傻了眼聽著這一串沒來頭的對話，但枇杷早放聲大哭，「你苦，我也苦啊！都是我自己不作好，人家周大少兩層房子再加上五萬元現錢我也不要，嫌人家年紀大，瘸了一條腿，就迷了心的跟著你！」一轉臉正正對著長生掉淚，「跟著你啊，捱窮，住徙置區，我沒好吃好穿也還罷了，老的少的連帶受苦，叫苦，怨苦！是你拖累的！」右手食指狠命點著長生的額。

「寧欺白鬚公，莫欺少年窮，我也有吐氣揚眉的一天！」長生本著「好男不與女鬥」，輕聲軟氣回話，倒不像自辯，而像嘆息。

「吐吐吐，吐你的骨頭！」枇杷大力啐了一口，突然來個偃旗息鼓，扭動身，扯著二菜頭出去，「來，阿媽和你上街，勿受這些人閒氣！」

小黑子吊著影跟出，「媽，我也上街！」

枇杷人已轉出甬道，但餘音繚繞，「人家要什麼你也要什麼，有飯給你吃不就夠？埋怨這樣那樣！窮的說窮，有錢的可又學著說窮，死守不放，帶去黃泉路嗎？」

左鄰右舍聽得納悶，也不知枇杷怨恨些個？

從此十三婆也沒有提起「眼睛」的事。半年下來，左眼是全瞎了，但右眼矇瞥了一半之後卻驀地停止，沒有轉好，也沒有轉壞，十三婆喜悅無比，偷偷買了香燭紙錢，謝了滿天神祇。

至於枇杷和長生，則每天忙碌算計如何挪動那微薄的工資，以供闔家衣食任何之用，對十三婆的眼睛實在無暇理會，只是有時觸目驚心地看著她昏濁的左眼，兇兇的不管右眼轉往那兒仍舊往前方瞪視，心裡著實不舒服，便索性說話時不望十三婆的臉孔。

地盆的打樁機轟隆了十小時之後，終於隨著太陽的斜墜而來個聲沉音滅，但四下裡的人早慣了震耳欲聾的鳴響，反覺這黃昏的闃靜顯著彆扭的寂寞。

孩子們溜進地盆放風箏，有誰的風箏老放不起來便引得同伴仿著大人口氣說粗話，百笑罵得他抱了風箏快快離開，垂著頭，小小的心裡也在嘀咕：「媽的、屁的！」

十三婆坐在一頭大石上，小黑子因沒有風箏，只能用身體挨擦著鐵絲網，遠遠羨慕遊戲中的孩子。二菜頭在地上滾動，不時把小石放進口中，嘗嘗沒有味道又吐出來，嘴巴滿是沙。

小黑子苦著臉，作第九次的哀求，「阿婆，給錢我買風箏！」

十三婆堅決如一，「不！」

「阿婆！」小黑子想哭。

「你呀，」十三婆厲色說，「明天要去做小夥計了，還買什麼風箏！」

「我不做小夥計，我要放風箏！」小黑子終於哭出眼淚，用手搖動鐵絲網。

十三婆沒再理睬他。

紅山斑駁著難看的白點，活像癩子頭上的疤痕，樓房陰影一層又一層地交錯覆蓋，夜色漸漸加添，晚風中飄揚而來的是明渠積水的臭味，如魑魅般在醜陋的房宇中拂動，直使人們無法不大量的和著空氣把它也吸進肺部，日間帶了這種氣息四處營生，晚上帶了它入夢。

長生家遭遇賊劫的新聞，頗使枯寂的徙置區掀起一場熱鬧。

如此事態在報紙上看得多了，劫財劫色甚至劫命本來再也不顯得新鮮，但人們感興味的是長生家中竟然有貴重的東西給劫匪搜掠出來，而且聽說是老婆子的金飾！

鄰居們密麻擠塞了長生的屋子，有些還帶了吃得一半的飯碗前來，口裡填滿食物，說話時噴出飯粒。

房子給翻個稀巴爛，長生、枇杷、十三婆和二菜頭坐在雜物中。小黑子仍在店裡做小夥計，不到晚上十時不能回來。

長生憤慨莫名：「這些人還有良心？要偷要搶也要睜眼看地方，銀行不好去？半山區不好去？偏要來徙置區，他媽的找著他們來個五馬分屍！」

「你別氣了，在香港殺人放火也不會判死刑的，打劫又怎會來個五馬分屍！」張大叔好像不知長生正在氣頭上，夸夸地和他解釋。

張大嫂用手肘撞他一下，轉臉迎著枇杷好奇地問：「事情到底怎樣？」

「有怎麼樣？還不是聽她說的！」枇杷惱怒莫名，指著低頭啜泣的十三婆，「四時多吧，長生未回家，我去買菜。她呀，她本來帶二菜頭出外玩的，但她偏留在家裡，也不知弄什麼鬼。後來，有兩個十多二十歲的男子出現，唉，天啊，她竟忘了把鐵閘拉上，他們就大模斯樣的走進屋子，用布封了她的嘴，翻箱倒篋，她，便給這兩個人搶了金飾！」枇杷臉上一陣紅一陣白。

「啊！」聽的人有點失望，惋惜了一聲，事情顯然缺乏曲折離奇，比報紙上刊登的那些差勁許多。

李姑憤憤不平的再問：「到底失了多少？」

枇杷火著眼睛，「兩隻金戒指，一條金項鏈，四隻金耳環，一隻金手鐲，少說也值三四千！」二嬸吞下一口椰菜，因為狼忙，大聲嗆咳著，「那麼，那麼十三婆你為什麼要把東西放在屋子裡？盜賊橫行，放在銀行保險箱不好嗎，多安全！」很滿意自己的廣博見聞，向室內其他人裂嘴一笑。

「她那懂得什麼銀行保險箱！」枇杷繼續做十三婆的代言人，又不忘記嚴酷的批判她，「有錢自己躲著、藏著，倒像我們會偷她的。早些日子，她眼睛害病也按著錢袋不肯醫理，我們能夠說些什麼話？話多了便像要謀奪她的金飾。現在好了，風吹雞蛋殼，財散人安樂，我們放心，你也安樂了。」

長生覺著妻子的話說狠了，正想著如何勸解。人群紛擾擾的偏多意見，也有認為十三婆不是，也有在心裡訕笑枇杷兇暴，滋擾蠢動的滿屋子響鬧著聲音。人們哄嚷得忘記點亮燈，天色大沉，房間墨墨黑著，通道外那盞黃燈永遠是癆病鬼似的吊著命，也沒法分一線兒光進來。

忽地，從蹲伏在牆角的十三婆那兒，裂出一聲聲淒切慘厲的嗥叫，像刀子般四下裡割切著。喧嘩中的人只覺一陣涼意從腳尖直透上心房，打著寒噤，堅了汗毛，嘴巴也止了翕動。那聲音和著淚，「我的陪嫁金飾啊！我的棺材本啊！我的命啊！替我把賊捉回來，我要咬他，看看他是不是人，欺負我這樣一個可憐的老婆子！」

聲音尖銳痛刻，本來有人聽了這幾句話想發笑的，但一定神猛地看到十三婆瞎了的左眼竟也隨著右眼滔滔流下淚水，眢白眼球藏著多年生活的殘暴影子，兇神惡煞的教人不能久視，一下子沒有人敢作任何言語。

十三婆便激憤地、盡情地大哭起來。

作者簡介

——蓬草（1946-），本名馮淑燕。在香港出生，一九七五年移居法國巴黎，先後在巴黎第三大學及法國國立高等翻譯學院畢業，現主要從事創作和翻譯。蓬草的創作以短篇小說為主力，已出版短篇小說集《蓬草小說自選集》、《頂樓上的黑貓》、《森林》、《老實人的假期》、亦有長篇小說創作《婚禮》，散文集《親愛的蘇珊娜》、《櫻桃時節》、《還山秋夢長》、《北飛的人》（散文小說合集）等。

像我這樣的一個女子

西西

像我這樣的一個女子，其實是不適宜與任何人戀愛的。但我和夏之間的感情發展到今日這樣的地步，使我自己也感到吃驚。我想，我所以會陷入目前的不可自拔的處境，完全是由於命運對我作了殘酷的擺布，對於命運，我是沒有辦法反擊的。聽人家說，當你真的喜歡一個人，只要靜靜地坐在一個角落，看看他即使是非常隨意的一個微笑，你也會忽然地感到魂飛魄散。對於夏，我的感覺正是這樣。所以，當夏問我：你喜歡我嗎，的時候，我就毫無保留地表達了我的感情。我是一個不懂得保護自己的人，我的舉止和言語，都會使我永遠成為別人的笑柄。和夏一起坐在咖啡室裡的時候，我看來是那麼地快樂，但我的心中充滿隱憂，我其實是極度地不快樂的，因為我已經預知命運會把我帶到什麼地方，而那完全是由於我的過錯。一開始的時候。我就不應該答應和夏一起到遠方去探望一位久別了的同學，而後來，我又沒有拒絕和他一起經常看電影。對於這些事情，後悔已經太遲了，而事實上，後悔或者不後悔，分別也變得不太重要。此刻我坐在咖啡室的一角等夏，我答應了帶他到我工作的地方去參觀。而一切也將在那個時刻結束。當我和夏認識的那個季節，我已經從學校裡出來很久了，所以當夏問我是在做事了嗎？我就說我已經出外工作許多年了。

那麼，你的工作是什麼呢。他問。

替人化妝。

我說。

啊，是化妝。

他說。

但你的臉卻是那麼樸素。

他說。

他說他是一個不喜歡女子化妝的人，他喜歡樸素的臉容。他所以注意到我的臉上沒有任何的化妝，我想，並不是由於我對他的詢問提出了答案而引起了聯想，而是由於我的臉比一般的人都顯得蒼白。我的手也是這樣。我的雙手和我的臉都比一般的人要顯得蒼白，這是我的工作造成的後果。我知道當我把我的職業說出來的時候，夏就像我曾經有過的其他的每一個朋友一般直接地誤解了我的意思。在他的想像中，我的工作是一種為了美化一般女子的容貌的工作，譬如，在婚禮的節日上，為將出嫁的新娘端麗她們的顏面；所以，當我說我的工作並沒有假期，即使是星期天也常常是忙碌的，他就更加信以為真了。星期天或者假日，總有那麼多的新娘。但我的工作並非為新娘化妝，我的工作是為那些已經沒有了生命的人作最後的修飾，使他們在將離人世的最後一刻顯得心平氣和與溫柔。在過往的日子裡，我也曾經把我的職業對我的朋友提及，當他們稍有誤會時我立刻加以更正辯析，讓他們了解我是怎樣的一個人，但我的誠實使我失去了幾乎所有的朋友，是我使他們害怕了，彷佛坐在他們對面喝著咖啡的我竟也是他們心目中恐懼的幽靈了。這我是不怪他們的，對於生命中不可知的神祕面我們天生就有原始的膽怯。我沒有對夏的問題提出答案時加以解釋，一則是由於我怕他會因此驚懼，我是不可以再由於自己的奇異職業而使我周遭的朋友感到不安的，這樣我將更不能原諒我自己；其次是由於我原是一個不懂得表達自己的意思的人，而且長期以來，我同時習慣了保持沉默。

但你的臉卻是那麼樸素。

他說。

當夏這樣說的時候，我已經知道這就是我們之間感情路上不祥的預兆了。但那時候．夏是那麼地快樂，因為我是一個不為自己化妝的女子而快樂，但我的心中充滿了憂愁。我不知道，在這個世界上，誰將是為我的臉化妝的一個人，是怡芬姑母嗎？我和怡芬姑母一樣，我們共同的願望乃是在我們有生之年，不要為我們自己至愛的親人化妝。我不知道在不祥的預兆冒升之後，我為什麼繼續和夏一起常常漫遊，也許，我畢竟是一個人，我是沒有能力控制自己而終於一步一步走向命運所指引我走的道路上去；對於我的種種行為，我實在無法作出一個合理的解釋，我想，人難道不是這樣子的嗎，人的行為有許多都是令自己也莫名其妙的。

可以參觀一下你的工作嗎？

夏問。

應該沒有問題。

我說。

她們會介意嗎？

他問。

恐怕沒有一個會介意的。

我說。

夏所以說要參觀一下我的工作，是因為每一個星期日的早上我必須回到我工作的地方去工作，而他在這個日子裡並沒有任何的事情可以做。他說他願意陪我上我工作的地方，既然去了，為什麼不留下來看看呢。他說他想看看那些新娘和送嫁的女子們熱鬧的情形，也想看看我怎樣把她們打扮得花容月貌，或者化醜為妍。我毫不考慮地答應了。我知道命運已經把我帶向起步跑的白線前面，而這注定是必會發生的事情，所以，我在一間小小的咖啡室裡等夏來，然後我們一起到我工作的地方去。到了那個地方，一切就會明白了。夏就會知道他一直以為我為他而灑的香水，其實不過是附在我身體上的防腐劑的氣味罷了；他也會知道，我常常穿素白的衣服，並不是因為這是我特意追求純潔的表徵，而是為了方便我出入我工作的那個地方。附在我身上的一種奇異的藥水氣味，已經在我的軀體上蝕骨了，我曾經用過種種的方法把它們驅除，直到後來，我終於放棄了我的努力，我甚至不再聞得那股特殊的氣息。夏卻是一無所知的，他曾經對我說：你用的是多麼奇特的一種香水。但一切不久就會水落石出。我一直是一名能夠修理一個典雅髮型的技師，我也是個能束一個美麗出色的領結的巧手，但這些又有什麼用呢，看我的雙手，它們曾為多少沉默不語的人修剪過髮髭，又為多少嚴肅莊重的頸項整理過他們的領結。這雙手，夏能容忍我為他理髮嗎，能容忍我為他細意打一條領帶嗎？這樣的一雙手，本來是溫暖的，但在人們的眼中已經變成冰冷，這樣的一雙手，本來適合懷抱新生的嬰兒的，但在人們的眼中已經變成按撫骷髏的白骨了。

怡芬姑母把她的技藝傳授給我，也許有甚多的理由。人們從她平日的言談中可以探測得清清楚楚。不錯，像這般的一種技藝，是一生一世也不怕失業的一種技能，而且收入甚豐，像我這樣一個讀書不多、知識程度低的女子，有什麼能力到這個狼吞虎嚥、弱肉強食的世界上去和別的人競爭呢。怡芬姑母把她的畢生絕學傳授給我，完全是因為我是她的親姪女兒的緣故。她工作的時候，從來不讓任何一個人參觀，直到她正式的收我為她的門徒，才讓我追隨她的左右，跟著她一點一點地學習，即便獨自對著赤裸而冰冷的屍體也不覺得害怕。甚至那些碎裂得四分五散的部分、爆裂的頭顱，我已學會了把它們拼湊縫接起來，彷彿這不過是製作一件戲服。我從小失去父母，由怡芬姑母把我撫養長大。奇怪的是，我終於漸漸地變得越來越像我的姑母，甚至是她的沉默寡言，她的蒼白的手臉，她步行時慢吞吞的姿態，我都越來越像她。有時候我不禁感到懷疑，我究竟是不是我自己，我或者竟是另外的一個怡芬姑母，我們兩個人其實就是一個人，我就是怡芬姑母的一個延續。

從今以後，你將不愁衣食了。

怡芬姑母說。

你也不必像別的女子那般，要靠別的人來養活你了。

她說。

怡芬姑母這樣說，我其實是不明白她的意思的。我不知道為什麼跟著她學會了這一種技能，就可以不愁衣食，不必像別的女子要靠別人來養活自己，難道世界上就沒有其他的行業可以令我也不愁衣食，不必靠別的人來養活麼。但我是這麼沒有什麼知識的一個女子，在這個世界上，我是必定不能和別的女子競爭的，所以，怡芬姑母才特別傳授了她的特技給我，她完全是為了我好。事實上，像我們這樣的工作，整個城市的人，誰不需要我們的幫助呢，不管是什麼人，窮的還是富的，大官還是乞丐，只要命運的手把他們帶領到我們這裡來，我們就是他們最終的安慰，我們會使他們的容顏顯得心平氣和，使他們顯得無比地溫柔。我和怡芬姑母都各自有各自的願望，除了自己的願望以外，我們尚有一個共同的願望，那就是希望在我們的有生之年，都不必為我們至愛的親人化妝。所以，上一個星期之內，我是那麼地哀傷，我隱隱約約知道有一件淒涼的事情發生了，而這件事，卻是發生在我年輕的兄弟的身上。據我所知，我年輕的兄弟結識了一位聲色性情令人讚羨的女子，而且是才貌雙全的，他們彼此是那麼地快樂，我想，這真是一件幸福的大喜事。然而快樂畢竟是過得太快一點了，我不久就知道那可愛的女子不明不白地和一個她並不傾心的人結了婚。為什麼兩個本來相愛的人不能結婚，卻被逼要苦苦相思一生呢。我年輕的兄弟變成了另外一個人了，他曾經這麼說：我不要活了。我不知道應該怎麼辦，難道我竟要為我年輕的兄弟化妝嗎。

我不要活了。

我年輕的兄弟說。

我完全不明白事情為什麼會發展成那樣，我年輕的兄弟也不明白。如果她說；我不喜歡你了，那我年輕的兄弟是無話可說的。但兩個人明明相愛，既不是為了報恩，又不是經濟上的困難，而在這麼文明的現代社會，還有被父母逼了出嫁的女子嗎？長長的一生為什麼就對命運低頭了呢。唉，但願在我們有生之年，都不必為我們至愛的親人化妝。不過，誰能說得準呢，怡芬姑母在正式收我為徒，傳授我絕技的時候曾經對我說過：你必須遵從我一件事情，我才能收你為門徒。我不知道為什麼怡芬姑母那麼鄭重其事，她嚴肅地對我說：當我躺下，你必須親自為我化妝，不要讓任何陌生人觸碰我的軀體。我覺得這樣的事並無困難，只是奇怪怡芬姑母的執著。譬如我，當我躺下，我的軀體與我，還有什麼相干呢。但那是怡芬姑母唯一的一個私自的願望，我必會幫助她完成，只要我能活到那個適當的時刻和年月。在漫漫的人生路途上，我和怡芬姑母一樣，我們其實都沒有什麼宏大的願望，怡芬姑母希望我是她的化妝師，而我，我只希望憑我的技藝，能夠創造一個「最安詳的死者」出來，他將比所有的死者更溫柔，更心平氣和，彷佛死亡真的是最佳的安息。其實，即使我果然成功了，也不過是我在人世上無聊時藉以殺死時間的一種遊戲罷了，世界上的一切豈不毫無意義，我的努力其實是一場徒勞，如果我創造了「最安詳的死者」，我難道希望得到獎賞？死者是一無所知的，死者的家屬也不會知道我在死者身上所花的心力，我又不會舉行展覽會，讓公眾進來參觀分辨化妝師的優劣與創新，更加沒有人會為死者的化妝作不同的評述、比較、研究和開討論會。即使有，又怎樣呢？也不過是蜜蜂螞蟻的喧嚷。我的工作，只是斗室中我個人的一項遊戲而已。但我為什麼又作出了我的願望呢，這大概是支持我繼續我的工作的一種動力了，因為我的工作是寂寞而孤獨的，既沒有對手，也沒有觀眾，當然更沒有掌聲。當我工作的時候。我只聽見我自己低低地呼吸，滿室躺著男男女女，只有我自己獨自低低地呼吸，我甚至可以感到我的心在哀愁或者嘆息，當別人的心都停止了悲鳴的時候，我的心就更加響亮了。昨天，我想為一雙為情自殺的年輕人化妝，當我凝視那個沉睡了的男孩的臉時，我忽然覺得這正是我創造「最安詳的死者」的對象。他閉著眼睛，輕輕地合上了嘴唇，他的左額上有一個淡淡的疤痕，他那樣地睡著，彷佛真的不過是在安詳睡覺。這麼多年，我所化妝過的臉何止千萬，許多的臉都是愁眉苦臉的，大部分的十分猙獰，對於這些面譜，我——一為他們作了最適當的修正，該縫補的縫補，該掩飾的掩飾，使他們變得無限地溫柔。但我昨天遇見的男孩，他的容顏有一種說不出的平靜，難道說他的自殺竟是一件快樂的事情？但我不相信這種表面的姿態，我覺得他的行為是一種極端懦弱的行為，一個沒有勇氣向命運反擊的人，從我自己出發，應該是我不屑一顧的。我不但打消了把他創造為一個「最安詳的死者」的念頭，同時拒絕為他化妝，我把他和那個和他一起愚蠢地認命的女孩一起移交給怡芬姑母，讓她去為他們因喝劇烈的毒液而燙燒的面頰細細地粉飾。

沒有人不知道怡芬姑母的往事，因為有一些人曾經是現場的目擊者。那時候怡芬姑母仍然年輕，喜歡一面工作一面唱歌，並且和躺在她前面的死者說話，彷彿他們都是她的朋友。至於怡芬姑母變得沉默寡言，那就是後來的事了。怡芬姑母習慣把她心裡的一切話都講給她沉睡了的朋友們聽，她從來不寫日記，她的話就是她每天的日記，沉睡在她前面的那些人都是人類中最優秀的聽眾，他們可以長時間地聽她娓娓細說，而且，又是第一等的保密者。怡芬姑母會告訴他們她如何結識了一個男子，而他們在一起的時候就像所有的戀人們在一起那樣地快樂，偶然中間也不乏遙遠而斷續的、時陰時晴的日子。那時候，怡芬姑母每星期一次上一間美容學校學化妝術，風雨不改，經年不輟，她幾乎把所有老師的技藝都學齊了，甚至當學校方面告訴她她已經沒有什麼可以再學的時候，她仍堅持要老師們看看還有什麼新的技術可以傳給她。她對化妝的興趣如此濃厚，幾乎是天生的因素，以致她的朋友都以為她將來必定要開什麼大規模的美容院。但她沒有，她只把她的學問貢獻在沉睡在她前面的人的軀體上。而這樣的事情，她年輕的戀人是不知道的，他一直以為愛美是女孩子的天性，她不過是比較喜好脂粉罷了。直到這麼一天，她帶他到她工作的地方去看看，指著躺在一邊的死者，告訴他，這是一種非常孤獨而寂寞的工作，但是在這樣的一個地方，並沒有人世間的是是非非，一切的妒忌、仇恨和名利的爭執都已不存在；當他們落入陰暗之中，他們將一個個變得心平氣和而溫柔。他是那麼地驚恐，他從來沒想到她是這樣的一個女子，從事這樣的一種職業，他曾經愛她，願意為她做任何事，他起過誓，說無論如何都不會離棄她，他們必定白頭偕老，他們的愛情至死不渝。不過，竟在一群不會說話、沒有能力呼吸的死者的面前，他的勇氣與膽量完全消失了，他失聲大叫，掉頭拔腳而逃，推開了所有的門，一路上有許多人看見他失魂落魄地奔跑。以後，怡芬姑母再也沒有見過他了。人們只聽見她獨自在一間斗室裡，對她沉默的朋友們說：他不是說愛我的麼，他不是說不會離棄我的麼，而他為什麼忽然這麼驚恐呢。後來，怡芬姑母就變得逐漸沉默寡言起來，或者，她要說的話也已經說盡，或者，她不必再說，她沉默的朋友都知道關於她的故事，有些話的確是不必多說的。怡芬姑母在開始把她的絕技傳授給我的時候，也對我講過她的往事，她選擇了我，而沒有選擇我年輕的兄弟，雖然有另外的一個原因，但主要的卻是，我並非一個膽怯的人。

你害怕嗎？

她問。

我並不害怕。

我說。

你膽怯嗎？

她問。

我並不膽怯。

我說。

是因為我並不害怕，所以怡芬姑母選擇了我做她的繼承人。她有一個預感，我的命運或者和她的命運相同，至於我們怎麼會變得越來越相像，這是我們都無法解釋的事情，而開始的原因也許是由於我們都不害怕。我們毫不畏懼。當怡芬姑母把她的往事告訴我的時候，她說：但我總相信，在這個世界上，必定有像我們一般，並不畏懼的人。那時候，怡芬姑母還沒有到達完全沉默寡言的程度，她讓我站在她的身邊，看她怎樣為一張倔強的嘴唇塗上紅色，又為一隻久睜的眼睛輕輕撫摸，請他安息。那時候，她仍斷斷續續地對她的一群沉睡了的朋友說話：而你，你為什麼害怕了呢。為什麼在戀愛中的人卻對愛那麼沒有信心，在愛裡竟沒有勇氣呢。在怡芬姑母的沉睡的朋友中，也不乏膽怯而懦弱的傢伙，他們則更加沉默了，怡芬姑母很知道她的朋友們的一些故事，她有時候一面為一個額上垂著劉海的女子敷粉一面告訴我：唉唉，這是一個何等懦弱的女子呀，只為了要做一個名義上美麗的孝順女兒，竟把她心愛的人捨棄了。怡芬姑母知道這邊的一個女子是為了報恩，那邊的女子是為了認命，都把自己無助地交在命運的手裡，彷彿她們並不是一個活生生有感情有思想的人，而是一件件商品。

這真是可怕的工作呀。

我的朋友說。

是為死了的人化妝嗎，我的天呀。

我的朋友說。

我並不害怕，但我的朋友害怕，他們因為我的眼睛常常凝視死者的眼睛而不喜歡我的眼睛，他們又因為我的手常常撫觸死者的手而不喜歡我的手。起先他們只是不喜歡，漸漸地他們簡直就是害怕了，而且，他們起先不喜歡和感到害怕的只是我的眼睛和我的手，但到了後來，他們不喜歡和感到害怕的已經蔓延到我的整體，我看著他們一個一個在我的身邊離去，彷佛動物面對烈焰，田農驟遇飛蝗。我說：為什麼你們要害怕呢，在這個世界上，總得有人做這樣的工作，難道我的工作做得不夠好，不稱職？但我漸漸就安於我的現狀了，對於我的孤獨，我也習慣了。總有那麼多的人，追尋一些甜蜜溫暖的東西，他們喜歡的永遠是星星與花朵。但在星星與花朵之中，怎樣才顯得出一個人堅定的步伐呢。我如今幾乎沒有朋友了，他們從我的手感覺到另一個深邃國度的冰冷，他們從我的眼看見無數沉默浮游的精靈，於是，他們感到害怕了。即使我的手是溫暖的，我的眼睛是會流淚的，我的心是熱的，他們並不回顧。我也開始像我的怡芬姑母那樣，只剩下沉睡在我的面前的死者成為我的朋友了。我奇怪我在靜寂的時候居然會對他們說：你們知道嗎，明天早上，我會帶一個叫做夏的人到這裡來探訪你們。夏問過：你們會介意嗎。我說，你們並不介意，你們是真的不介意吧。到了明天，夏就會到這個地方來了，我想，我是知道這事情的結局是怎樣的，因為我的命運已經和怡芬姑母的命運重疊為一了。我想，我當會看到夏踏進這個地方時魂飛魄散的樣子，唉，我們竟以不同的方式彼此令彼此魂飛魄散。對於將要發生的事情，我並不驚恐，我從種種的預兆中已經知道結局的場面。夏說：你的臉卻是那麼樸素。是的，我的臉是那麼樸素，一張樸素的臉並沒有力量令一個人對一切變得無所畏懼。

我曾經想過轉換一種職業，難道我不能像別的女子那樣做一些別的工作嗎？我已經沒有可能當教師、護士，或者寫字樓的祕書或文員，但我難道不能到商店去當售貨員，到麵包店去賣麵包，甚至是當一名清潔女傭？像我這樣的一個女子，只要求一日的餐宿，難道無處可以容身？說實在的，憑我的一手技藝，我真的可以當那些新娘的美容師，但我不敢想像，當我為一張嘴唇塗上唇膏時，嘴唇忽然咧開而顯出一個微笑，我會怎麼想，太多的記憶使我不能從事這一項與我非常相稱的職業。只是，如果我轉換了一份工作，我的蒼白的手臉會改變它們的顏色嗎，我的滿身蝕骨的防腐劑的藥味會完全徹底消失嗎？那時，對於夏，我又該把我目前正在從事的工作絕對地隱瞞嗎？對一個我們至親的人隱瞞過往的事，是不忠誠的，世界上仍有無數的女子，千方百計地掩飾她們愧失了的貞節和虛長了的年歲，這都是我所鄙視的人物。我必定會對夏說，我長時期的工作，一直是在為一些沉睡了的死者化妝。而他必須知道、面對，我是這樣的一個女子。所以，我身上並沒有奇異的香水氣味，而是防腐劑的藥水味；我常常穿白色的衣裳也並非由於我刻意追求純潔的形象，而是我必須如此才能方便出入我工作的地方。但這些只不過是大海中的一些水珠罷了。當夏知道我的手長時期觸撫那些沉睡的死者，他還會牽著我的手和我一起躍過急流的溪澗嗎？他會讓我為他修剪頭髮，為他打一個領結嗎？他會容忍我的視線凝定在他的臉上嗎？他會毫不恐懼地在我的面前躺下來嗎？我想他會害怕，他會非常地害怕，他就像我的那些朋友，起先是驚訝，然後是不喜歡，結果就是害怕而掉轉臉去。怡芬姑母說：如果是由於愛，那還有什麼畏懼的呢。但我知道，許多人的所謂愛，表面上是非常剛強、堅韌，事實上卻是異常地懦弱、柔萎；吹了氣的勇氣，不過是一層糖衣。怡芬姑母說：也許夏不是一個膽怯的人，所以，這也是為什麼我一直對我的職業不作進一步的解釋的緣故，當然，另外的一個原因完全由於我是一個不擅於表達自己思想的人，我可能敘說得不好，可能選錯了環境、氣候、時間和溫度，這都會把我想表達的意思扭曲。我不對夏解釋我的工作並非是為新娘添妝，其實也正是對他的一場考驗，我要觀察他看見我工作對象時的反應，如果他害怕，那麼他就是害怕了。如果他拔腳而逃，讓我告訴我那些沉睡的朋友：其實一切就從來沒有發生。

可以參觀一下你工作的情形嗎？

他問。

應該沒有問題。

我說。

所以，如今我坐在咖啡室的一個角落等夏來。我曾經在這個時刻仔細地思想，也許我這樣做對夏是不公平的，如果他對我所從事的行業感到害怕，而這又有什麼過錯呢，為什麼他要特別勇敢，為什麼一個人對死者的恐懼竟要和愛情上的膽怯有關，那可能是兩件完全不相干的事情。我年紀很小的時候，我的父母都已經亡故了，我是由怡芬姑母把我撫養長大的，我，以及我年輕的兄弟，都是沒有父母的孤兒，我對我父母的身世和他們的往事所知甚少，一切我稍後知悉的事都是怡芬姑母告訴我的，我記得她說過，我的父親正是從事為死者化妝的一個人，他後來娶了我的母親。當他打算和我母親結婚的時候，曾經問她：你害怕嗎？而我母親說：並不害怕。我想，我所以也不害怕，是因為我像我的母親，我身體內的血液原是她的血液。怡芬姑母說，我母親在她的記憶中是永生的，因為她這麼說過：因為愛，所以並不害怕。也許是這樣，我不記得我母親的模樣和聲音，但她隱隱約約地在我的記憶中也是永生的。可是我想，如果我母親說了因為愛而不害怕的話，只因為她是我的母親，我沒有理由要求世界上的每一個人都如此。或者，我還應該責備自己從小接受了這樣的命運，從事如此令人難以忍受的職業。世界上哪一個男子不喜愛那些溫柔、暖和、甜美的女子呢，而那些女子也該從事一些親切、婉約、典雅的工作。但我的工作是冰冷而陰森、暮氣沉沉的，我想我整個人早已也染上了那樣的一種霧靄。那麼，為什麼一個明亮如太陽似的男子要結識這樣一個鬱暗的女子呢，當他躺在她的身邊，難道不會想起這是一個經常和屍體相處的一個人，而她的雙手，觸及他的肌膚時，會不會令他想起，這竟是一雙長期輕撫死者的手呢。唉唉，像我這樣的一個女子，原是不適宜與任何人戀愛的。我想一切的過失皆自我而起，我何不離開這裡，回到我工作的地方去，世界上從來沒有一個我認識的人叫夏，而他也將忘記曾經結識過一個女子，是一名為新娘添妝的美容師。不過一切又彷彿太遲了，我看見夏，透過玻璃，從馬路的對面走過來。他手裡抱著的是什麼呢？這麼大的一束花。今天是什麼日子，有人生日嗎。我看著夏從咖啡室的門口進來，發現我，坐在這邊幽黯的角落裡。外面的陽光非常燦爛，他把陽光帶進來了，因為他的白色的襯衫反映了那種光亮。他像他的名字，永遠是夏天。

喂，星期日快樂。

他說。

這些花都是送給你的。

他說。

他的確是快樂的，於是他坐下來喝咖啡。我們有過那麼多快樂的日子。但快樂又是什麼呢，快樂總是過得很快的。我的心是那麼地憂愁。從這裡走過去，不過是三百步路的光景，我們就可以到達我工作的地方。然後，就像許多年前發生過的事情一樣，一個失魂落魄的男子從那扇大門裡飛跑出來，所有好奇的眼睛都跟蹤著他，直至他完全消失。怡芬姑母說：也許，在這個世界上，仍有真正具備勇氣而不畏懼的人。但我知道這不過是一種假設，當夏從對面的馬路走過來的時候，手抱一束巨大的花朵，我又已經知道，因為這正是不祥的預兆。唉唉，像我這樣的一個女子，其實是不適宜與任何人戀愛的，或者，我該對我的那些沉睡了的朋友說：我們其實不都是一樣的嗎？幾十年不過匆匆一瞥，無論是為了什麼因由，原是誰也不必為誰而魂飛魄散的。夏帶進咖啡室來的一束巨大的花朵，是非常非常地美麗，他是快樂的，而我心憂傷。他是不知道的，在我們這個行業之中，花朵，就是訣別的意思。

作者簡介

——西西（1938-）

詳見本書頁一五〇。

夢見水蛇的白髮阿娥

西西

白髮阿娥夢見水蛇。

白髮阿娥到廚房裡去燒開水，看見窗口外面有四條水蛇，晃擺著圓鼓鼓的頭，彷彿要游進屋子來。白髮阿娥害怕了，屋子裡又沒有別的人，她連忙回到房間裡去。在自己的房間窗口外面，她又看見同樣的四條水蛇。白髮阿娥驚惶不已，忽然就嚇醒了。

白天，屋子裡的確沒有別的人。女兒上班去了，從早上八點半起，到下午五點半止，白髮阿娥總是一個人留在家裡，她一直憂憂戚戚地躺在床上，說這裡不舒服，那裡發痛。那時候，她整日無所事事，時間過得老慢，好不容易才盼到女兒回家。女兒一進門，她就跟著女兒團團轉，彷彿她是一卷壞了的錄音帶。女兒洗米煮飯，她說：我今日頭又痛了。女兒打雞蛋、浸香蘑菇，她說：我今天聽見烏鴉叫。女兒擺桌子鋪塑膠檯布，她說：電視上的長篇劇已經播放過許多次了。

那時候，白髮阿娥的兒子和女兒一點辦法也沒有，因為老母親並無嗜好，既不喜歡看書聽音樂、種花養魚，也不喜歡喝下午茶逛街。一個七十多歲的老人，就整天坐在家裡。醫生說得好，得讓她做點事，如果沒事做，老人家只會在家裡呆坐，坐久了就呆睡，睡久了就賴床，不肯起來。然而，一個老人有甚麼可以做？白髮阿娥的兒子和女兒考慮過許多活動，其中有些項目連他們自己想想也失笑了。譬如說彈鋼琴、繡花、打毛線，這些事都是小女孩做的事呢。至於游泳、爬山、打球這些，又都是小伙子的玩意兒。

白髮阿娥的女兒叫媽媽空閒的時候掃掃地、抹抹書櫥的玻璃，換換枕頭套。她生氣了，哎喲，把我當作女傭了嗎？我年紀大了，做不來。她的兒子說，養一頭狗吧，狗可以陪伴老人家。但白髮阿娥說狗會脫毛，滿屋子狗毛怎麼辦，而且，得下街去溜狗，挺麻煩。想來想去，白髮阿娥的孩子們仍然一點辦法也沒有。他們的母親還是呆呆的坐在家裡。我一定快要死了，她說。

是什麼把白髮阿娥從寂寞的深淵中救出來的呢？那可是她的孩子們做夢也想不到的事。原來是馬。不知打從甚麼時候開始，白髮阿娥關心起馬匹來了，她看報紙上的賽馬消息，聽收音機的賽馬評述，注視電視上的賽馬節目。她叫女兒到賽馬會去給她投注十塊錢。她居然誤打誤撞地贏了一百多塊。白髮阿娥的生活從此改變。她現在變成一個勤奮的閱讀者，每天要女兒給她買報紙。她一面看報紙，握著一面放大鏡，一面聽收音機，還要一面拿著筆，在白紙上做筆記，彷彿是孜孜不倦的學生。

白髮阿娥忙極了，早上七點多，她已經坐在電視機前看晨操。女兒開門去上班，她頭也沒有回，眼睛緊盯熒光幕，嘴巴只在說話：記得給我買賽馬晚報。我還要半打拍紙簿，一枝尖嘴的原子筆，不要漏墨水的。女兒上班去了，她落得清靜，看報紙呀、做筆記呀、打電話給兒子講述研究的心得呀。如今整個星期七天，白髮阿娥沒有一天不忙，星期一她要看排位表；星期二，她要收集馬評家的意見；星期三，她要視聽現場的賽馬情況；星期四，她要檢討自己研究的得失、聽取他人的賽後評論。事實上，星期四這一天，不但有賽後評述，星期六的排位又出現了，一切循環復始。

白髮阿娥的名字叫做余阿娥。那時候，她的孩子們總是皺眉嘆氣，唉，我們這媽媽，白天吟哦，晚上吟哦，真是嫦娥。現在可好了，白髮阿娥不再做白天鵝和黑天鵝了。星期日，兒子們回來看她，陪她喝茶、打牌，她搖搖頭：你們玩，我有功課。大家擔心她體力不好，太用神傷眼睛，但她一點事也沒有。兒子們打電話說要回來了，她到廚房去燒一大壺開水，沖一個熱水瓶的茶，然後自顧自去做研究。兒子們回家來了，她只是跟他們說：早上下了點雨，明天準定跑爛地馬，我可得仔細了。

白髮阿娥是舊移民，三十多年前移居到這個地方來，那時候，她的頭髮一點兒也不白，如今白了一些，事實上，她的女兒的白頭髮比她還要多。白髮阿娥在這裡沒有親戚，她的姑姑、姨姨、舅舅都在她以前生活的地方，她的妹妹和孩子們，也在她出生的那塊土地上。她每個月寄錢給他們，負擔他們的生活費和孩子們的學費。每一次，當她說「我一定快要死了」的時候，她的女兒就說，如果你死了，你的妹妹和她的孩子們怎麼辦呢，誰去給他們寄生活費，誰去幫助他們讀大學？那時候，白髮阿娥唯一的興趣是寫家書，唯一的希望是收信，信望愛都在遙遙的千里外，她遠方的親人彷彿是她的宗教。

忙得不得了的白髮阿娥連親人的信也懶得回了，她告訴女兒，你給我草幾個字去，就說我忙。有時候，陌生人來按門鈴，她打開門扉，漏一條縫：誰呀？外面的聲音說：我們是教會的，來和你們講講道理。她說：我們拜菩薩，「碰」的一聲關上門。的確，十多年前，白髮阿娥在家裡還安了「堂上歷代祖先」和「五方五土龍神」的金漆牌位，三枝香、三枝香地朝夕頂禮膜拜，鄰居的七姑給她在街角不知打了多少次小人；小人打了很多，可白髮阿娥的頭痛、腰痛一點兒也沒有好。現在，白髮阿娥家中一枝香也沒有，書櫥頂上還有一尊聖母像。

白髮阿娥讀過幾年小學，認識幾個字，她說，我們那時候，女孩子很少讀書。她出生的年代，還是皇帝統治江山的時代，過一陣子就辛亥革命了。她書讀得不多，悄悄地還是考上了百貨公司的售貨員。因為我長得漂亮，她說，我是著名的黑牡丹。不過，她只上過一天工，她父親知道之後，罵了她一頓，說她沒出息，要她回家做千金小姐。她和表哥戀愛七年，結果，不知如何嫁了給另一個男人。她說，或者，這是緣分；或者，這是劫數。

廚房裡的水蛇是甚麼意思？水蛇一定和水有關。白髮阿娥記得，是昨天吧，她把水鍋放在火上就去做賽馬筆記了，直到一陣焦味傳出來她才記起了水鍋，幸好沒有釀成火災。鍋子燒焦了，她花了好大的勁才把鍋子洗乾淨，一直嘟嘟噥噥，說把研究馬匹的時間都給剝奪了。無論怎樣洗，那個焦了的鍋子還是給女兒認出來了，她說：媽，你得小心呀。老母親卻顧左右而言他，說：怎麼電視上的廣告我不明白。

——你把整幅地賣給我吧。

——得把五千頭牛一塊兒買才行。

——好，一言為定。

——你怎樣養牛呢？這裡常年沒有雨水。

——地底下有石油的，你不知道嗎？

白髮阿娥問女兒：牛吃石油麼？

別以為白髮阿娥什麼事都不懂，牛吃不吃石油，只是她對科技外行吧了，其實，她也是個小小的足不出戶能知天下事的秀才。

電視上什麼節目她不看呀，她看過城市論壇，對孩子們說：把父母送到養老院去不好。她看過婦女新知，說，我要用玉米油。女兒買菠菜回來的時候，她說：菠菜好，菠菜有纖維。暑期裡的一天，兒子女兒都一齊在家，白髮阿娥慎重其事地宣布：今年，你們不要給我祝壽，電視上的相命先生說，屬狗的人今年不宜做生日。

夢見水蛇之後的兩個星期裡，白髮阿娥一共中了三次馬，居然都是三重彩，得的彩金有六千多元。她快樂地對女兒說：啊，我記起來了，我夢見四條水蛇，水蛇都是好蛇，水，就是錢，所以，我中了馬。白髮阿娥一連中了三次馬，夢中的水蛇一共有四條，她認為她還有一場馬可以贏，更加努力研究馬匹和騎師的狀態了。

除了贏馬，還有一件事使白髮阿娥感到安慰。星期三那天下午，她的兒子請了假，帶她去換身分證。一個年紀也很大的婦人對她說：老太太，你真幸福呀，看，你的兒子多孝順，帶你來換身分證。白髮阿娥看看四周的老人，的確，並不是所有的人都是兒子陪伴著一起來的。她在照相機前也爽朗起來了，她對著照相機微笑；她在按指模的時候，手指也靈活地轉動了。她像新身分證一般新起來了。

七十六歲的白髮阿娥，白髮並沒有再增多，她把許多不如意的事都忘了，譬如說：孩子們把她一個人扔在家裡呀、媳婦不歡迎她去住呀、一天到晚老是發悶呀、自己一定是快要死了呀。一切都拋到腦後去了，只要手握放大鏡，給她一疊報紙，半打拍紙簿、尖嘴的原子筆，她就可以消磨一日二十四小時；當然，她還得犧牲寶貴的時間，才可以抽空看看電視上別的節目。這天，女兒下班回來，買了荷蘭豆和蝦子，白髮阿娥說：真巧，電視今天的菜式就是介紹荷蘭豆炒蝦仁。然後，她接過女兒手中的晚報，再也不跟著女兒，看她洗菜煮飯打雞蛋。吃飯的時候，她還捨不得她的報紙，但不得不暫時放下。如今，她每天都有新話題，譬如這天，她說：原來我是天蠍座。

作者簡介

——西西（1938-），原名張彥，香港作家、編輯，生於上海，一九五〇年定居香港。香港葛量洪教育學院畢業，曾任教職，為香港《素葉文學》同人。對於詩、小說、散文、童話均有涉獵。一九八三年，以〈像我這樣的一個女子〉榮獲《聯合報》小說獎推薦獎，展開了與臺灣的文學緣。著作豐富，包括詩集、散文、長短篇小說等近三十種，形式及內容不斷創新，影響深遠。二〇〇五年獲《星洲日報》「花蹤世界華文文學獎」，二〇一一年為香港書展「年度文學作家」。在臺出版著作有《像我這樣的一個讀者》、《哀悼乳房》、《像我這樣的一個女子》、《試寫室》等。

父親（之三）

伍淑賢

人家叫我爸爸陳伯，別號六樓麻雀王。爸不用上班，他的工作，是每天在家裡開兩枱麻雀，召來四、五、六幾層樓的師奶開局，「抽水」作收入，而且活得不錯。整個屋邨，就數我們是第三家裝上冷氣。

爸爸生了我們五個兒子，個個都是在麻雀枱邊長大的，未學說話已曉看牌。鄰居叫我們麻雀精。家裡的裝備，就是個小麻雀館。

可真正的麻雀王，是對面單位繆小貞的爸，扁扁瘦瘦的繆先生。

繆先生平日在銀行上班，身體又弱，偶然星期天才過來玩幾圈。他一來，全個六樓冷巷的小孩都鑽進屋裡來，屏息湊住大人的背觀牌。其實都看不懂。

我媽是屋邨培養出來的女人：胖而嗓門大，穿七彩的唐裝衫褲，在紗廠做工，打孩子特起勁。她愛用一隻深啡色的硬膠拖鞋敲我的頭殼，每次都不偏不倚打中同一方位，所以習慣了也不特痛。但拖鞋髒，打後必捉我到廚房洗頭，很可厭。

媽很勤力。為了盡量擴大可以擺放麻雀枱的空間，我家只有一個很小的房間。五兄弟全打地鋪。每天六點媽起來，把我們一個個踢醒，分配工作。我通常是抹地，和清潔麻雀牌。地，我們家敢誇是全幢大廈最乾淨的，每天早晚必用清水潔布由牆根到牆根刷一遍。日子有功，三合土地像抹出了油，灰潤亮澤。

抹麻雀牌我也喜歡。打開麻雀枱，把牌從鐵箱嘩啦啦倒出來，壓住枱邊平排開，用濕布先抹翠綠色的背面，反過來再抹牌面。家裡有三副牌：翠綠和粉紅的膠牌，另有一副淺黃的象牙牌。象牙牌很少用，過年才拿出來玩玩。

新抹淨的麻雀牌，凍亮晶瑩，順心順手。

媽通常上八點鐘的班。爸九點起來，在屋裡淋花看報。大哥二哥上上午班。我和兩個弟弟下午班，便利用這段時間「兜客」去。整幢大廈有六層樓，每人管兩層，挨家挨戶去找麻雀腳。大暑天，家家戶戶都開了大門透風，只拉上鐵閘，閘上多縛塊花布遮掩遮掩。

我嗓門很尖，在冷巷的一頭叫，全層沒有聽不到的：「一〇三號李師奶，六樓陳伯問你今天打不打？」有時重門深鎖沒人應，買菜去了。有時是本人探頭出來，答幾點幾點來。有些乾脆在屋裡大喊不來了，前晚輸夠的。我和弟弟的叫喊聲此起彼落，街上路過的常有人抬頭看。

湊夠八隻麻雀腳，回去告訴爸，我便完事。這才開始做功課。我照例搬張小膠椅充枱，朝大門坐在地上做，好迎點南風。

十點多，對面繆師奶會外出買菜，小心鎖好大門和鐵閘。繆家很少打開門，除非天氣太熱，或打颱風前夕，像今天，才會開門透透風。

媽不喜歡繆師奶，嫌她又乾又瘦，又說好東西經過她手都寸草不生。看來也是。繆家的孩子都不大跟人玩，說話陰聲細氣的。他們家騎樓上養了幾盆葵，瘦得像蔥，灰頭土臉，哪像我家騎樓繁華：又長綠葉又長花。

我卻喜歡小貞，因她是我鄰班同學，也因她見了人總會開心的笑。我也喜歡繆先生，愛看他扁扁有點駝背的身影，喜歡他說話斯文，不像爸媽般呼呼喝喝。

繆先生有哮喘，全層樓的人都知道。小貞每天放學，都去中環接他回來。我最喜歡黃昏伏在冷巷看：小貞拖著他的手，穿過一個小小的公園慢慢走回來，好像國語課本上的插畫，好看。

今天有點不同。今天是禮拜六，酷熱，要刮颱風，下午還跑馬。

星期六是我最忙的日子，早場麻雀由十點開始，一時午飯稍休。下午二時後，人客一邊要搓麻雀，一邊要留意收音機的賽馬結果，鼎沸之極。大哥二哥通常都不知哪兒去，只剩我和兩個弟弟捧茶遞水，或替人客到街上買菸，買牛肉炒河，買蛋撻。有客人要上廁所，或張師奶要回去煲湯，我便坐下來替打一會。星期六抽的水，我也有一份。

下午三點，一屋都是人，熱炸了，爸才肯開點冷氣，電風扇調到最大馬力，把王師奶、李師奶的頭髮吹豎起來。我砰砰關緊窗，不讓冷氣溜走。關大門的時候，繆先生剛開門出來。星期六，他總是中午回家，三點多又出來。銀行不是休下午嗎，也不見小貞陪他，不知上哪兒。

媽這時回來，我讓她打。

「熱死人。康仔去樓下給我買碗腩麵，凍啡。買三包三個五。」她拉開抽屜，給我一張五塊錢。

我家打牌不用籌碼，現銀交易。

一時全屋客人都叫我買吃食的，我撕張日曆，全記在日曆背上。

另一枱的洪師奶召我過去，要我買馬。

我說，未買過，不懂。

洪師奶塞十元給我。「容易，你去街口的榮興茶餐廳，知道嗎？找最近廚房的一枱，有個叫中叔的。你講我的名字，買第五場八號獨贏第六場一號位置，他會給你寫張紙，拿回來給我就是。奶茶咖啡也順便在那兒買。」

跟著又有人要買馬，我又撕一張日曆紙寫好。已在跑第三場了，得快快跑。

今天特燠悶，像有罩在身上。路邊的垃圾箱曬了十幾小時，細看個個都在冒熱氣，輪廓彷彷彿彿。

榮興茶餐廳我很熟，閉上眼睛都認得路，就從不知道這兒可以買馬。榮興的門面很夠氣派：茶色的玻璃門，襯一幅白色的通花紗幔，正中掛一塊塑膠牌，大字寫著「冷氣開放」，字的上下各有一排冰雪圖案。

裡面熱鬧得像麻雀館。我先在收銀處買了吃食的，把單交廚房去造。再依洪師奶的指示，找中叔。

根本不用找，一張方桌上，被人重重圍住的那個一定是。桌上有幾份馬經報，有個原子粒收音機開得老響，幾杯飲殘的奶茶，一疊拍紙簿。中叔忙得不得了，在拍紙簿上寫字，之後向人收錢，又在拍紙簿上寫。近視眼鏡滑到鼻樑上，都沒空去托托。

我矮，三扒兩撥鑽了進去，照各人原先說好的號碼買了，付過錢，收回一疊拍紙薄紙，伏在桌上還想看熱鬧。中叔道：「小孩子買完還不走？別擋住客人。」

「我要上廁所。」我扯。

「廁所在廚房後面。」中叔把我半拉半推出去。

廚房不用說又熱又濕滑，我也不是要上廁所，走了幾步就轉身要走。奇怪的是廚房對面有扇很乾淨的木門，像個辦公的地方。門半掩著，我偷偷看，裡面真有三張木枱，坐了幾個頗斯文的人，埋頭像在工作。其中一個竟是繆先生。他仍是一貫白恤衫灰西褲，正低頭用算盤計數。

這房間肯定沒冷氣，又暗，只有一把面黑黑的座地電扇左搖右搖，每次轉到繆先生那邊，都把他的頭髮吹亂，桌上一疊紙都翻騰起來。

原來繆先生做外圍馬數，一定是找外快。

我不敢再看，出去拿了吃食，打道回去。

那天晚上，外面實在太熱，牌客都愛我家的冷氣，賴著不走。下半夜，大人專心打牌，茶水都不要。兄弟早睡了，我精神奇佳，坐在地上看一疊舊的《老夫子》。以前雖然看過，重看原來也很好笑，真奇怪。最好看的是每一期後面的〈水虎傳〉連載，老夫子、秦先生全換了古裝，做綠林好漢。我看了又笑，笑了再看。麻雀聲全聽不見。

牌局到凌晨四點方散。我開門讓客人走，見到繆先生回來。他莫非在茶餐廳計數到此時方完？也不奇怪；媽說榮興的老闆是九龍區外圍馬的大哥，十分發財。

繆先生用鎖匙輕輕開了鐵閘，又輕輕帶上，燈也沒亮。今晚極熱，繆家也破例打開大門睡，只扣上鐵閘。

爸媽把一天下來的麻雀數點了一遍，收起鈔票就回房睡。我不倦，慢慢收拾枱椅，把麻雀牌放回鐵箱，惱裡仍是老夫子扮宋江的好笑情節。

所有東西都收拾好了，又關了冷氣，仍未想睡，便走出騎樓淋花。四點多的光景，開始刮風，天空一片紅。我順道把十多個花盆挪下來，擱在地上。大風雨明天就要來吧。

真要睡了。我在近大門處鋪張竹蓆，便躺下來。才躺下來，又看見對面繆先生家，騎樓處還亮了燈，可能是他在那兒洗面。我再細看，原來繆先生已換了睡衣，蹲在騎樓上，跟他最小最小的女兒在玩甚麼。我再定神看了好久，才明白，是玩煮飯仔遊戲：用一些彩色的塑膠小珠子當米，放進一些透明膠造的小鑊小煲和碗碗碟碟，炒炒弄弄，搬來搬去，像真要開飯般玩。繆先生拿把小膠匙，拂起一點珠子，當飯，真要一口吃下去的樣子。他女兒張大嘴巴在笑。

繆先生，你不用睡覺的嗎？我心這樣問，自己馬上睡死。

第二天，原來已掛了八號風球，垃圾廢紙吹得滿街飛。打風日我們家必旺場，媽一早又把我們踢醒，準備開局。我的工作是先到樓下士多買大量罐頭和方飽，再去另外一家士多租兩張麻雀枱，加兩副麻雀。今日務必開足四枱。

全身揹著罐頭雜物回家的時候，在樓梯間遇到小貞。她對我笑，說：「阿爸問你們今天缺不缺腳？」

「我們開四枱哩，還未齊人。」

「那他說要來，你們幾點開場？」

「十點。你請他來，我跟媽說。」

她答應著下樓，看來也是去買罐頭和麵包的。

十點半，繆先生來了。他和我爸認識很久，卻不熟，客客氣氣的。爸總是親自陪他打牌，另外叫了兩個叔父輩，全男的湊一枱。爸知道繆先生來開枱，是真來找錢用的，格外留神。

打風的日子，孩子不准上街玩，在冷巷跑來跑去，見我們家熱鬧，都伏在鐵閘上看。除了幾個特別熟的，我都不准進來。

東圈轉南圈的時候。小貞抱著喜歡玩煮飯仔的妹妹過來。我開了把圓櫈，讓她坐在繆先生背後看牌。那個小妹妹，兩歲，像團糯米粉，黏在小貞懷裡。我站在她們後面看牌。

男人都喜歡打清章，把花全揀出來，說這才見真章法。這兒四個，數繆先生最深沉，爸爸有點喜怒形於色，騙不了人。其他兩個都是老雀，但更愛賭馬，手在摸牌，口仍講昨日的派彩。

人人都在做大牌，看誰剋得住三家，也鬥快。爸的摸手通常很好，只是很易給人看穿，打下去就不順利。我站繆先生後面，看出他的路：他摸手普通，但懂收哪些牌放哪些牌，三四轉下來已砌咄一副格局。有一次他胡清一色對對，我記住的，才摸了四次牌，了不起。

他們打牌都不大說話，手有空就喝茶，像工作般專心。小貞坐著，看得很有興緻，有時會笑，或點頭，像說，打對了。她抱住的那團糯米粉，睡去醒來好幾次，後來又哭。我和弟弟合作，燒了熱水，開了杯很甜的煉奶餵她，她才肯睡。

頭八圈，繆先生贏了點。再八圈，有人糊了幾鋪大的，繆先生又輸了。再下的八圈，繆先生打得很謹慎，一眼關七，話都不說，腦筋完全開動的樣子。有一次，他叫三六索，竟給上家截胡，額角也冒了汗。幸好下一鋪馬上翻回來。

下午，媽叫我開罐頭給大家吃。我把兩塊夾了沙甸魚的麵包遞給繆先生，他接過，擱在枱邊，轉眼就忘了。麵包放到發硬，我才靜靜拿走，自己吃了。

七點左右，繆師奶過來叫繆先生和女兒回去。我心算，他今天總共贏了八十塊左右，扣去十塊

「抽水」，算不錯。他拿手帕出來抹汗，說：「打風，一樣熱。」

爸笑著叫他有空再來玩，又叫我到樓下買麵。

「打風，大牌檔都關啦。」我不想去。

「去榮興買，那兒十號風球都開。」

我又去了。今日的榮興很清靜，雖是晚飯時間，只有三兩桌人。沒想到其中一桌是繆先生一家。長方桌，繆師奶坐一端，餵最小的女兒吃通心粉。小貞在專心吃一碟很大很大、鋪了個煎荷包蛋的飯。她的大哥和姊姊有的在吃，有的在說話，很開心的樣子。她們都看不見我。

繆先生坐在桌的盡頭，面前放了一碟冒煙的飯，一杯奶茶。頭伏在桌上，雙手墊住頭，睡得發昏。

作者簡介

——伍淑賢（1958-），香港人，原籍廣東順德。從事公關及傳訊工作。早年小說散見《素葉文學》和《文化新潮》等，近年則發表於《字花》和臺灣的《短篇小說》，隨筆多見諸報章。作品有小說集《山上來的人》（二〇一五年獲香港文學季推薦獎）、隨筆《夜以繼日》。

「我教你們成為超人的祕訣：人要不斷超越自己……人之所以偉大，因為他是橋樑而不是終點。」

——Also Sprach Zarathustra

雪國・斷劍

疾風勁吹，呼呼叫號，猶如兩龍相鬥。遼闊無邊的天幕籠罩白皚皚的雪地，黯淡的星星布滿夜空，中央部分的光點尤多，隱約連成一條光鍊，欲把夜空劈為兩半。

雪地上，連綿數里的腳印像太古時代遺留下來的巨大生物，在冰天雪地下匍匐，一直爬到山腰的洞口。

猛烈的大風似乎想撫平腳印。

洞口的光閃爍不停，最後終於穩定下來。因磨擦而成的火焰發出金光，成為黑闇世界裡最明亮的發光體。在漫天風雪下，一絲火光，就是一股生命力，甚至是一股頑強的生命力。

有個人坐在火堆前，忽大忽小的黑影浮在身後的洞壁上，跳躍不已。

他閉上眼睛，一把劍緊緊握在手裡。那本來是一把好劍。劍柄為龍頭，麟甲一片蓋著一片，整齊不已。龍眼冒出星光，炯炯有神。劍身鑄有直紋，卻只去至劍身的一半就沒有了。

只因那是一把斷劍。只有原來長度一半的斷劍，鋒口不齊，恐怕還會再斷。

斷劍的原因有好幾種。

劍和硬物碰撞，如比劍、劈地，此其一。其二，有內功的人用氣擊劍身，劍不支而斷。這是蓄意的破壞。

也有劍因積聚在劍的內氣相衝而斷，此為一把劍最光榮的死法，因它犧牲自己而令主公的武功更上一層樓。

斷劍的主公坐在火堆前，兩道濃眉像巨大而沉重的門般深鎖。兩行淚沿著臉滑下，像流星在黑闇的星空閃現。握劍的手微微發抖。

夜未深。長夜漫漫。他等的，是日出。他要藉日光去尋劍，尋回那把斷開的劍身，相信它就躺在斷崖下面。

他慢慢睜開眼睛，遽然在火光裡見到師父的身影。

自懂事起，他就和八個師兄弟一起跟師父習武練劍，學的是「倉頡劍法」。

師父說字是由倉頡創造的，是他把宇宙從無字變到有字。習「倉頡劍法」的人，卻會從有劍的境界去到無劍的境界，也就是不用劍也能使出劍法。

這真是絕了！

《倉頡劍譜》分上下二卷，上卷由師父分發給大家，下卷倒是藏好。師父說：「當你們練完上卷最後一式劍法，下卷劍譜就會自動現身。

這又是另一絕。

劍法共有七式，上卷劍譜包括前六式：「急走不悔」、「汗馬奔馳」、「拉弓有勁」、「巨龍有靈」、「快矢中的」和「鵰飛回首」。第七式收錄在下卷裡。

習劍很累，很辛苦，也很緩慢。單是前五式，他們已練了差不多二十年。沒人知道習劍的目的是什麼。除了他以外，誰都希望休息一下，並寄望師父有「良心發現」的一天，不再迫他們習劍。以他自己的領悟，劍法是洗滌心靈的不二良方。當他在雪地上舞劍多時，不期然就進入渾然忘我、身劍合一的境界。他忘記身體的存在，忘了自己是誰，以為已升上蒼穹，和群星共舞。

他沒有和師兄弟分享他的想法，因為師父灌輸給他們的，是一套完全不同的理念。

對師父來說，習劍只是過程，背後有更大的目的。而他卻認為，習劍本身，就是最大的意義。

師父的身體一向都不好，像是不能適應嚴寒的氣候，然而大家都對他恭恭敬敬，不敢吐半句苦水，不想刺激他，不想逆拂他。不過師父的情況從來沒有好轉，反而愈發孱弱，臨死前幾天還吐了幾次血，大把大把濺在雪地上，紅白分明，像個小池塘似的，好不駭人。

他最後一次看見師父是在神農大山的洞裡。洞外風雪正盛，大雪紛飛，狂風經過洞口時颯颯作響。

師徒們共十人圍著火堆坐。九個弟子面面相覷。火光照往眾人身上時竟有點悽愴的氣氛，沒有一個弟子作聲，似乎大家都隱隱感到這是和師父最後一次聚首。

師父眼神迷茫，臉無血色，大概早幾天吐血時吐光了。

「我要走了，誰也不必難過，要走的還是要走，而我要做的事也做完了。

「『倉頡劍法』你們已經練到第五式。以後的路要你們自己摸索下去，持之以恆，剩下的劍法師父教不到了。

「『倉頡劍法』的最高境界就是不用劍也能使出劍法，這是一個何等高超的境界，也是我對你們的期望。

「我的師父教我，一個劍士的靈魂就在劍上。就算不必用劍，但他必須有劍，劍是我們身體的一部分，不可分割。

「如果你們意外掉了劍，一定要把它找回來。它是你們的生命。即使是斷了，也要求屍首齊全。無論去到天涯海角，也要把劍找回來。

「我們十個人都是從遙遠的地球來，那是我們的故鄉。你們學劍，就是為了要回去。只要苦習劍法，你們當中劍法最好的那個，就可以回到地球。

「我，回不去了，也要離開你們了。你們不必送行，也不必悲傷。只管好好練劍，回到地球，我就瞑目。」

師父的話震撼大家。有人發問，但師父沒答，吃力地站起來，把劍從腰處拔出，往大家頭上輕輕一點當作最後的祝福。他和大家最後一次交換眼神後就轉身離去。孱弱的身體向洞口走去，巨大的身影變得愈來愈小，最後完全被黑闇吞噬。

「師父！」

他看著自火光裡透出的師父身影，不自覺地叫了一聲，然而那微弱的身影最終被烈焰吞噬，令他從回憶中驚醒。

他要找回斷劍。

昨天他在斷崖上練習「倉頡劍法」第六式，突而其來的清脆一聲後，劍身斷開一半，掉到斷崖下方的深處。他目睹劍身快速地往下跌，彷如他生命一部分的劍斷了、掉了。他像失去一臂，甚至失去了自己。他已無法回去和群星共舞的超然境界。

故鄉・污氣

幾十年前，它是銀河系裡眾多美麗的星球之一，在太空中是顆耀眼的金剛鑽，曾經孕育過輝煌的文明，發展出足以睥睨宇宙的科學技術和文化藝術。

現在，從太空看去，它就像是個半透明的水晶球，裡面充滿黑色的氣體，是污氣。這些污氣幾十年後、幾百年後，甚至幾千年後都不會散去。

文明已經成為過去，而且一去不返。浩瀚的塵土掩蓋了一切。

戰爭，一場毀滅的戰爭，掀起黑夜的序幕。

在遙遠的北方，群山被黑霧重重深鎖。幾絲微弱的日光突破防線，在漆黑中打開一道缺口。天幕變成黑白兩色爭奪的戰場，星星也躲到背景去了，最後，白色的光球冉冉昇起，驅走了黑夜，宣布新一天的來臨。

第一道白光射到洞裡時，火焰也燒盡化灰。斷劍的主公霍地站起，深深吸一口氣。漫漫長夜，終於過去。

他把斷劍藏到懷裡，奔出洞外，轉眼間已到斷崖下面。凌厲的冷鋒向他迎面襲來，像刀片般劃過面孔。一股白光自不遠處的雪地射出，他定睛一看，不難發現斷開的劍身半插在雪裡。他縱身一跳，彈指間已站在劍身旁邊。

他尋思道：劍不錯找到了，然而怎樣才能使劍柄和劍身接上呢？用這半把斷劍又如何練劍呢？冷不防懷裡的另一半斷劍突然躍出。他駭然向後一退。他身上的半把斷劍在半空中劃出一道弧線後才掉下來，落點就在那劍身的鋒口上，於是兩個接口自動黏合，還原為一把完整無缺的劍，像從來沒有斷開般。

他一怔，像是不能相信自己的眼睛，正想伸出去拿起劍柄的手又縮回來。劍不錯是找回來了，經過卻是詭異之極。拿起來？還是不拿？

就在他猶豫不決時，那半插在雪裡的劍竟開始震動，然後兀自移動，慢慢離他而去。他看得出神，嘴巴怎也合不上，一句話閃電似的打進他的思路：它就是你們的生命……無論去到天涯海角，也要把劍找回來。

師父的遺言敲醒他的頭腦，不論怎樣，把劍拿回來再說。他追上去，伸手要把在雪上遊走的劍柄擒到手，冷不防遊劍就在他快要觸及時加速滑行，使他撲了個空，半個人栽在雪裡。

他爬起來，再追，重施故技，遊劍又在快到手時加速。這次他即使已有準備，半條手臂仍然栽在雪裡。

他拔出手來，發足狂奔去追那把離他遠去的遊劍。就在劍近在咫尺時，他快步跳到遊劍前面，回過頭時，劍正以高速向自己衝來。他紮穩腳步，兩手在身前擺出抓劍之勢，瞄準劍柄一抓，失去的劍終於回到手上。

然而，劍並沒有停下來，反而一直向前衝來，迫得他不斷向後退。他側身一讓，讓劍繼續向前滑，最後變成劍在前，人在後被拖行。劍的走勢不但絲毫沒有減弱，反而不斷加快，向著盤古山谷進發。雪地上留下劍和他腳跟的痕跡。

故鄉・戰爭

那場毀滅的戰爭在人類文明崩潰前最後一年的最後一晚爆發。全世界的人都準備慶祝新年。冷戰已停了數十年。即使地域戰爭從來沒有停止過，但世界大戰遠超過人類想像。沒有人注意到潛伏的危機其實一直沒有解除。住在大城市的人都被生活的重擔壓得透不過氣來，根本沒有餘力去理會其他事情。

在毫無先兆下，像魔鬼撒旦頭上尖角的核彈紛紛從天降下，在熊熊火光中爆出蕈狀雲。沒有人知道是誰發動戰爭，沒有地方可以倖免，也沒有勝利者。

很多城市不是被徹底摧毀，就是沐浴在一片火海之中。在苟存的城市裡，一直以來穩固無比的大廈都倒下，街道變得血肉模糊。汽車連環相撞。一切通訊方法均告癱瘓。很多人披著火衣，失心瘋地或掙扎或奔跑，但最後都倒地不起。只一晚時間就把人類幾千年文明徹底毀滅。世界回到遠古太初一片混沌的時代。

在地底深處、由高科技和防核牆護衛的城市裡，碩果僅存的幾個國家的政府官員以電腦網絡黯然互通訊息，無望地反覆收看人造衛星傳來的毀滅過程，是訊息中斷前最後的影像。無聲的畫面更能摧毀惶恐不安的心靈。大爆炸後，雖然衛星已無法再攝錄地面的情況，但根據電腦模擬的結果，地上的城市都已變成廢墟，來不及逃難的人類應已無、一、生、還。

根據食物的儲存量作最樂觀的計算，他們最多可以維持五年的地下生活，幸好科學家早就開發出在地底種植的技術。種子已經準備妥當，地下水也不受污染，可讓人類再活上好幾十年。地面上至少要幾百年才適合人類生存，否則，即使穿上最厚的防輻射衣上去，人類極其量只可以生存半小時。

在地底世界，人類數目銳減，總和只剩下數萬，都是精英。任何自相殘殺或暴亂只會加速人類的滅亡。末世的人無法再以一己利益為先。他們不得不真正客觀地思考拯救人類的策略。人類最後的命運，就完全控制在他們手裡。

他兩手緊緊握著劍柄才使自己不至被強勁的力度甩開。他不明白那把劍怎會自己向著盤古山谷的方面滑去。冷鋒沁過他的頭髮，手指間滲出鮮紅的血流，腥風血雨衝著他而來。

他很痛苦。他感到自己已到了筋疲力盡的地步。只要鬆手，就能自困苦中解脫，手可以鬆下來，血可以止下來。

可是，只要鬆手，劍就會離他而去，去到他追不到的地方，再也找不到。

驀地裡他看到師父，看見他教授劍法，看見他吐血，看見他遺言，看見他離別。

「師父。」

自師父死後，一夥師兄弟間，只有他這個忠心弟子仍然努力不懈苦練劍法。他不怕辛苦，每天上斷崖修煉，不但可以重溫渾然忘我、身劍合一的境界，也希望能夠學到「倉頡劍法」的精髓：不用劍而使出最好的劍法。

有幾次，他留意到師兄弟們在遠處偷看他時，他想告訴他們：習劍本身其實就很快樂。

然而，他從來也沒有這機會。他們之間沒有聯繫。就算他們聽到他的忠告，也只會一笑置之。他們從不希望爭取什麼，或者改變，他們只求一切不變，保存現有的秩序或類似的生活方式。師父死後，他們荒廢練習久矣，劍法只停留在第五式的地步，而他早已超越了他們，他們眼紅他的成功。師父說，只有劍法最好的人才能回到地球去。那回不到地球的又怎樣？如果沒有人回去，地球又會怎樣？

他一直勤於練劍，因此早已不容於師兄弟間，只好離開眾人住的洞穴，在神農大山背後的小洞另起爐灶。

可是，他們並不甘心，每天派人輪流監視他。他們留著他，希望他能練成第六式，等到《倉頡劍譜》下卷現身後再下手也不遲。他們相信：八個第五式的人沒理由打不倒一個第六式的人。

「這叛徒的水準已大有進步了。」

在他身後不遠，有個師弟從後追趕，偷看到他今天的經歷後，從懷裡掏出號角，探到嘴邊，吹出叫人不安的音響。

在神農大山的人，紛紛拿起兵刃，認定確實的位置後出發。為了所有人的福祉，銳意破壞秩序的叛徒，一定要解決掉。

故鄉・對策

由於輻射塵彌漫，無論在地面或地底，黑夜和白晝早已分不開。大部分上一代動物都死光，新生物很快出現，都是過去一代動物的變態異化後裔。

不能飛的新生物屬哺乳類，身上無毛，皮膚粗糙，牙齒銳利，大部分有三或五足。會飛的新生物是昆蟲，體型較小，但種類較多，數目也異常龐大，集體飛行時足以遮蓋半個黑沉的天空。牠們的主要食物都是上一代動物堆積如山的屍體或殘肢（特別是數量多達七十多億的人類屍體），有時會吃一種戰後衍生出來的新植物。這種植物無葉莖肥，根深而粗，深深埋在地底，以汲取沒受污染的地下水維生。

地底下的政治家和科學家，日以繼夜尋找延續人類文明的辦法。他們展開一輪輪會議。由於與會者心情煩亂、悲痛和沉鬱，大部份會議都顯得冗長，了無意義。幾場重要的會議下來，綜合的結果是——

生化學家認為，既然可以在地下種植食物，就不要再考慮回到地面，人類文明從此在地底發展好了。他們會繼續鑽研新的食物製造技術，像蟑螂就能提供不錯的蛋白質營養。

心理學家和社會學家大力反對這個方案，在地底此狹窄空間生活，難保會影響群眾的心理發展。不少先例皆証明，在類似的情況下，人們有強烈的排他傾向，容易演變成騷亂、打鬥，甚至集體精神病。

會議室內鴉雀無聲。

醫學專家打破死寂，表示冷藏技術已經成熟，可以利用現存的冷藏庫冷藏人類，等到幾十年後才解凍，睡醒時就到達新世界，大大解決了面前所有問題。

老謀深算的政治家站起來。冷藏的方法就算行得通，但敵國萬一來襲，找到這個只有冷藏人的地下城，不費吹灰之力就可以攻下。

物理學家以婉轉的方式說明，這個憂慮是多餘的，輻射塵已擾亂了地球磁場，沒有雷達能準確探測地底城的位置。情報專家指敵國之前可能已掌握相關情報，但物理學家再三解釋，電腦控制的戰機已無法啟航，地對地飛彈也無法瞄準目標，即使想用戰車運送核彈頭到地底城上面意圖摧燬，但現在根本沒有路讓戰車行駛。

每個範疇的專家都提出自己的看法，增加自己的分量，避免在這個資源稀少的社會裡失去存在價值。

討論期間，有個天文學家根據研究，指出某個小行星有大氣層，環境與地球類似。他大膽提出一個天馬行空的方案：政府早已祕密儲存了大量優秀人類的胚胎，他建議進行基因改造，製出特殊的「種籽」，送上該小行星，在遙遠的星球延續人類的文明。畢竟這種遠距離星際太空船的技術早已存在。

會議上各人嘩然，沒有其他建議比這更驚人。

然而人類的命運已到了窮途末路。

會議又一次陷入沉默。

雪國・聖山

遊劍帶他進入盤古山谷，仍沒有停下來。鮮紅的血像蛇般捲上他的衣袖，冷鋒穿透他的身軀。他渾身發熱，像被地獄煉火焚燒。

他緊握劍柄，沒有鬆手，他已決意支撐下去，直到永永遠遠。

遊劍帶他登上從未去過的聖山。這裡是附近一帶最高的山峰，可以一覽群山積雪的情景。聖山是神聖的地域，師父一直叫他們不要私自過來。

如今來到這高度，他心頭湧起無以名狀的澎湃激動。

白光耀眼的巨大星球凌駕在群山之上，懸浮在半空中。

在他前面是個巨大的山洞，像夜之惡魔張開巨口，他還來不及思索什麼時，已被吞噬下去。

洞很長，漸下漸低，光線也愈來愈暗，最後變成漆黑一片。他想起師父，也想到死亡。他不知會被拉扯到什麼地方去。不過，只要有劍，他覺得自己仍然安全。

又不知過了多久，前方出現微弱的光點，光點越來越大：是出口。遊劍帶他來到新世界。原來洞的盡頭開了天窗，光從上射下。

劍突然高速剎停，他沒料到有此一著，兩眉分到最開，瞳孔放到最大，腦裡的思緒很混亂，他又看見師父、師兄弟、劍法、劍譜、斷劍、遊劍、自己……最後他身子向前仆去，摔到幾丈開外的地上，激起地上的雪花。期間不自覺兩手一鬆，劍去向不明。

他身受重創，全身肌肉作痛。他的頭好昏。如果可以長眠不醒的話，他希望就此作罷。是什麼巨大的魔力驅使他支持那麼久？完全是師父遺下的一句話：無論去到天涯海角，都要把你們的劍找回來。

他眼睛搜索了一陣才發現劍的所在。他咬緊牙根，強打最後一分氣力，支撐起沉重的身子，一步步爬向幾丈外的倒劍。手上的血，一滴滴掉下。身上的傷口，一把把地抽搐。

他只想著一樁事情：把劍從地上拔出來。

把劍從地上拔出來。

故鄉・病毒

在地底下苟延殘喘的人類沒想到更壞的情況在等待他們。

一種前所未見的新型病毒開始出現，來源不明，很快就感染了九成半人口。雖然不會馬上致命，但被感染的人雙眼通紅，全身發熱，徹夜難眠，需要飲用大量食水消暑，否則可能脫水而死。

病理學家發現，唯一解決這病毒的辦法，就是寒冷的天氣。可是地底空間和能源都有限，無法調校溫度。未受感染的人無法被隔離太久，受感染只是早晚問題。那些儲存成「種籽」的胚胎若在地底孕育成人，必然無可避免被感染。唯一可行方法，就是把他們送去外星成長。火箭從地底以高速射出，讓太空人和種籽被輻射影響的時間控制在可接受範圍內。

危機逼在眉睫，按兵不動不再是一個可行的對策。為延續人類文明，地底人類不得不兵行險著，最後終於決定同時使用「冷藏」和「種籽」兩項計畫。前者是把地底下的人冷藏一百年，希望到時地面上的輻射塵散去，後者是挑出二百個最優秀的種籽，由甄選出來的五男五女帶上太空，到達目的地後就用培殖器把種籽培育成人。

這五男五女裡，其中一對是人人稱羨的情侶。他們在核爆前的政府任研究工作和邂逅。他們的感情生活平淡而溫馨，原本訂於五年後結婚，在全世界最大的教堂行禮，然後生下兩三個孩子，好好的教養他們，盡情享受家庭生活。他們不追求奢華，只希望安享晚年。

可是，突而其來的噩夢使一切幻滅。

不過，他們並不就此放棄，他們堅信人類不會就此滅亡。這種不知道是堅持、信念，還是執著，讓他們獲委以重任。僅存的人為他們舉行盡可能盛大而隆重的婚禮，所有人都恭賀他們，和他們握手，親吻他們，祝福他們。

新婚之夜，他們已身心交疲。沒有人知道，也沒有人會相信，這夜是他們在床上第一次欣賞和試探對方成熟的身體（不知道也是最後一次）。這一夜，他們過得很長，很長。

他們不會有自己的孩子，只會負責帶大由種籽長成的嬰兒，教化他們，希望他們可以回到地球，重建人類文明。所有人類的智慧財產都濃縮在他們帶去的電腦教材裡。

「種籽」和「冷藏」兩項計畫如期進行。那些將要給冷藏的人，含淚躺進冷藏器裡，希望一百年後，那些孩子的後裔會從遠方回來。沒有人知道，這一覺睡了，到底會不會醒來？

人類的太空船竄上陰霾的天空，踏上征途時，沒有多少人向他們揮手道別。

地面上最後一代動物，也逐一死於黑闇中。

雪國・圍剿

他的身子很弱，幾乎花了半輩子的時間才慢慢爬到倒劍前面。

劍柄的龍頭朝著他，一雙眼像師父般瞪著他，像等候多時。

他把手按在龍頭上，突然一股熱力透過劍身傳到手上，他的身體逐漸回暖，傷口不再痛，血不再流出，全身的肌肉像注入雄厚的力量，補充了先前消耗掉的大量體力。他渾然一個反手，把劍從地上抽出來。劍身鑄有直紋，射出刺目的白光，他的眼一時也睜不開。

一陣地動山移，地面裂開，一塊巨型怪石從他背後不遠的地底緩緩升起。

他給嚇傻了。他從來沒有見過這麼奇怪的巨石，朝不同方向伸出好幾根石柱，有的粗大，有的扁平。質地是他從來沒見過的。

他不曉得這是什麼一回事。他在這一天遇著的怪事可真不少，這一次，他反而覺得所有怪事都有關聯。

「叛徒，我們要殺掉你！」

他赫然轉身，發現他八個師兄弟，各執一劍，面露殺機，一場惡戰已不能避免。

自小以來，他知道自己和八個師兄弟有些想法很不一樣。他喜歡練劍，他們不喜歡。他尊敬師父，他們只是敷衍他。他認為人生要有目標去追尋，他們只想混日子。不管怎樣，他從沒想過要和他們兵刃相見，不禁激動地說：

「為什麼大家不可以和和平平地好好相處下去？為什麼一定要打一場？」

已經有很久很久，他沒有和他們說話了，偏偏他們就是他唯一可以傾談的對象。

沒人答他，一如他們最近的溝通方式。他們看到那塊怪石時，都不禁心慌，面面相覷，不知接下來會冒出什麼來，但他們都有共識：他只有獨自一人，不拿下他，後患無窮。

沒有人打算退縮示弱。誰有與眾不同的想法，就會變成另一個他，下一個被排斥的對象。

八個人把他圍在正中，分別守著他的八個方位。八把劍冒出熱騰騰的殺氣，殺氣又席捲成一股迫人的旋風，向他襲來。

八個人同時掠起，八把劍一起刺向中心，要把他封死。萬萬想不到他的功夫已在眾人之上，他兩腳一彈，縱上半空，落下時正好踏在劍陣上。

八劍頓時抽回，他又一個翻騰，飛出圓圈外。

他從來沒有面對過這麼多敵手，不過他很快明白，以一敵八難過一對一的決鬥練習很多。

可是在這個狹窄的空間裡，他根本沒有選擇的餘地。他的腳尖剛落地，一把快劍使第一式「急走不悔」，奪命似的封他後路。他急使第二式「汗馬奔馳」護後，把快劍打出幾丈開外。不料另一人使第三式「拉弓有勁」朝他胸口劈來，他忙來個第四式「巨龍有靈」護住。再有人使第五式「快矢中的」狠狠取他頭腦，他急變第六式「鵰飛回首」拆招。

然而顧前難保後，顧後難保前，他應得前面的來劍又防不了後面的來勢，五把劍同使「快矢中的」刺背，他速使「鵰飛回首」化險為夷。冷不防三下來勢奇勁的「快矢中的」刺他，在毫無防備之下，三道血紅的劍痕劃在他的左臂上。

他向後一跳，反身站在怪石上，兩手緊握劍柄，把全身的內氣運上劍尖，準備以一敵八。

八把劍形成一抹陰邪的殺氣，八個嘴角露出猙獰的笑容，八對眼角閃現惡毒的眼神。他們要把他殺死，斬成八塊，丟在神農大山不同的地方。他們深信這一仗必勝無疑：八個第五式的人沒理由打不倒一個第六式的人。

他沒有取勝的信心，只希望一切可以停下來，和平解決所有誤解。他曾經一度天真地以為，只要他逃避，他們會就此罷休，但眼前的事實是，他們，和他，雙方只有一方能活下去。這是個人和集體的衝突。他們不能容納他，他也不能容忍他們不容納他。

在毫無先兆之下，他那把盛滿內氣之劍，又遽然斷了開來，劍身掉在怪石上，發出鏗鏘的聲音。

這一聲像刺針般直刺他心弦，他不能相信他的眼睛。這劍又斷了，他什麼劍式也使不出來。

這個突變叫八人既驚又喜，萬萬想不到上天會這樣厚待他們。他們也認為，沒有了劍，他的劍法再厲害也是徒然。

他們緊握劍柄，同時躍起，八道銳利的劍鋒一起向他刺去。

他什麼也想不出來，怔怔地看著來劍，自己根本沒有反擊之力。

一瞬間，他站著的位置開了個洞，讓他整個人掉下去後，又很快關上。人像憑空不見了。

八個人同時收劍，受驚的瞳孔擴張到最大，幾乎大到連眼珠也撐不下。他們從沒見過如此詭異的狀況。

他到了一個奇怪的小世界，這裡很窄，很暗。他不敢動彈。一些鐵枝在他身上來回移動，在不同部位的傷口注射一些暖流。他的手足被加上一些冰冷的東西後，一層層鐵片緊緊地罩在身上，發出噹噹的敲擊聲。

他以為自己死了，這一天發生的事一件件有條不紊地重現在他眼前。

他重新評估劍法的價值時，師父的遺言又在他耳邊斷斷續續響起。

「『倉頡劍法』的最高境界就是不用劍也能使出劍法。」

「一個劍士的靈魂就在劍上，就算不必用劍，但他必須要有劍。」

「劍是我們身體的一部份，不可分割。」

「無論去到天涯海角，也要把劍找回來。」

「我們十個人都是從遙遠的地球來，那是我們的故鄉。」

「你們學劍，就是為了要回去。」

「只有苦習劍法，就可以回到地球。」

「只管好好練劍，回到地球。」

地球?!

他感到兩條冷凍的長管接到頭上，一些外來的片段幻影似地走過眼前，向他展現一個全然不同的陌生世界。

故鄉．新世界

太空船抵達目的地，可是沒有人為他們祝賀。這次旅程其實並不成功。太空船在飛行期間出現諸多問題，最後著陸時幾乎是狠狠摔到地上。最後五男五女的旅客只有那對新婚夫婦中的男人活下來。從地球帶來的種籽也只有少數沒有遭受損害。

新世界的環境比地球差許多。這裡天氣嚴寒，長期下雪，是消滅那種新病毒的天氣。可是地球的科學家錯估了很重要的一點，這裡沒有動物，換句話說，無法狩獵。幸好隨處可見的植物能果腹。

男旅客含淚把他的伙伴一個個從船艙抱出來埋葬，在面對他的伴侶時尤其傷心和激動。他特別在高山上找了個地方把她埋葬，在她墓地旁挖了一個空穴留給自己。

剩下來能夠培殖的種籽，是九男五女，結果很不理想。單憑這十四人，根本無法在這個星球延續人類文明。

如實告訴他們地球狀況的話，他們可能一蹶不振，只打算在這個星球苟且偷生。不，這事早晚要告訴他們，但要等他們成年後。

要是這星球上有動物，還可以透過狩獵培養他們的鬥心、團隊精神和競爭力。可是，當人類是唯一動物，他們只能彼此互相較勁。

在他維修了太空船、發現居然有能力可以運送兩個乘客回去地球後，這個較勁的想法愈來愈強烈。

在這星球只有死路一條，他們一定要回去地球，用沒有被感染的體質去拯救地底人類。至於怎樣拯救，是地球那邊的人去煩惱的事。他要做的，他能做的，就是找出唯二的人選。

他要挑出一男一女回到地球，重振人類文明。這兩人要有人類的美德，要有創造力，不畏艱辛。他們要接受時間的磨練，不過，他大可放心，這裡有的是時間，而且越久越好，地球的輻射塵總有一天會散去。

他費煞思量，終於想了一個長達三十年的計畫。

劍法。

他自幼隨父親習劍，雖然只是出於強身健體，但很清楚一個人從劍法的修煉中最能夠逼出內心的潛能。透過不斷的修煉，可以養成獨立思考的能力，能分辨善惡，最後就符合返回地球的人選要求。

他利用太空船內的打印機鑄出十四把劍，分給孩子，並在劍內動了手腳。

他把男孩和女孩分開在兩地撫養，各有各的根據地，大家都不知對方的存在，以免成長時被干擾。

二十年的時間，使兒童變成青年，使青年變成中年。心靈的創傷加速他的衰老。他的眼不再亮，耳不再靈，腳不再穩。他明白自己離大去之期不遠。

他把劍法的第六式定位為樽頸。只要有人練畢第六式，他的劍就會自然斷開，到劍柄和劍身接合後，劍會被帶到目的地，送他進太空船裡。這人要有不屈不撓的決心。

下卷的劍法不是由劍使出來，而是留到那孩子回到地球時萬一要和敵人作戰時用的。那一式要配合現代武器才能運用。

身為社會心理學家，他很清楚這兩堆人裡各自鶴立雞群的少數人會被其他人排斥，他賜那兩人無敵的武器。

物競天擇，適者生存。

只有那兩個人才有生存下去的價值，其他人可有可無。

他們回到太空船時，這一切前因後果都會如實相告。他們要回到地球去。地球的命運，全繫於他們之手。

他祈禱有這兩人出現，在他生命的最後一年，他終於知道有人可以完成他的遺願。

男的是阿當。

直到最後半年，阿當仍然是努力練劍的一人。

而那五個女子都互相敵視，互相較勁，不知誰最後能活下來成為夏娃。沒想到女人的鬥心比男人更厲害。

他在生前仍然煽動阿當和其他人的衝突，目的就是要讓這傢伙受到更大的挑戰，從中得到最大的磨練。

他離開眾人的山洞後，默默走向自己山上的墓地，一如當年所料。他經歷了人類史上最大的災劫，在異鄉的土地上終老，最後躺在伴侶旁時，仍然心繫母星地球。

他閉上眼睛，想像阿當和夏娃回到地球，叫醒在地下的人類，不管是自己人或者敵人，一起同心協力重建地球。他更想像在來世和心愛的人，還有他們的孩子，在回復昔日美好時光的地球上，幸福地生活。他會在後園種花，好讓花香吸引蝴蝶和蜜蜂在夏天飛來。他會教導孩子欣賞蝴蝶繽紛的圖案和蜜蜂的舞蹈，但是，絕不會讓孩子捕捉蝴蝶。不能隨意傷害其他生物。不可破壞大自然。不能毀滅地球。

對，不能毀滅地球。

可是，它已經被毀了。

阿當和夏娃，地球的未來就看你們了！

他實在不能相信自己所見所聞。他像做了一場過長的夢，有太多太多東西遠遠超出他所能理解。

白光灑在他臉上。洞口又打開了，他跳出去，手上沒有劍。

八個圍著怪石的人馬上分開，準備再下一城，把他殺掉。

然而，他們定睛一看，實在不能相信自己的眼睛，他換上前所未見的服飾，不只包裹他的頭腦，連手指和手掌也被覆蓋，看來比他們穿的衣物要厚實和沉重得多，但他的速度不單沒有減慢，反而更加快。

有人跳起用「快矢中的」刺他，他用手一擋，那人馬上給繳了械。

眾人萬萬想不到，這就是「倉頡劍法」的最後一式：不必用劍也能使出來的第七式。

他們互換眼色。八人的身影在他身邊晃動，令他眼花撩亂。這其實是他們演練多時的陣式，不知不覺就布成，把他困在中心。最後他們同時用「快矢中的」刺他，勢要叫他死在群劍下。

他來不及跳起，八把劍狠狠地刺在他身上。

八個人笑了，詭異地笑了，他們成功了，終於成功了。這一招殺著，他必死無疑。

彈指間，他們收起笑容，因為他的身子不但遲遲沒有血流出來，他臉上也一點痛苦也沒有，眼前的他已不是過往那小子可比，他已被重新塑造過。

他們要把劍從他身上拔出來，可是失敗了。劍不是插得很深，卻被他的衣物吸得好緊好緊。

他一個轉身，八個人馬上閃開。他大喝一聲，八把劍從他身上彈出，掉到地上。

其中一人拾起劍，使出「快矢中的」向他刺去。他只空手招架，用兩隻手指拑著劍身，用力一扳，劍應聲而斷。

其他七人顧不了那麼多，自地上拾起劍，同時使「快矢中的」刺他。他兩腳一蹬，縱上幾丈高的半空，向地面施掌。地上旋即爆出火光，八個師兄弟當場被炸死，殘肢散滿地上，連個完整點的屍身也沒有。

沒有單對單的決鬥，沒有近距離的交鋒。一切都發生在電光火石間。所有紛爭都完滿地徹底解決，不拖泥帶水。

他得勝後，憂鬱地降落在那架叫做太空船的怪石上，把劍插在另一個機關裡。他進入機艙，牆上的畫面閃爍著燈光，寫了些他不明白的圖案和斑紋——他並不知道那些橫寫的也是文字。據說這個叫電腦的東西能記載人類所有智慧？那到底是什麼智慧？

船艙裡有一個他從沒見過的陌生人。她早他一步解決了她的師姐師妹，來到這裡，正一邊從電腦汲取地球人類的智慧，一邊等待他打敗其他人。他們兩人將要回到地球。

他抓回劍，離開太空船，在散滿殘肢的地上踱步尋思。剛才的打鬥場面，和他過去二十年的記憶，已深深烙進他腦裡並揮之不去。他原不是要到什麼地球去，他只是一個凡人，是個劍士，可是他師父——不——那個地球人，告訴他：他不是他，他不是屬於這裡的，他屬於遙遠的地方。幾千人在等他，嗯，他們在等他去拯救……他奉為生命的劍法，原來只是個甄別人選的測驗。這個玩笑開得太大，也太殘酷了。

他只一心要學好劍法，追求渾然忘我、身劍合一的境界。他只想和群星共舞，僅此而已。

他不管什麼理由，也不再理什麼人。他要做回自己，他不是傀儡。

他最後一眼回望那些陪了他廿年的師兄弟的碎片，是什麼使他們變成現在這個模樣的？絕對不是他自己，而是，那個……來自地球的卑鄙者。他是騙子……無恥！那傢伙要自己和眾人決裂，令自己背上莫大沉重的負擔。他是自由的人，生下來就不是為了別人的什麼使命。地球人只是他的造物者，他被創造後，絕對有自由的意志決定一生的路該怎麼走。

他聽到那個女人眼皮張開的微音。她似乎正鬆動手指，準備甦醒過來，展開生命的新一章。他知道自己該怎麼做，他很清楚下一步該怎麼走。

他隔空掌擊過去，太空船迅速著火，黑煙衝出天窗，金黃不定的火光把他的臉照成通紅。

他從容不迫坐在堅硬不平的地上，看著熊熊的烈火燃燒。那女人倒在熾熱的火堆中，甚至來不及發出呼叫，她生存了二十多年也沒真正活過，只是按照地球人的指令行事。她算是什麼，一個傀儡而已，沒有思想，一生為他人主宰。他和她不一樣。他要創出自己的命運。他不理會地球。他知道他下半生都會在這星球度過，這裡才是他的故鄉。

他想通這一切後，大力一揮，把辛苦尋回的劍擲向烈火裡，任由熊熊的烈火燃燒。他永遠也不會離開這個星球。

故鄉

在遙遠的太空，月球冷冷地凝視被死氣圍困的星球。陽光早已無法穿透大氣層到達地面。死星的地面已無生物，有的是一片片連廢墟也不如的瓦礫，文明的痕跡被風沙磨蝕。整個星球一片死寂。至於地底下的睡者，不幸得很，冷藏計畫徹底失敗，他們永遠不會醒來，而他們苦苦等待的救世主則在遠方飄泊，永不降臨。

作者簡介

——譚劍（1972-），香港著名科幻及奇幻小說作家、影評人和編劇。英國倫敦大學電腦及資訊系統學士，英國布拉德福德大學企管碩士。自香港有網路起已開始在網絡上發表小說，早期作品見於「星網互動」及「網上行」。多年來在兩岸三地拿下不同獎項。早年作品以科幻小說居多，自《黑夜旋律》後創作觸角延伸至文學，亦創作電影小說。於二〇一〇年展開科幻系列「人形軟體」，大受好評，並摘下首屆華語科幻星雲獎「全球華語最佳科幻／奇幻長篇獎」。二〇一二年入選為「二十一世紀十大新銳華語科幻作家」，排名第四。曾以臺南歷史和在地文化創作奇幻輕小說系列「貓語人」。譚劍自二〇〇七年至二〇一五年幾乎年年拿到小說獎，獲譽為「香港史上最能拿獎的小說家」。

輸水管森林

韓麗珠

我看見對面大廈的水管像一堆腸子，彎彎曲曲地纏在一起，盤結在一樓的簷篷上。那之前，它筆直地爬上樓頂，然後走進每所房子裡，如無意外，它會從廚房的窗子進入。它從廚房的窗子進入，首先在天花板上縱橫交錯，跟著橫過廚房的底部，以碗盆底下為第一個終點。之後，它會沿著客廳的牆壁伸展至屋外，直至走廊拐角處看不見的地方。

這就是輸水管大概的路程。

我聽見水流沖過輸水管的聲音，唏哩嘩啦的，踏著異常湍急的步伐。我知道母親又在廚房內洗豬腸。母親常常都在洗豬腸。客廳近屋頂的地方是輸水管橫過之處，我曾嘗試在母親清洗豬腸時，把手按在水管上，觸手所及是水流的震動。

母親把豬腸洗淨，丟進鍋裡，煮成湯。那些東西我們碰也不會碰。那是外婆的食物。她只可以喝湯吃稀飯，不能正常進食，不能說話，不能走路，只能整天躺在床上。似乎她一出生已經蒼老得像一團枯萎的植物，無法挪動身子。而母親永遠頭髮蓬鬆，戴著眼鏡，在廚房裡忙進忙出，清洗豬腸。如一格凝定的鏡頭，存在於我的印象裡，背景是無數根粗幼不等，慘白慘白的輸水管。

他住在對面大廈的單位內，那是一幢快將拆卸的樓宇，不少住客已遷走，剩下來的寥寥可數，遠處看去有無數個空置了的窟窿。每次他重複開關水喉的動作，我彷彿可以聽見水流經過輸水管的聲音。

他很胖，胖得體內的脂肪都快要從皮膚裡迸出來。他的身體那麼胖，以致在狹小的洗手間裡，連轉身的餘裕也沒有。他扭開了水喉，讓水柱汩汩地流到洗手盆裡，又拔走塞子。他關上水喉。他重新扭開水喉。我看不清他的臉。這胖子一定有點問題。輸水管響起了水流經過的聲音，如那人喝了一杯水，水流過他的喉嚨、食道，最後通過他的腸子。

他走出洗手間、燈熄滅了，變得一片漆黑，門「砰」一聲的關上。

門「吱呀」地打開了，母親的身影消失在巷子的盡頭。客廳背後是巷子，巷子的兩旁都是房間，外婆的房間在巷子的末端。那裡沒有燈。母親會把湯一口一口慢慢地餵給她喝。不久，她又把吃了的食物嘔得一地都是。我坐在客廳的沙發上，聽見外婆嘔吐的聲音，被她惹得也有點想吐。不知道誰開了水喉，水「轟轟」地走過輸水管，如她嘔吐時喉頭發出「格格」的聲音，待一會，母親會把稀飯再餵給她吃。

我第一次，也是唯一的一次進入她房間，是夏天，清涼得奇怪的夏天，那個陽光照射不到的地方，陰陰暗暗的。房間裡只有一個發霉的衣櫥，那上面都貼了貼紙，有撕下來的痕跡。她躺在床上，身上蓋著一條毯子。她轉過頭來，眼淚汪汪地看著我。眼睛一片混濁，眼白很黃，她的臉也黃，滿布了棕色的斑點，像一張給人揉成一團的雞皮紙，那些深深淺淺的摺痕，撫也撫不平。似乎只要用力一扯，她的整張臉皮便會掉下來。

她的嘴巴哆哆嗦嗦地抖動，卻始終沒有發出一點聲音。我嗅到身體腐爛的氣味，這種味道瀰漫了整個房間，使人感到窒息。那天以後我沒有再走進去，只要想起那股氣味便覺得胃腸翻騰。

我沒有近距離仔細地端詳過胖子的臉，但我對於他在家中的一切活動瞭如指掌，他幾乎是我除了自己以外，最熟悉的一個人。客廳的窗子正對著他的廚房，每次我把頭探到窗前，都看見他在廚房裡，把水喉開了又關、關了又開，他總要在廚房內待上很久才離開。

今天我從房間的窗子看出去，見到他在廳裡，電視機開著，他一家和我家一樣，近天花板處有一根粗粗的輸水管。他用雙手抓著它，整個人離開了地面，如樹林裡的猴子般，把吊在下面的身體晃來晃去。

我可以看見輸水管由樓頂曲折地通向他的廚房。每一所房子，都是輸水管中途經過的驛站。

我不止一趟做這樣的夢，夢中我置身在那幢將要清拆的樓宇，多條輸水管分布在大廈的外圍，如白髮般垂直。我費力地扭開水喉卻不得要領，我看出窗外，輸水管變成了布滿裂縫的乾枯腸子。裂縫逐漸擴大，露出埋藏在內裡的石塊沙礫和垃圾。多條腸子同時爆裂，水柱傾瀉而出。

我知道外婆的毛病在腸子。起初她還可以斷斷續續地吃下稀飯和湯，過了一段時間，她開始在飯後嘔吐，她能吃下的分量越來越少。直至最近已嚥不下任何食物。她的消化系統完全失去作用。我可以想像她的腸子塞滿了黃黃綠綠的食物渣滓。母親終於把她送進醫院。那天救護車停在樓下，幾個穿著白色制服，戴黑帽子的人走進來，把整個人像給搾乾了的外婆抬到擔架上，用橙色的毛毯蓋著。她這樣地離開家裡。

從此，我每天都要到醫院探望她，我曾提出嚴重抗議，可是母親的口吻完全沒有商量的餘地，她說：「說到底她也是你的外婆，弟弟年紀太小，我又要料理家務，你，非去不可。」

我記得是五月，因為天空不停下雨，上街總是要撐著雨傘，即使是白天，還是黑暗得像傍晚。輸水管也是在那時爆裂的。下大雨的日子輸水管總是會爆裂，那彷佛是一種徵兆，但這種徵兆毫無作用，儘管我們知道了也束手無策，無論是鹹水或淡水的供應都暫時停止。自從她進入醫院後，母親再沒有清洗豬腸，因而顯得無所事事。制水的幾天我聽不見水流經過輸水管的聲音，感到非常不慣。

我最初到醫院探望她，就是在制水的那幾天。經過對面大廈時，看見大廈入口處，靠牆佇立著一根啞灰色的巨大輸水管，水從輸水管下不斷冒出，形成了一個小小的湖。我走進去，從湖中看見自己，湖的範圍不斷擴大，好像深不見底那樣。

醫院白得幾乎使人睜不開眼睛。她住的病房裡，還有另外十多個病人，大部分老態龍鍾，輾轉反側地呻吟。天花板頗高，數根輸水管橫在那上面，顯得肆無忌憚。她一團棕色地蜷縮在病床上，像一具曬乾了的童屍，鼻子上插著兩條喉管，把流質食物送到她體內。鄰床的病人喉嚨處包紮著紗布，聲音沙啞地不斷喊痛。以往我總是認為她隱藏著某種邪惡的力量，如被詛咒的巫婆之類，雖然，我深知道那是沒有可能的事。可是在醫院裡，她彷佛隨時會不動聲色地死掉。好幾次我不由自主伸手去探她的鼻息，她卻突然睜開眼睛，茫然地環顧四周。清潔工人拿著掃帚走過，拖曳著一地垃圾。她從被子裡伸出顫巍巍的手，動作艱難而緩慢，用盡全身氣力，要拔掉插在鼻子的喉管。在她臉上無數摺痕中，我看見痛苦。她拚命得好像喉管就是要奪去她生命的敵人那樣。我被數隻蒼蠅不斷滋擾，只得用手不停驅趕，牠們撲到緊閉的窗子上，在玻璃窗旁繞來繞去，但找不到出路。喉管終於脫離了她的鼻孔，正在照顧鄰床病人的護士見狀，慌忙替她重新插上。

那裡有我前所未見的寬闊輸水管，暢通無阻地在天花板上伸展，使人無法想像它會出現淤塞或爆裂的情況。我已有許多天聽不見水流經過輸水管的聲音。

挨過了那半小時後，踏出醫院時我無比輕鬆，雨已經停了，空氣冰涼而清新。

令我意想不到的是，在短短數小時裡，對面大廈的水滿溢到街上去，慢慢地滲出來，我不自覺地走進去，水浸至足踝，感覺涼涼的。

制水到了第四天，我仍然聽不見輸水管的聲音，覺得像缺失了身體的某部分般心緒不寧，做任何事也無法集中精神。我走到客廳的窗前，卻看不見他在廚房內。我進入洗手間，把水喉扭開，半滴水也沒有落下來。把水喉關上，輸水管一片死寂。以往即使在母親不洗豬腸的時候，輸水管還是非常繁忙。樓上或樓下或隔鄰總有某人開動水喉，水流經過我家的輸水管送往別處。聲音高低快慢不一，我似乎能從中知道大廈內另一些陌生人的活動。我再扭開水喉，依然沒有水。對面大廈大部分的住客都搬到別的地方去，他住在哪裡？樓上或樓下或隔鄰是已經荒廢的屋子。起初我只是漫無目的地模仿他的動作，後來我彷彿感受到他所感受的，而另一些我無法說出來。

恢復供水之後，對面大廈已經被藍白間條的骯髒帆布覆蓋著，還架上木棚。那幢大廈因為排水系統出現問題而要提前拆卸。我不知道他們是何時發現輸水管的錯誤，是大廈建築之初還是輸水管爆裂之後。我只知道意外的發生出乎意料地正合時宜，居民不但沒有紛紛投訴，還興高采烈地遷走了。我再也沒有機會看見他重複開關水喉的動作。

我甚至再看不見對面的大廈，因為我們也將要搬到另一個地方去。新居還沒有傢俬，牆壁也沒有顏色，因此顯得更寬闊。我們在那裡任意建設我們的想像，例如該在哪裡放一個衣櫥，組合櫃應安置在哪裡，是否安裝冷氣機，還有電視機的位置。弟弟站在兩隻窗子前，他說：「這裡有兩個房間，一間給媽媽和姊姊，另一間是我的。」我告訴他另一間是外婆的。可是母親輕輕地說：「外婆不會回來了。」

我再到醫院探望她時，看見她雖然還是精神萎靡，身體乾瘦，但已經可以坐在床上，還口齒不清地說起話來。我看著她只感到不可思議。感覺就像一具埋藏在古墓多年的木乃伊，突然從地底爬出來，會走會動會說話那樣。她顯然不知道我是誰，我也對她非常陌生。她無數次拔掉插在鼻孔的喉管，護士漸漸對這視而不見。我把帶來的稀飯慢慢地餵給她吃，完事後，雙方都感到異常疲倦。不久，清潔女工經過，她對著女工大喊：「阿嬸呀，我十多天沒東西下肚，求你做做好事，隨便給些什麼我吃吧。」清潔女工看了看我，給了她幾片麵包。她高興地說：「謝謝、謝謝。」我說：「你剛吃過，別吃了。」她轉過頭來，生氣地說：「我十多天沒吃過一點東西了。」然後把麵包塞進口裡。她吃過麵包後，重新皺上眉頭，眼淚汪汪地對正在探望鄰床病人的女人說：「阿姊姊，我十多天沒東西下肚，他們什麼都不給我吃，你可不可以給我一些吃的？」那女人看了看我，給了她兩個蛋糕。她把兩個蛋糕吃下後，一個小孩走過來問她：「婆婆，你是不是很久沒吃過東西了？」她苦著臉，臉上的皺紋堆作一團，回答他：「是啊。」小孩得意洋洋地說：「你叫我一聲爺爺，我便把朱古力給你，怎麼樣？」

她終於向不同的人討了十二片麵包、兩個蛋糕和六塊巧克力。臨走時，我看見她的腹部像溺死很久的人那樣鼓脹起來，和她骨瘦嶙峋的身軀極不相稱。

我一邊踏出醫院，一邊盤算著要告訴母親，外婆康復得較我們想像中快，至少她已由不能正常進食，發展至胃口大得難以置信。弟弟雖然要失去他的房間，但我卻可以再聽見母親清洗豬腸時，水流經過輸水管的聲音，這無論如何都是一件令人興奮的事情。

可是踏出醫院後，我卻找不到回家的路。以往我總是繞過醫院背後，橫過馬路，跟著便可以沿著小路走回家。但我走到醫院背後的巷子時，卻發現那裡冷冷清清的，一個路人也沒有。一條沒有路人的巷子，使人懷疑那是閒人免進的地方。而且我走了很久也沒有走完。那天我忘了戴手錶。只見天色逐漸暗下來，我還在巷子中徘徊。我往回走，卻也走不回醫院入口。我看見多條蒼白的輸水管，在醫院背後的牆壁，不規則地分布著，像樹木的枝椏，向四方八面伸展。我突然感到我身處在輸水管的森林裡，想起胖子抓著輸水管，把吊在下面的身體晃來晃去的動作，湧起要模仿他的衝動。但我知道牆的另一面是停屍間。我聽見水流來回經過的聲音，那讓我感到，另外的一些活人就在不遠的地方，而那時天色已經黑透，我仍然走不出巷子，如被困在迷宮般沒有希望。

那天我晚了三個多小時才回到家。走到客廳的窗前，看見對面大廈仍然被帆布覆蓋著。我雖然看不見內裡的情形，但我感到大廈的輸水管已不堪沙石垃圾的膨脹而全數爆裂，整幢大廈被水浸沒。

幾天後的晚上，醫院的人打電話來告訴我們，外婆死了。我們到達醫院時，看見原本屬於她的病床，被另一位病人占據。我和母親進入醫生的辦公室，發現那和一般的辦公室沒有兩樣。我以為母親會哭得眼睛浮腫，但她表現出奇地鎮靜。

「需要解剖驗屍嗎？」醫生問。母親搖了搖頭。

「如果不解剖屍體，那你喜歡在死亡證上寫上什麼死因？心臟梗塞還是肝硬化？這兩種都是常見的病症。」

母親說：「隨便。」

「那麼寫心臟梗塞吧。」

於是外婆的死亡證上，死亡原因的一欄便填上了心臟梗塞。然而她究竟是怎樣去世，我始終都不知道。此後我再聽不見母親清洗豬腸的聲音。

外婆下葬之後，我們的新居卻可以入伙。在那個簇新的家裡，我看著什麼都感到不順心。沒有用的東西太多，而可以活動的空間太少。更重要的是，新居的客廳並沒有輸水管經過。（後來我才發現、大部分新式的樓宇，無論從屋內看或從屋外看，都是看不見輸水管的，這實在是一件教人悲傷的事。）我找了很久，才在廚房裡找到一扇極隱蔽的門，打開那扇門，便看見一根圓柱體般的輸水管，還有其他幾根白色較幼小的站在那裡。輸水管像某些見不得光的祕密，被埋藏在廚房內。

母親開始上班，弟弟到了一所寄宿學校去唸書。家裡大部分的時候什麼人都沒有，而且有一個房間始終空置著。客廳的窗子對著一座山，而從房間的窗子看出去，可以看見一堵灰色的牆。有時候，我會幻想自己正置身在醫院後那個輸水管的森林裡，對面大廈的胖子和我一起，如猴子般攀爬著輸水管。

我漸漸發現自己常常不由自主地走到洗手間去，重複開關水喉的動作。把水喉扭開了又關上，關上後再扭開，跟著飛快地跑到廚房去，打開那扇隱敝的門，把耳朵貼在冰冷的輸水管上，諦聽水流經過的聲音，潺潺的，低沉而緩慢。

作者簡介

——韓麗珠（1978-），著有《臉》、《失去洞穴》、《離心帶》、《縫身》、《灰花》、《風箏家族》、《輸水管森林》、《寧靜的獸》及《Hard Copies》（合集）。曾獲香港書獎、二〇〇八年《中國時報》開卷十大好書中文創作類、二〇〇八及二〇〇九《亞洲週刊》中文十大小說、香港中文文學雙年獎小說組推薦獎、第二十屆聯合文學小說新人獎中篇小說首獎。長篇小說《灰花》獲第三屆紅樓夢文學獎推薦獎。

2002

衣魚簡史

董啟章

當我目睹著在我面前躬著腰跪著的那個沐浴在半夜特有的銀光中的赤裸軀體在劇烈的抽搐中前後扳動身子以致那不停地扭曲著的脊骨節兒在薄膜般的肌膚下復隱復現的時候，本該乘勢從性器湧出的精液卻被喉管突然湧上的一般噁心感取代了。我差不多要用手掩著嘴巴去制止自己嘔出來。我那迅速癱軟下來的陰莖幾乎是被那不留情面地收縮著的陰道排擠出來的，就像在高級海鮮酒家吃完飯沒付錢而給逐出門外的流氓一樣。那排擠了我的性器的陰阜繼續維持著原先的位置靜靜地搐動了一會，好像在等待激烈的海浪的餘波平伏，然後才像一邊緩緩沉落海底一邊慢慢閉合的蚌一樣躺倒在床上。我繼續跪著，居高臨下地看看那S形的裸體，那彷彿夾在兩塊珊瑚中間的露出頂部的雙貝殼狀陰部，和在半空中沒精打彩地垂頭喘息的我的海膽形陰莖。

我還沒有射精，這是沒法掩飾的事實。陰道內沒有注進溫暖的液體，這一點她一定清楚知道。在黑暗中，就算她看不清楚我當時的神情，也必定可以猜想到我的尷尬吧。我猜想著她是以盡量體諒的眼神轉向我，仿似是默默地發問：你怎麼了？沒事吧？又彷彿為自己剛才獨自忘我地享受著的高潮而不好意思。我該怎麼說呢？那是多麼的荒謬的解釋，相信世界上再沒有第二個人能為自己的性表現失準創作出更可笑的理由。剛才，就在潮水推漲到差不多最高點的時候，眼中這個長長髮絲攏垂到一邊肩膊，把頭低到完全看不見而只凸出頸椎關節的程度，背上的肩胛骨像魚鰓開合般晃動，纖瘦的雙臂向外前方撐開，盡量張開性器的雙腿則向後外方跪展著，讓陰莖自如順滑地像陰險的鰻一樣在兩股間的黯黑洞穴裡進出的這個女體，在我猜想是月亮造成的幾乎不能察覺的深海底部似的鱗狀光流中，突然幻化作一條銀魚。

是衣魚。

空氣裡有一種不知是來自黏濕著液體的性器還是我喉頭差點湧出的剛才晚餐時她弄的橙黃色三文魚排在胃裡還未消化的殘渣的腥膻氣味。我儘管覺得可恥，但還是告訴了她，那是衣魚的緣故。我察覺到她嘴角壓抑著笑，但也許她沒有笑，因為太暗所以看不清楚。至少她的語氣中聽不出笑意，也沒有厭惡之感。她只是在激烈的喘息之後以還未恢復的聲線問：我真的那麼像衣魚嗎？說罷，她就翻轉身體，俯臥在床上，張開四肢，滑稽地擺動著。我幾乎是喝令她停下來的，但隨即又對自己的失態道歉了。她坐起來，湊近察視我的神色，像安慰受驚的小孩般伸手撫了撫我的頭髮，說：對不起，我不知道你真的怕，其實，對衣魚感到噁心也是很正常的事，一般人也有這樣的感覺吧，尤其是現在，當書本這種東西差不多絕跡了，人們一般也很少機會見到衣魚，所以也會像見到史前怪物一樣的嚇一跳吧。我在黑暗中勉強地笑了笑，也不知是不是真的舒緩了那種噁心感。來吧，我給你做點治療，你等我一下。她跳下床，開了燈，逕直赤條條地走出睡房。我看著她的背和臀部，那種衣魚感消失了，回復到一個女人的背和臀部，和我在幻想裡見過的背和臀部一模一樣。

我今早第一次在荒遠的舊圖書館見到這個叫做維的女子，我就幻想到她赤裸的背和臀部，而且也幻想到以這個背和臀部為主要景象的性交場面。我不能說是因為性交的慾望壓抑太久所致，事實上我一直埋頭於這個城市的史料的整理中，根本無暇顧及性慾或什麼的，或者，當初之所以在研究院畢業後不外出找工作，而申請加入了這種枯燥無味的史料發掘工作裡，正正是為了逃避性慾的一種舉動吧。但我是在逃避怎樣的性慾呢？我在個人性史方面並沒有什麼特別值得自豪或自卑的經歷，不算豐富也不算貧乏，只是自從知道一個以前有過親密關係的女朋友因為不尋常的事故而死掉，就有過一段時間的性慾障礙。聽說那前女友是吃了生魚片感染寄生蟲，被那種不知叫做什麼的長條扁線狀的小東西鑽進肝肺等內臟，後來更走到腦袋裡去。蟲子在那裡會鈣化死亡，但蟲屍會一直殘留在臟腑內，所以就算未至於立即有性命之虞，她卻因為持續性的內臟痛和頭痛而自殺了。我想，更大的原因是那種無法制止地想到的腦袋和身體被蠕動的蟲侵蝕著的超常恐懼感和噁心感吧。連我也無法接受那曾經和我共享過歡愉時刻的美好身體裡面住滿了蟲的事實。更難受的是據她所說她曾經因我而意外懷孕。雖然此事一直無法證實，我和她的關係也因為那可能同樣是杜撰出來的流產而告終了，但每當我一想起那不無可能曾經在那身體裡孕育過的胚胎，它就會像潛伏的海怪一樣啃蝕我的記憶。我曾經一度因為前女友的自殺而迴避去想任何和性有關的事，後來惡感和傷痛隨著我漠然的個性而慢慢淡化，我也因為太沉入於工作而忘卻了無論是性還是感情的需要。直至今天早上。

我今天早上來到這個叫做維的女子工作的舊圖書館，為的是搜尋一批失落已久的資料。那是個上百年的舊大學建築物，在山上較偏僻的地方，因為行車道日久失修，所以要爬一條穿過林蔭通道的長長石階。梯級兩邊的雜草看來很久沒有修剪，幾乎要把小路吞沒，碰巧今天陰雨綿綿，小雨粉在樹葉上積聚成大水點打落在頭臉上，穿過這條巨木遮蔽的梯道比走在空曠地裡更狼狽。隨著大學向市區方面擴展，或者是市區日漸吞沒這數十年前還屬於郊外的大學區，舊園書館這一帶因為交通不便和欠缺發展空間而遭遺棄了。後來大學方面就開始把其他圖書館和部門不想存放但又不想丟毀的資料轉到這裡收藏，美其名是改成了一個藏書庫，實則是一個垃圾堆填區。又或者，是一個再沒有人到訪的墳場，書脊就像墓碑一樣銘刻著一列一列死者的名字。當我接手了本城陸沉前歷史重整計畫的前代文學部分，我發現電子存檔裡可見的資料少得可憐，或者縱使是資料裡有的名目，也無法找到原文，而且也找不到可靠而完備的文學史。我想了解這個現象，想知道這個城市的文學史料是不是真的那樣稀少，以至於我們可以非常肯定地作出本城並未出現過堪稱為文學的東西的結論。在我們這個已經不再存在文學這個形式和範疇的時代，要進行這方面的研究更是加倍困難，但我心裡還是懷著通過文學考掘重寫城市前代歷史的目標來進行我的工作。也許，是這想像式的苦行取代了我的性慾需求，把我維持在一種虛幻的亢奮中。直至我得知，在這個人們戲稱為垃圾站的舊書庫可能藏著我汲汲尋找的東西。

當她在我前面的通道走著，穿過那些排列得像原始森林一樣陰暗稠密的書架，潛進了那充斥著腐殖質氣味的空氣中，我就感到體內有什麼不安的東西準備要破土而出。那個藏書庫可能實際上不大，不過我在途中逐漸失去了方向和面積的估計能力，但那也不是普遍的迷失感，不是那種古典作家喜歡的把這種古老型圖書館比擬作迷宮的迷失感。不，我反而有一種似曾相識的感覺，好像回到了家，回到了那被一幢緊挨著一幢的舊式高樓遮擋了天空而長年陰暗無光的狹窄街道上。她在一個高及天花板，排滿了褪色成差不多的灰黃的書脊的巨型書架前，說：從這裡下去的書架上，應該會藏有你要找的東西吧，這部分少說也有幾十萬冊，要逐本翻查，看來你要在這裡花上一輩子呢。說罷，她轉身朝書架掃視了一下，彎下身子，在低層書架搜索著。在她躬著的身子的短上衣和低腰裙之間露出了一截像嫩白的幼蟲般的透明肌膚，左右骼骨位置的兩顆凹陷點和隱隱露出的股溝頂端形成一個倒三角形地帶。此刻，我心中冒起了扯下那裙子從背後揭示出女陰並從這勢位把陰莖插進去在古老的散發著霉味的舊書牆前進行性交的幻想。我發現自己勃起了。女孩抽出一本書，直起腰板，回頭向我，在我還未能及時收斂起浮泛著可恥的性幻想的眼神前，說：這是其中一本保存下來的V城文學作品，是小說類的，封面已經毀爛，裡面大體上還可以讀，這就是你要找的東西吧？她把那本小書托在胸前，向我打開來，在斑駁地形圖一樣的扉頁上，印著看來是書名的文字，但在著者名稱那個位置，卻穿了個洞，俯看下去，那洞像條小隧道一直蜿蜒穿到書底去。再翻開書中間的頁數，紙面上布滿了大大小小的隧道洞兒，每一頁也是一個地質層的橫切面。從貫穿地質層的窟窿裡，鑽出一隻小小的扁平的東西，頭部有兩條細長觸鬚，後部三叉形展開三條細長尾絲，身上泛著銀絨色淡光。我連忙別過臉，差點把那本巢狀蟲洞書撥到地上去。我全身的毛髮也顫動起來，勃起的下體的血液迅即被抽乾了。

她只是漫不經意地說：噢，是衣魚。

我還害怕維會誤會我因為和她性交感到噁心而不能順利射精。她離開睡房一會便回來，臂彎裡勾著本厚厚的書，是那種乖乖的大學女生捧書的姿勢，但這時因為全身赤裸著而產生了錯置的誘惑感。我感到陰莖有一下微微充血前的反應，但迅即又虛虛的沒有了。剛才在開始性交前維還是有點保留地關上了燈，現在於燈光底下她的裸身就不再有什麼隱藏了。倒是我自己在光線的暴露下產生了羞恥感，因為維的身體實在是完全處於足以令人性慾旺盛的狀態，是不可能導致噁心而不能射精的啊。我和自己解釋說，那必定是對之前因為太久沒有性交而積累的早洩恐懼的反彈，反而造成了過久的性交而仍然未能射出。維盤腿坐到床上來，在張開的大腿間露出暗紅色還依然有點濕潤的私處，那種顏色令我覺得必定是因為剛才弄得太久和我焦急之下過於粗暴的動作而造成的紅腫。如果維並不是慣於經常性交的女性，會不會因此造成損傷或感染？我們已經換過好幾個勢位，她先是很滿意地在充裕的空間裡慢慢進入狀態，繼而卻轉變為有點艱難地忍著不來高潮，等待著我那遲遲未來的同步發放的訊號。結果在那幻想中的美妙從後進入的體位中，她真是忍無可忍了。我幾乎是帶著遺憾地這樣注視著她脹滿著還未消退的血液的下陰。

可是維卻沒有特別理會我的怪異目光。事實上她對和我性交的態度，甚或是她對性交這事情的態度也難以捉摸。她絕對不是那種大膽而且慣於挑逗異性的性飢渴女子，但她也同時並沒有對性這回事過於無知和怕羞。她似乎是以一種實事求是的態度來首先確認了我的想法，然後大家在互相默許的情況下在她獨居的宿舍裡會面，一邊吃味道很好但並不造作的晚飯，一邊開始談到性的話題。是她首先這樣說的：你一定會覺得，我還這麼年輕，為什麼躲在偏僻殘舊的圖書館裡幹著這種毫無趣味可言的工作，還一個人住在這荒涼的宿舍裡。那是因為我是個書痴。你會覺得很好笑吧？看不出來？我還一點近視也沒有，真是奇蹟！信不信由你！真的，我年紀小小就已經是個書痴。我不單喜歡看不同類型的書，這夠不上稱為書痴對不對？我還迷上了書本這種東西，這種由紙張做成的釘裝成一本一本的東西，可以拿在手中，可以放在床頭，可以觸摸到質感，可以嗅到味道，在上面留下指紋和筆記，或者食物飲料的汁液，像一個有記憶的生物似的保留了我自己和它相處的痕跡。不過，如果把這理解成戀物癖，那也是很普遍的事情吧。所以，書的魔力在於，它會和你做愛。真的，尤其是文學，這種現在沒有人看的東西，那些字詞，句子，裡面給我的快感，其實就是做愛的快感了吧，或許你會覺得我這樣去對待文學很片面，覺得這只不過是個性情孤僻或者性冷感的女孩的一種自慰式的補償性幻想。我不知道。但對我來說，讀一本好文學作品就是做一場美妙的愛。這樣說也好像是很庸俗吧，是不是？讓我再解釋一下。我不是說和作者做愛，我不關心作者的事，對作者沒有什麼幻想，無論那是個怎麼樣的作者。我也不是說和書中的人物做愛，畢竟古今中外讓人想和他做愛的人物實在不多吧，這種想法也實在太幼稚。我說的是和文字，是文字啊，和文字做愛。而那必須是一本書上的文字，有質感的，像肉體一樣實在的文字。可以接吻，愛撫，吮味，甚至性交的文字。那聽來真是個矛盾的想法。你知道這種怪癖是怎麼來的嗎？那是因為我爸爸。因為他是個寫小說的，可以說是在文學消失前的最後一代吧，而且親身經歷了文學消亡的過程，可想而知，是個沒有真正實踐過抱負就死去的不知名也沒法知名起來的作家。他就是個整天躲在書房內沉溺在手淫式的寫作裡的與時代脫節的痴人。不過說來也奇怪。他沒有把書，無論是他自己的書還是他痴愛著的珍藏的書都沒有把它們做為遺產留給我。所有東西在一場火裡燒光了。那其實是一場意外火災，是他半夜在書房一邊抽菸一邊寫東西時釀成的，他是那種到了最後還對用紙和筆來寫作做著無謂的堅持的人，所以失火也是很合理的解釋。不過我覺得事情有象徵意味，雖然這可能只是個庸俗的意象，但我只有這樣才能使悲慘的經驗變得易於接受。所以我不能離開書，我沒有逃避它，反而選擇抱著它不放。我知道有這樣的一個充斥著廢物般的書的地方，於是我大學畢業就申請來這裡工作，兩年來也是一個人度過。對現在的我來說，外面的世界並不存在，無論是沉在海底的舊城市，還是殘存在地面的重建起來的新城市。我唯一還不能肯定的，是自己對真正的性愛的需要。從前大學時代和男孩子發生過的，也夠不上讓我覺得是有快感的性愛，但我還想知道，真正性愛是不是存在，它的快感和文字的快感有什麼分別。也許，有一天我會嘗到真正的性愛而去追求它，我會離開這裡，重新開始，又或者，有一天我可以確定真正的性愛其實沒什麼，那麼我留在這裡就什麼都不缺了。所以，你今天來到，我就覺得你可以是個對象，讓我了解一下，因為你同時也是個研究文學的。這是個不能錯過的機會。

我沒法立即對她說話裡的怪異邏輯作出有意義的回應，但我對她的直截了當感到有點驚訝和困窘，特別是當她說到我因為認識文學而堪當她的對手這一點，因為我事實上對文學本身沒有特別的感覺，更遑論從中得到什麼類近於性交的快感。我只是想通過文學的材料而重組這個城市的某個早經磨蝕了的面貌。事實上，和這個年輕女子坐在飯桌前談論到性的可能，使我差不多完全忘卻了在日間還自命熱切追求著的目標。我也不敢說，究竟是找到了夢寐以求的史料寶庫的驚喜大些，還是碰上了維這樣的女子的驚喜大些。我居然還告訴了她白天我在書架前的想法，而她聽後就只是笑，好像我只是告訴了她什麼無傷大雅的惡作劇。後來在性交的過程中，當我開始無法掩飾正在發生的困難而顯得有點焦躁的時候，她就趴下來豎起臀部，說：試試這個你夢寐以求的姿勢吧。但這說法不單沒有激化我的反應，反而給我加添了壓力，因為它彷彿在宣告這是最後的了，連這個都不行就要放棄了。結果衣魚就鑽出來了。

我從博物學家的角度觀察著盤著腿的維，嘗試用文字去描述她身體結構上的特徵，鑑別出她所屬的物種。微微鞠著的身子使原本看來平坦的肚腹出現了隱隱的摺痕，胯部與大腿連接處有一種鵝頸形的柔軟彎曲度，不大不小的梨狀乳沒有過度晃動，全身上下也有一種勻稱感。很欠缺準確性的語言。維把書冊翻到某頁說：治療心理創傷的方法不是去迴避它，而是要去直面它，去認清那曾經給你恐怖感的東西，知道了它並沒有想像中那種含意的本質，就可以從執迷中解脫出來。就像衣魚，本身是沒有那種噁心的必然聯想的。好像這裡說，她拿著書冊念出來，衣魚共四科三百七十種，是原始的無翅昆蟲，體色為褐色，身體呈梭形略扁，通常覆有灰色或銀色的鱗毛，有簡單的口器、分得很開的小複眼或是根本沒有眼睛，大部分種類沒有單眼，腹部末端有三根長度相同的長毛。所有的衣魚屬夜行性，有些種類偏愛濕冷的環境，棲居在人類住宅中的衣魚種類偏好澱粉類食物，會破壞衣物、書籍裝釘和壁紙糊。就是這樣子。衣魚是一種小動物罷了，沒有什麼恐怖的地方。她念畢，把書冊塞到我手裡。我看著紙頁上連鱗毛也可辨地清晰的衣魚照片，也沒有即時泛起那種噁心感，但我揮之不去的是那些貫穿書本的蟲洞，令人不知為什麼地毛骨悚然的蟲洞！人也會對某些形狀的東西有本能的反感吧？我自言自語地說著，把視線扯離圖冊，投向面前柔滑而給人慰藉的身體，想起了給體內的蟲折磨自殺的舊女友，又無法不回到滿布蟲洞的書頁。她似乎明白我的意思，立即接道：試想想，如果那不是一本書而是一塊布滿洞的芝士，形狀完全一樣，那也不會引起所謂本能的反感啊。我不知道怎樣回答，只是在苦苦比擬著各種質感的洞洞，塑料的，金屬的，石頭的，整齊的，不規則的。比喻對解決問題毫無幫助。

維見我似乎沒有解脫的跡象，就把圖冊丟在一旁，爬過來，把背挨在我胸前，擺布我的雙手抱著的乳房，非常不合時宜地繼續衣魚的話題：古代的人叫衣魚作蠹魚，這個你知道吧？不過有一樣東西你可能不知道，那是我爸爸告訴我的，他說在古代有人把衣魚放在丟滿了寫著神仙兩個字的紙片的瓶子裡，讓衣魚把神仙二字吃掉，據說吃了神仙二字的衣魚會由白色變成五彩色的叫做脈望的東西，只要吃了脈望人就可以成仙。你看，人為了成仙連衣魚也吃得下啊。爸爸又說，衣魚在傳統裡是讀書人的敵人，因為它破壞了書，但是現在像他一樣的寫書人卻變成了衣魚，靠著把書殘餘的能量吃回去來生存，直至有一天把書都吃完，世界再沒有書，衣魚也沒書可吃，人們就可以安然把書和衣魚忘記了。我微微合攏了一下手掌，捏了捏她的乳，發出插話的訊號，說，你爸爸是誰？他叫什麼名字？寫過什麼書？她沒有答我，自顧自說下去：你這個人，在外面活得好好的，也不愁沒有其他工作，為什麼還來做衣魚呢？你來啃咬這些廢物，也不過是加速它的毀滅吧。又或者，你是來把我這最後的衣魚引誘出來，然後把我用指頭捻死吧。你知不知道，我常常想著，有一天我會在圖書館放一把火，把一切也徹底清除的火，連同我自己，像我爸爸一樣，那時候我們會看見衣魚都出來了，無數美麗的衣魚，有著銀光閃閃的、流線型纖巧身體的衣魚，像赤裸的美麗女孩的衣魚，都從洞裡鑽出來了，在火的海洋裡暢泳，變成五彩的小神仙，在煙火裡羽化。那時候你會陪我一起嗎？會做一尾赤裸的衣魚嗎？會和我做著無望的交配而死嗎？

我的雙手掌心感到她的乳下面的胸腔在強烈搐動，彷彿在向我的壓力反彈著。我突然才知覺到，我不明白她。她不只是一個勻稱的身體，不只是彎下身來讓我插入的性器。但她是什麼呢？我沒有回應她，沒有向她妄想症式的要求作出就算是暫時性的虛假的答應。我想退縮了，想把覆蓋在她的乳的雙手縮回，甚至想把那曾經插入到她體內的陰莖的記憶也抹去，好像後悔輕率地和一個陌生女孩迅速發展到這樣不能再裝作和虛掩的地步，甚至是後悔來了圖書館，後悔從事了這種陷入蟲洞深淵似的工作。我幾乎是無路可退了。我只要一推開她，我一直努力邁向的目標和建立的存在價值，甚至連同我偽裝的人格也會蕩然無存，比被撳死的衣魚所化作的泥塵似的屍身更不成形狀。我於是反而更緊緊地摟著她的軀體，像溺水者死命抱著魚軀，沉向黯黑無光的深海，但懷中的魚，是一尾衣魚啊。奇怪地，我的下面竟然勃起來了，她緊貼著我的臀部也感到了。她鬆開了我的臂，扭過身來，用手指去幫助它充血。然後她讓我躺下來，說：用口給你試試好嗎？我任由她撥弄著，只看見她的身軀蜷曲在我的張闊的雙腿間，髮絲蓋住了我的下身，腦袋在起伏移動。我的陰莖受到強力的吸吮和撩擾，在別的情形下，一定早已忍不住射出來了。我用力盯著天花板上面燈罩投映出的散開的煙花般的光影，急切地催逼著游滿了精蟲的精液向她口裡噴湧而出的一刻。精蟲在盲目地拚命泅泳，銀白色的精蟲，會化作五彩的脈望嗎？她吞下了就會成仙嗎？不知多少時間過去，她放棄了，坐起身來，拿紙巾抹著嘴，說：對不起，看來治療不太成功，嘴巴好累，臉也快要抽筋了。我起身看看自己的下身，陰毛沾濕作一團，口水一直流到屁股下面，但陰莖還是像根永遠不溶的雪條。我說：算了吧，是我心裡有障礙。她說：是我不好，還不住在談衣魚的事。我說：不，真的不關你的事，先睡下，你累了，我休息一下會沒事。她關了燈，挨在我旁邊，說：我覺得性還是不錯，你暫時不會走了吧？還會一直幹研究的事吧？我似有若無地讓枕頭上的腦袋點了一下。她臨入睡前又半夢半醒的輕聲說：我們要在海裡交配而死啊。

我也隨即睡著了。

我夢見自己來到圖書館。是那種一早就知道是夢境，但又完全相信當中發生的一切的，有著既沉入又疏離的雙重意識的夢。那就好像之前一天我來到圖書館的情景一樣。維照樣是獨自坐在破落馬戲團售票口一樣的接待處後面，但她是赤裸著上身，把雙乳像款客的梨子般放在桌沿上。不過，夢中的我沒有對她的狀況感到驚訝，反而以一種理所當然的態度對待。她站起來帶我到文章史料的區域時，我發現她下身也是赤裸的，在我前面走動著的就是那想像中的背和臀部。在那書架擠得密麻麻但感覺又是那麼空蕩蕩的藏書庫內，我彷彿聽到霉爛的氣息擦過她青嫩的肌膚的聲音，那彷彿是脆薄的泛黃紙張幾乎發不出聲來的撕裂微響。她如我所料停在那個整堵牆高的書架前，說了那番相同的話，然後彎下身尋找那本叫做名字的玫瑰的著者名字給蛀蝕掉的書。我知道她將要轉身向我，把書頁向我打開，向我展示那些令人作嘔的蟲洞。我要在這之前阻止它發生。我清楚地看到她下面的在未性交之前已經呈現紫紅色的陰部，擺出了蛤類毫無防備的半張夾縫吸引獵物的偽裝。我發現原來自己也是全身赤裸著的，而且已經勃起，長長伸展的樣子像是要施展襲擊的海螺的注滿毒液的條狀口器。於是我就對準那尻洞鑽進去。那裡面竟然已經很濕滑，以致進入毫無困難。她一直彎著腰，脊骨配合著做出扭動和起伏，但在那張開著四肢的脊骨節兒在薄膜般的肌膚下復隱復現的光滑的背上望下去，那泛著銀白色光芒的身體突然就化作一條衣魚。在書架間開始滲出了水，然後水就積聚成洪流般的湧動。我好像親眼目睹了城市如書架般高聳稠密的建築群在五十年前沉沒的景象。然後，一切沒入水底的碧藍色寂靜中。書架上的書給隱形的暗流沖出來，在拉長了的時間裡慢動作地漂浮，悠轉，書頁逐張地打開，斷裂，碎爛成粉末，剩下無法辨別的敗絮般的殘骸。我慌忙地左右泅泳，徒勞無功地想拯救那些高速地散碎的書本，但每次還來不及看清楚書名它們就在我眼前化為烏有。在煙花般綻開的紙片中，游出了無數銀白色的衣魚，在流竄的波光中輕盈迅捷地閃過，爭相把那些在水中浮盪的零星字詞吃掉。我張開浸泡得如腐屍般蒼白皺皮的手掌，一個字也沒法捉住。然後我才猛然發現原來我的陰莖給一條巨大的像裸身的女人的衣魚咬住了。我不停地在水裡划動手腳，但與其說是想逃脫，不如說是和咬著我的下體的衣魚做出相應的動作。我突然忍不住射精了。那女人衣魚不見了，我的陰莖、我的身體也彷彿不見了。所有書本的殘骸也不見了。只剩下清澈澄綠的海，和在水裡像凝固的稠白煙霧似地無法散開的精液。

作者簡介

——董啟章（1967-），一九六七年生於香港。香港大學比較文學系碩士，現專事寫作及兼職教學。一九九四年以〈安卓珍尼〉獲第八屆聯合文學小說新人獎中篇小說首獎，同時以〈少年神農〉獲第八屆聯合文學小說新人獎短篇小說推薦獎，一九九五年以《雙身》獲聯合報文學獎長篇小說特別獎。《天工開物・栩栩如真》獲首屆紅樓夢評審團獎、施耐庵文學獎，以及中國時報開卷好書獎十大好書中文創作類、亞洲週刊中文十大好書、聯合報讀書人最佳書獎文學類，並曾獲香港藝術發展獎〇八年度最佳藝術家（文學）獎。著有《安卓珍尼：一個不存在的物種的進化史》、《紀念冊》、《小冬校園》、《家課冊》、《說書人》、《講話文章：訪問、閱讀十位香港作家》、《講話文章II：香港青年作家訪談與評介》、《同代人》、《貝貝的文字冒險》、《練習簿》、《第一千零二夜》、《體育時期》、《東京・豐饒之海・奧多摩》、《對角藝術》、《天工開物・栩栩如真》、《時間繁史・啞瓷之光》、《學習年代》、《致同代人》、《在世界中寫作，為世界而寫》、《地圖集》、《夢華錄》、《繁勝錄》、《博物誌》、《美德》、《名字的玫瑰：董啟章中短篇小說集I》、《衣魚簡史：董啟章中短篇小說集II》、《董啟章卷》、《心》、《神》等。

2003

頭

謝曉虹

阿花早上起來便發現兒子阿樹的頭不見了。

她拿了長長的晾衣竹，彎著腰往床下、牆的隙縫裡搗，把家裡的抽屜逐一打開，又翻出櫥櫃裡那些肯肯牌巧克力夾心餅以及奶油曲奇的罐子（阿樹曾說那個牌子的餅乾很好吃），阿樹的頭卻還是沒影沒蹤。

早上的陽光很溫暖，像活潑的跳蚤直鑽進人們的衣領裡。人們像往常一樣喝著各種成分不明的包裝飲料，把脫水防腐永保新鮮的點心麵食往嘴裡塞，準備重複昨天的忙忙碌碌，或是無所事事。這時有人掀起窗簾，瞥了瞥窗外的風景，意外看到阿樹的雙親帶著丟了頭顱的阿樹登上救護車。那人看著救護車笨拙地駛出了塵土飛揚的公路，不覺又打了一個呵欠。

「你們把他帶走吧。」

患了嚴重失眠症的醫生沒有看阿樹一眼，像是哀悼自己似的只是搖頭，然後以深陷的眼睛看著阿樹雙親說：「現在只有等待警方尋回他的頭，別的事我們沒辦法。」

浮腫的雙眼好像加重了他說話的分量，憂傷的醫生把雙手插進口袋裡，然後弓著背離去。醫院裡金屬床椅熙來攘往的，椅上床上不乏丟失鼻子心臟各種器官和肢體的病人。他們都擁有誇張的眼袋與枯黃的面色，除了衣著，看上去和醫生並無分別。那些晃來晃去的白色人造纖維和滲滿藥水味的吵吵鬧鬧，讓人感受到一種奇特的節日氣氛。阿花受到這種氣氛的鼓動，對著失去頭顱的阿樹哭哭啼啼起來，倒是父親阿木一直沉默，在穿著白袍的醫生消失於走廊盡處前，阿木做了一個決定——他要把自己的頭捐給二十五歲的獨生兒子。

醫生看了看阿木，微微抬起眼皮，疲乏地笑了起來：「根據國家的法例，只要你願意，你可以把任何器官捐給直系親屬。」

阿木的決定沒有太讓人意外。有人說，父子倆早年的生活已暗示了這樣的結果。有人卻說不。

阿樹出生於一九七七年十一月十三日晚上十一時零五分。

阿木初次看見兒子時，因為長期的等待突然落實而感到有點不知所措。

「長得跟我一模一樣。」

阿木站在醫院空無一人的走廊裡，含著食指，胡亂把眼睛瞇成一道縫，貼著玻璃把兒子看了好久。

沒有人知道阿木怎麼會在哭得如狼似虎的阿樹面上看出自己的形像。

阿樹很能哭。阿木的老鄰居仍能憶起阿樹出生後不久的夜裡，瘦弱的阿木常常背著哭鬧的兒子沿住所附近的河堤長跑，兒子的哭聲在阿木的肩膀上顛簸著遠去，又夾著阿木粗重的鼻息回來。當河邊的遊人一點點散去，這個瘦長的影子總讓人想到某種星體正沿著特定的軌跡在公轉。

夜裡，沒法安睡的鄰人按響了阿木的門鈴。

「兒子著涼了。呼吸有點困難。」

憂心的阿木湊近兒子，噘著嘴把閃亮亮的、長長的鼻涕從兒子細小的鼻孔裡吮吸出來。鄰人看著阿木甜蜜的表情，便忘了有關睡眠的事情，倒是想起路邊某個小販在假日裡叫賣那一種又香又軟的麥芽糖。

要吃麥芽糖嗎？阿樹。

在行人隧道入口處賣麥芽糖的矮小老人看上去很面熟。他偶爾會在電視上的歡樂節目亮相。

阿樹接過隨意黏在竹枝上的麥芽糖，因為心情興奮而尖叫起來。阿樹興奮時總愛死命抓住父親的鼻子。阿木的鼻子被抓出了一道一道血痕，他對阿花說：孩子迷戀我的鼻子，多於我的眼睛和嘴巴。

頭顱移植的手術看來很成功，阿花選擇了一個宜掃舍、伐木與捕捉的日子把父子倆帶回家去。在這以前阿花更換了家裡窗簾的顏色，在大門及窗前象徵性地掛上了牛骨、柏葉、雞毛。阿花不知道這樣做的用意，或者她只是希望在各種建構新生活的錯覺中，繼續過著與從前毫無分別的日子。

阿木的身體一如既往的在陽臺做早操，那麼穿著襯衣追趕巴士、傍晚又提著西餅和啤酒回來那一個，只能是阿樹吧？關心這些的是無事可做的鄰人。他們聚集在涼亭裡展開一次又一次漫長而無意義的討論，然後在黃昏前把一切忘記。阿花幾次故意經過，他們卻迅速裝作若無其事。阿花清楚知道他們談論的是一些什麼，但卻因為被排拒在討論以外而不免有點惆悵。

其實阿花不介意提供阿木與阿樹的生活細節，這個社區的鄰舍關係本來就是依靠各種竊竊私語維繫的。阿花一直積極維持這種關係。

阿花與阿木現在過上真正互相廝守的日子。沒了腦袋的阿木不再上書店去。丟下經營多年的書店，阿木偶爾在家裡亂走，碰跌花瓶魚缸什麼的，遺下一尾半死不活的金魚在地板上掙扎著，但大部分的時間卻姿態慵懶的坐在陽臺那鞦韆上，以細長的手指一下一下的在身上搔著癢。

阿樹接替了父親維持書店的業務，但他每天總不忘在父親身旁蹲下來，把醫生處方的營養液打進阿木的血管裡。

陽光依然溫暖，毫不吝嗇的照在阿木的身上。阿花不知道是潛存的記憶或是肉體的能量在支配著這個身體，不過人們不知道的事情，又何止這微不足道的一樁？阿花想，在陽光普照的日子裡，最好把放在床下的棉被拿出來，洗淨，然後掛在天臺上晾曬。

阿木現在坐著這藤椅式的鞦韆，是在阿樹一歲零兩個月時買回來的。阿木初次把兒子放上去時，阿樹因為把它看成是玩具汽車、發聲電話一類的東西而掉以輕心。

阿樹剛把屁股沾上藤椅時，像往常發現了什麼新事物一樣，發動了一輪又一輪的尖叫，然後便心不在焉地咬起手指。他沒料到，父親阿木會在這時突然大力起動鞦韆，把藤椅高高盪起，好像要把他拋到河裡去。於是驚恐的阿樹才抓緊了鞦韆的繩索，縮起身體，無助的看著阿木。這時阿木卻笑起來了，他愉快地拿出早已預備好的畫作，展示於阿樹的面前。阿樹一臉惶惑的望向父親，同時戒備著鞦韆再次把他拋向半空。

阿樹最早的家庭教育，可以說便是在這鞦韆上完成的。在藤椅咿咿呀呀的叫聲中，阿木向阿樹分析了自己由七歲至十二歲期間畫成的五十四幅作品，阿木反覆強調不同作品在構圖、用色、意念各方面的差異，鼓勵阿樹細看與觸摸。然而還來不及開始講解十二歲以後，阿木命名為「野鼠期」的作品，這樣的活動便被迫結束了。

阿木的快樂日子隨著阿樹雙腳長得穩健，從藤椅上一躍而下，逃去無蹤。

躲在櫥櫃裡的阿樹從櫃門隙縫裡窺見東張西望的阿木。父親獨自扶著藤椅站在陽光前，失望的，把一個灰黑的的影子投在陽臺光亮的地板上。

現在藤椅搖動時又傳出咿咿呀呀的叫聲。阿樹給父親阿木注射了營養液後站起來，當他轉過臉來時，阿花竟覺得往日的時光又重現了。

這天阿樹穿上了一件黃色的襯衣，又結上芥末一樣的領帶，連西褲也是黃澄澄的。阿花於是記起阿木曾說：「黃色意味吉祥。」

阿樹這天要與阿豆約會。在手術以後，阿樹已經和阿豆約會多次了。

一如面對各種無可逆轉的變化，阿豆對於阿樹更換腦袋的事，並沒有任何強烈反應。雖然阿木臉上鬆弛的皮肉和欣欣向榮的黑斑確實教阿豆有點灰心，但生性豁達的阿豆，還是很快便接受了阿樹新的頭顱。

在一個熟悉的身體上，發現一套陌生的思維模式，未嘗不是樁有趣的事。阿豆很自然的與阿樹重新建立了約會、交談以及身體接觸的方式。在這過程中，阿豆最大的發現是：現在的阿樹目光呆滯，不常說話，偶爾會自言自語的念起詩句來。

夏季，我們是不是應該一起，死在樹上……大銀幕上的男主角一直盯著一隻蟬在說話。把爆穀吃光的阿豆又打了一個呵欠。阿樹便在這時向阿豆求婚。阿豆收到一幅阿木的肖像做為禮物。

阿豆抱著畫像，坐在無人的地鐵車廂裡，看一列金屬掛環搖搖擺擺的，依然感到渴睡。學校已經開始了悠長的假期，在假期以前阿豆剛失掉對旅行、閱讀以及蒐集各式玻璃瓶子的興趣。不久，阿豆又厭倦了自己房間裡的各樣事物。尤其睡床呆板的形狀，更教她無法忍受。然而把一切砸爛丟棄，再重新配置，又太嫌麻煩。阿豆想，從現在起培養對結婚的興趣也不壞。而在結婚以前，阿豆還想到一項新的活動。

阿豆拿起鋒利的剪刀，把阿樹原來的頭，從他們的合照上剪下來。在這以前，她從阿花處拿來了一大疊阿木的照片，那裡有大量的頭，可以用來一一補上。

阿豆有時非常回味，小時候擁有的那些紙製娃娃，她喜歡把各個只穿內衣褲的身體與它們的頭分開，重新組織，然後以膠紙黏合起來。面對現在的阿樹，阿豆有時會想到這種遊戲，它們的樂趣都來自，切割與拼合帶來的陌生感。

在阿樹學懂使用雙腿，並喜歡炫耀自己行走與奔跑的能力時，阿木便開始夢見阿樹以不同的方式遠離自己。起初阿樹只是坐在一條船或一只氣球上飄走，於是阿木便拚命追趕。後來，阿樹走進人群，而所有的人卻突然都失去了臉孔，以致阿木根本無法把他辨認出來。最後阿木看見自己拿著一只盛滿水的盤子，他僅僅擁有阿樹在水中的倒影，但那影子還是無可避免的，一點一點的，被毒熱的陽光蒸發掉。

阿木並不忽視這些夢的象徵意味，於是他向阿樹編造了各種各樣的謊言：「城市裡各處都有突然砸下的花盆與電視機。」「街上殺人的事正逐日增多。」「每天有八千七百二十三個人死於非命，其中七歲以下孩子占了九成。」阿木還找來大量屍體的照片做為證據。入夜後，阿木站在阿樹身後，貼著他的耳，悄悄的說：「你所看見的街燈、郵筒，各式各樣的門後，都附了鬼。」阿樹於是緊閉雙眼蹲在地上，不肯再次站起來，阿木輕輕撫摸阿樹的頭時，連自己也深信這世界本就滿布危機。

阿樹漸漸產生了幻視與幻聽，夜裡總是做惡夢，日裡偶爾回頭，自己的影子總是把他嚇得拔足奔跑。後來阿木又想到在阿樹的鞋裡加鉛。因此，阿樹每邁一步都感到非常吃力。他冒著汗，以求助的目光看著父親。這時，阿木便溫柔地把兒子抱起，雖然對於阿木來說，阿樹現在已經沉重得像一艘潛艇。

一九七四年，阿木在這城市犯罪活動最興旺的地區開了一爿書店。

書店位於一座商場的二樓。就像商場裡其他店鋪一樣，這裡出售各式各樣的色情書刊。

店裡有一臺彩色影印機。阿木每天利用它，大量複印自己的畫作，然後夾在色情書刊的內頁。大多數的讀者還沒走出商場便會把它們丟棄，但也有些人會把它們墊於不穩的椅腳下、用以抄下外賣食店的電話，或當作書籤，標示書刊精采的部分。

商場裡只有阿木這爿店從不亮燈。少量灰濛濛的陽光，終日在書店的地板上推移。阿木會在店鋪幽暗的角落裡作畫。當客人猶猶豫豫的走進來時，常常會因突然發現阿木而吃了一驚。現在客人看到的是阿樹，但阿樹除了長得比阿木高大得多以外，看來和阿木並無分別。

在這爿洋溢著發霉氣味的店子裡，牆上、天花板與地板上都畫滿了色彩鮮豔的畸形人體。這些是阿木的精心傑作，比如一個胸部與四肢易位的人在打羽毛球，浴缸裡坐著同一個身體上開出兩朵頭顱的孖胎……有一個人的樣貌總是在這些人體上重複出現；人們現在難以判斷，那個究竟是阿木，還是阿樹。

在下午一時十五分，阿花總會帶著午飯準時到達書店，她現在已經習慣，在進門時就會看到二十五歲兒子的臉上，綻開了比她更深的皺紋。這時她發現，自己竟已完全記不起兒子原來的面貌。

子承父業了，你應該感到安慰。阿花後來對著躺在身旁，阿木沉默的身體說。

阿木有日忽然覺得，阿樹還是以他沒有料到的方式，漸漸遠離了他。

阿木原來支好畫架，捉住阿樹的手，教他把調稀了的水彩顏料在畫紙上塗開，這時阿樹卻甩掉阿木的手，一溜煙似的跑向足球場。

站在足球場外，阿木沒有向前踏上一步。對於阿木來說，那片草地應是以深淺不一的綠色交錯疊成的畫面，兒子竟能走進那個世界令阿木驚訝不已。

阿樹走進了他們的世界，漸漸不再相信阿木的話，那是上學以後的事。在檢查校服時，阿樹鞋裡的鉛塊被訓導老師沒收了。後來，他便常常在陽光中與別的孩子踢足球。

阿木來到阿樹的學校門外，貼著鐵絲網，看到一群孩子正把一個白色的物體爭來逐去，阿木感到自己的腦袋好像也悠悠晃晃，即便長在脖子上也不牢固似的。

陽光中站著一個魁梧的男人，阿木拍響了鐵絲網，示意那個男人走近來，他請求男人把他的兒子帶到他身邊，男人卻搖搖頭說：「對不起，我們正在上體育課。」

阿木沮喪地蹲坐在鐵絲網前，無可奈何的看著阿樹被困在網內。阿木就這樣蹲坐在那裡，良久，直至身體被陽光漸漸融化，因而越縮越小。

失去頭顱的阿木，身體好像越發顯得瘦弱了，躺在床上，沉默，像一張色澤暗啞的茶几。

無聊地倚在床上嗑瓜子的阿花，隨手把瓜子殼丟在阿木凹陷的肚皮上。這時，阿花說起了鄰居馬婆婆那新的鐘點工人、她那個沒有眉毛的丈夫，還有她丈夫在市中心販賣的冒牌手袋。

「那種手袋與正牌貨的分別在於手指彈在袋上的聲音，只有有經驗的顧客，才會懂得這種測試方法。」

阿花瞥了瞥阿木，她很高興阿木現在不能皺著眉，在她還沒有進入主題以前，轉身離去。瓜子殼在阿木的肚皮上堆積如山。喉嚨發乾的阿花於是把瓜子殼撥落在自己的手心，然後又以指尖輕輕刮去那些殘餘在皮肉摺痕裡的紅色碎屑。阿花願意阿木清潔得像家裡的任何一件家具，但在這個悶熱的下午，這些動作產生的挑逗作用，卻是阿花始料未及的。

在阿花離開房間以前，她忽然感到一隻瘦削的手，悄悄從腰後抱住了自己，一些手指在她身上油滑地爬過，然後停留在她最私密的部位。

阿木在失去了頭顱以後，仍能產生情慾衝動，並且做出前所未有的大膽動作，頗令阿花感到意外。阿花輕易地把阿木推倒在地上，阿木卻掙扎著想要再次爬起來。陽光下，阿花覺得丈夫的身體看上去執拗而天真，或者因為這樣使她忽然改變了主意。阿花溫柔地把阿木的身體抱起，放在剛洗淨的床單上……

在這讓人冒汗的下午，阿花覺得阿木的身體幫助她回憶起許久以前的日子。那時房間裡的窗簾仍是暗綠色的，她常常夢見自己的肚皮上長出了一棵楊柳樹。至於阿樹，那時還沒有出生。

在阿花懷孕期間，阿木常常要求她赤裸著身體坐在椅上，充當他的模特兒。那時阿花以為阿木迷戀她懷孕的裸體，因而興致勃勃的擺出各種姿態，但她後來卻發現並非如此。

在阿木的畫紙上，阿花沒有找到自己，那裡只有一個鼓脹的肚皮，胎兒的形體清晰地浮現在肚皮上。阿木每星期都會畫這樣一幅素描，每一幅都顯示出胎兒細緻的變化。阿花看著這些畫作，幾乎相信阿樹就是這樣演變成形的。

後來阿花便對當模特兒失去興趣。坐在椅上的阿花蕪雜地講起她所知道的，有關鄰人的各樣瑣事。事實上，她後來覺得，自己嫁給阿木的目的，本就是如此。她必須在漫無目的的敘述中確認自己的存在。在發現阿木對此無法忍受以後，她開始積極建立起與鄰舍的關係，而與阿木的婚姻生活，其中的種種細節，便轉而成為她與鄰人鞏固友誼的資本。

阿木於是讓阿花從座椅上離去，獨自給兒子畫起肖像來。

「孩子還沒有出生，你這是在畫誰？」咬著酸菜的阿花有時禁不住問。

阿木笑著拿出自己的照片：「按著這個畫便可以了，孩子一定長得跟我，一模一樣。」

人們說，阿樹長得高大，完全不像他的父親，尤其阿木日漸消瘦，顴骨突起，臉色黃黃的，像患了什麼重病。令人意外的是，阿木後來不單贊同這種說法，而且堅決否認阿樹就是他的兒子。阿木沒法提出任何理據，只是執拗地重複著：「你不是我的兒子。你不要假冒我的兒子。」

阿樹這樣說時正目不轉睛地盯著一張畫。畫上的兩個人跟阿木非常相似，看上去像是一對孖生兄弟，但阿木偏偏卻說這是他與兒子阿樹的畫像。阿木把畫像掛在床前，終日看著，忽而微笑，忽而眼泛淚光。

「別看了，這樣看難道會看出多一個兒子？」阿花說。

阿木聽著阿花的話卻有點傻了。是呢，多一個兒子。如果能有多一個兒子。阿木的視線繞過年老的阿花，落在阿豆的身上。

「你好啊，阿樹的爸爸。」

在阿樹多次把阿豆帶到阿木面前後，阿木才注意到她的存在。阿木親自為阿豆端上一大盤葡萄，並看著她把一顆顆圓渾的葡萄摘下來，去掉皮，送進嘴裡。在阿木看來，那是一顆顆種子，於是，阿木看到阿豆的肚子漸漸鼓脹起來，肚裡是一個漸漸成形的男嬰。

「長得跟我一模一樣。」阿木不覺含著食指，笑了起來。

阿豆離去後，喜不自勝的阿木向阿樹提出了一個天真的問題：

「孩子什麼時候會出生？」

「什麼孩子？」阿樹說：「我和阿豆沒打算要孩子。」

在婚禮前的一個星期，阿樹送了一大箱色情雜誌給阿豆。後來他又邀請阿豆看了各式各樣的色情電影。他們在早上走進專放這類影片的電影院，中午走進影院對面的茶餐廳，像形成了某種物理節奏，阿樹與阿豆沉默地來回往返於街道兩邊，看電影，吃飯，再看電影……

除了可有可無的故事情節，以及變化不大的各種服飾道具，阿豆覺得螢幕上不過是一些不斷重複的聲音與動作，阿樹看電影的表情一直嚴肅而認真，但阿豆總是不禁打了一個又一個的呵欠，然後沉沉睡去。

「我以為這樣會引起你對性交的興趣。」阿樹最後在阿豆醒來時灰心地說。

「為什麼要那樣迫切地引起我的興趣？」阿豆揉了揉眼睛問。

「因為只有和妻子幹這種事，我才可以得到一個兒子。而你很快就要成為我的妻子了。」

阿樹這樣目的性地看待這種事情，令阿豆頗有點驚訝，長久以來，她一直重複幹著這事，但從來沒有想過它能有任何意義或會產生任何結果。阿豆於是想到懷孕，那是一種毋需刻意計畫，也能令身體按著某種特定節奏，產生種種變化的過程。她忽然對此感到一種聽天由命的安心。

在婚禮的前一天，阿豆和阿樹心情愉快地進行了性交。

後來阿豆告訴阿樹，他的動作非常簡潔，完全避過了所有不必要的細節完成了事情。阿樹謝謝阿豆的讚賞，並邀請阿豆做他的模特兒。阿豆聳聳肩倒在床上。阿豆答應阿樹，婚後仍住在這房子裡。然而，這時她失望地注意到，阿樹睡床的形狀，跟她房間裡那一張同樣呆板。

感到異常無聊的阿豆這時才留意到陽臺上一直傳來咿咿呀呀的聲音。那是鞦韆在擺盪，鞦韆把阿花與一具無頭的身體一次又一次送向那無雲的、藍色的天空。

有人說，在阿樹丟了腦袋的前一晚，曾經看見阿木與阿樹兩父子出現在河邊的公園。人們回想到父子倆早年的生活，不禁幻想出一幅溫情洋溢的圖景。

「這麼晚了，來這裡有什麼好玩的？」

阿木從背包裡拿出一把鋸子：「城市裡的人早已失去冒險精神，我建議我們玩一個創新的遊戲。」

喜歡嘗試各種刺激玩意的阿樹隨即抖擻起精神：「聽起來是個不錯的主意，可以玩些什麼呢？」

「輪流把頭拿下來，讓對方收好，看誰能最快把它找出來。」

興致勃勃的阿樹隨即把手上的錶解下來，擲給父親：「那麼我先來吧，你可要把時間算準，別使詐！」

疲乏的阿木使勁地點了點頭。

年輕的阿樹沒費什麼勁便把自己腦袋鋸了下來。看著兒子的頭顱咕咚落在地上，阿木便立即抱起它，拔足奔跑。

「那個晚上阿木跑了許久，因此第二天醒來時，手腳都發軟了。」

聽了的人，並不相信。

在阿花和阿豆雙雙懷孕後，阿樹一家決定要遷離現在居住的單位。

大清早上，阿樹與搬運工人合力把最後一個紙箱搬上貨車。脫去上衣的阿樹展示了他結實粗壯的身體，阿木的頭顱在這個身體上，明顯也發生了變化，舊日的皺紋與黑斑不知何時已經消逝，富有彈性與光澤的皮肉再次生長出來，這令人聯想到別具創意的接枝法，在陽光中，阿樹（阿木？）微微發紅的頭顱看來欣欣向榮。

阿花與阿豆剛隆起的肚皮彷彿也生機勃發。早已坐在車上的阿花對於要離開長久居住的社區並無特別的不捨，但也沒有任何期盼，反正一切都能以相同的方式重新建立起來，阿花想。

阿豆伏在阿花的大腿上，仍然打著瞌睡，阿豆對於搬家的事一點不感興趣，她唯一想到的是：「換一張圓形的睡床，像常常在時鐘酒店房間裡看見的那一種。」

粗心大意的搬運工人一直以為阿木是一件款式獨特的家具，因而隨便的把他與其他雜物擱在車斗上。貨車啟動引擎時，劇烈的晃動驚醒了沉睡中的阿木。沒有人知道阿木對於這次搬家有什麼感想。唯獨落在車後，準備販賣麥芽糖的矮小老人剛好瞥見坐在鞦韆上的阿木，他正以細長的手指一下一下的在身上搔著癢。

一九五二年，八月十四日，下午三時四十分，阿木出生，但他們說阿木是一個自閉兒，是許久以後的事。那時阿木蹲在天臺地上，大聲驅趕那些把影子投在他畫紙上的人。

阿木一直以為，別人都是為了被觀察以及轉化為各種色塊與線條而存在的，所以他從不認為，有與別人交談與建立關係的必要。在阿木私密的角落裡，他以各種方式把自己與世界在畫紙上鋪開，因為只有這樣，他才能感受、理解他所看見的一切。

直至一天，年輕的阿花挺著肚子，含著笑走近阿木。她掀起自己的襯衣，亮出了光滑的肚皮。阿木小心翼翼的，把耳朵貼在肚皮上，又在阿花鼓勵下，以手指輕輕觸碰，這時阿木發現，自己第一次以聲音與觸覺感受到真實，那甚至要比從鏡裡看見自己，更為真實。

作者簡介

——謝曉虹（1977-），一九九七年開始寫作，作品收入大陸、臺灣及香港等地之小說及散文選集。著作包括短篇作品集《好黑》、手造書《月事》。曾獲第十五屆《聯合文學》小說新人獎首獎、二〇〇四年度香港中文文學創作獎小說組冠軍、二〇〇五年度香港中文文學雙年獎。

謎鴉

葛亮

希區考克拍攝電影《鳥》的結尾，本來設計的場景是這樣的：

擠擠挨挨的海鷗，布滿了整個金門大橋。

舊金山最終不是男女主角的諾亞方舟。影片的主題於是宿命了，欲罷不能。

環球電影公司拒絕了他的構思。這於希區考克而言是不幸，於我們是幸事，至少有些希望，留了下來。

1

簡簡看了電影說，我才不信這個邪，幾隻鳥而已。我不相信幾隻鳥就能毀了人類。

說完了這些，簡簡很激動。跑到洗手間去嘔吐。

我知道，是她的妊娠反應上來了。

馬桶嘩啦一下子，我耐著心給她砸了一上午的核桃全都付之東流。

簡簡漱了口，擦擦嘴巴走出來。用很鄭重的口氣對我說，毛果，我想要一隻鳥。我要一隻和女主角買的那個一模一樣的鳥。

我們在花鳥市場轉悠。

簡簡看什麼都像看書，一目十行。

我說，你慢點兒，這樣錯過了都不知道。簡簡不管，在前面急行軍。

突然，她停下來。說，看嘛，在這兒哪。

真的是牠們，電影裡所謂的Love bird，愛情鳥。我看見籠子裡兩隻小綠鳥，羞答答的擠作了一團。我就說，這鳥見人一點兒不大方，跟早戀似的。

賣鳥的是個敗了頂的溫州佬，看我們有意思，就說，這鳥老好的。馬蛋鸚鵡，買對回去，和和美美。

簡簡問：馬蛋？

馬蛋，對，馬蛋花。溫州佬打著手勢，比畫出一朵層層疊疊的花來。

我明白了，是牡丹。

簡簡冷笑了一下，呵，馬蛋。說完頭都不回地走了。

我從後面追上去，說好好的怎麼又不要了。我問她，是不喜歡那個金魚眼的溫州佬？

簡簡搶白了一句，我買鳥，又不是買那個溫州佬回去養，他長什麼樣和我有什麼關係。

簡簡打比方，有時候有些十三點，道理卻是對的。

我說，不喜歡那對鳥了？

簡簡說，鳥是喜歡，可我噁心那麼個蹩腳的名字，什麼馬蛋。

是你自己聽錯了，誤會而已。

有什麼不同，反正我已經煩了。

簡簡一路往前走，突然停住了。

簡簡指著一隻挺大的籠子說：毛果，你看。

籠子裡頭是隻黑色的鳥，安靜地落在架上。牠發現簡簡在盯著牠，並沒有畏縮的表情，反而側過頭，直勾勾地盯回去。簡簡對牠吹了聲口哨，牠很迅速地蹦了一下，然後昂然地抬起頭，嘴裡發出喑啞的一聲。

我說，牠叫得可真難聽。

簡簡問老闆，這是什麼鳥？老闆坐在暗處，頭也不抬地說，八哥。

簡簡興奮起來，那會不會說話？

老闆說，還沒教，不過已經給牠剪了舌尖，你們回去一教就會。

簡簡很遺憾，你為什麼不教牠呢？

老闆很討好地笑了，我沒什麼文化，一天到晚說粗話，怕把牠教壞了。小姑娘，看你們兩個斯斯文文的，回去教牠念唐詩吧。

簡簡看了一會，對我說，牠的樣子好，比別的鳥清醒。

然後又說：就是牠了。

簡簡做事，雖是信馬由韁，但是向來速戰速決。而我因為瞻前顧後，就顯出優柔來了，為了讓她覺得我像個男人，我就經常迅速遷就她的決定。

這回也是，我迅速地付了錢，把這隻很黑的鳥給她拎回了家。

2

簡簡把鳥放到露臺上。

簡簡說，這個家沒什麼好，可是有一個大露臺。

在我眼裡，這露臺卻是個很大的敗筆。我們沒什麼錢，買了一個小戶型。這露臺不是送的，實實在在地算進了平方數裡去。這麼大的露臺有什麼好，夏不能避暑，冬不能禦寒。大而無當，一無是處。比主臥還大，又不能用來睡覺。我這麼一說，簡簡就不服氣，怎麼不能，我巴不得在露臺上睡，最好是做愛才好哪。

我說，你瘋了，光屁股溜溜地在外面展覽，你可別毀我。

簡簡就說，這叫野合懂不懂，現在時髦著呢。虧你讀了一肚子四書五經，連孔子哪來的都不知道。

簡簡這會兒在露臺上，對著她的鳥抒情。簡簡說，噢噢噢，小可憐兒，你爸是個二百五，急吼吼地搬進來，房子裡裝修的味兒還沒散呢。媽咪可是心疼你，怕你嗆著，幸好我們有個大露臺，噢噢噢。

我一聽就火了，我說，哎哎，話說清楚，誰二百五，誰急吼吼的了。還有誰是誰的爸，話可得說清楚。

這鳥可算給你買著了，用來變著法地罵我。

簡簡不理會我，還在那兒巴巴結結，絮絮叨叨的。

鳥卻也不怎麼理會簡簡，自顧自地理了理毛，然後就是一臉目無下塵的表情。

我突然有些煩牠，就說，看牠那副鳥樣。

說完覺得自己討了沒趣，牠是鳥，自然是一副鳥樣。

簡簡跑到廚房裡去，乒哩乓啷的。我進去一看，她正在砸核桃，我就誇了她，說，不錯嘛，知道自力更生了。

她哼了一聲，一把將我推開，雄赳赳地朝露臺走過去。

我跟過去，眼睜睜地看著她把核桃仁一粒粒地放進八哥的食盒裡去，臉上堆積著孝子賢孫的神色。我心想我真是命苦，我把她伺候飽了，她去伺候鳥。

那鳥似乎並不領情，挺有抱負的只管望著天。

簡簡很憤懣地轉過頭，說，一定是你剛才嚇著牠了。

我用沉默表示對她的輕蔑。我正沉默著，就看見那鳥飛快地低下頭去，銜起一顆核桃仁囫圇地吞了下去。

我趕緊指著牠，對簡簡說：快看。簡簡回了頭。牠已經恢復了不受嗟來之食的矜持模樣。

簡簡就痛心疾首地喝斥我，看什麼看，看牠都給你嚇呆了。

在那一瞬間，我對這隻鳥產生了恨意。在我的知識結構裡，八哥的印象儘管模糊，還基本算得上種磊落的動物。雖然在鳥類裡也不出人頭地，卻是很本分的風格。

這隻鳥看上去，就有些詐。

一個小時後，食盒空了，簡簡終於醒悟過來。她只顧著高興了，沒對這隻鳥人前背後的不端品行做深入探討。

晚上睡覺的時候，簡簡說家裡添了個新成員讓她激動得睡不著。結果熄了燈，很快就響起了她輕輕的鼾聲。

睡不著的是我。

我披了衣服到了露臺上，猛然間產生了錯覺，以為籠子裡空了。這隻鳥黑色的羽毛，已經和暗夜融為一體。牠仍然很安靜地站著，也許是疲憊了，把頭深深地埋進了翅膀裡。我突然有些自責，覺得牠其實是一隻無可厚非的鳥。我咳嗽了一聲，牠警覺地抬起頭來。這一霎，我看到牠眼睛裡射出很冷的光芒。

我打了個寒顫。它煩躁地動了動，低低叫了一聲。

臥室裡響起簡簡很緊張的聲音，毛果，它是不是餓啦？

我趕緊回到床邊準備哄哄她，讓她息事寧人。看見她翻了個身，又沉沉地睡過去了。

3

第二天我回到家的時候。

聽到簡簡又對著鳥籠子喃喃自語。

我估計她說的多半和我有關，而且多半對我不利。

果然，簡簡在說，簡簡是好人，毛果王八蛋。

簡簡一遍遍地翻來覆去只是說這一句。

我說，弱不弱智，沒有新詞兒了。真以為謊言說上一千遍就成了真理了？

我把皮鞋脫下來，很沉重地扔在地板上。

簡簡轉過頭，很嚴肅地噓了我一聲。輕輕地說，我在教牠說話呢。

哦？聽她這樣一說，我也躡手躡腳起來，我問她，有沒有成果？

簡簡就很沮喪地搖搖頭，舌頭都說麻了，開始教唐詩，牠不理我。我想是不是太難了，起點就放低了。這幾句都教了好幾小時了，還是沒反應。

簡簡突然又恍然大悟的樣子，說，牠是不是餓了？

我說，你能不能別老惦記著吃，牠又不是飯桶。

我想了想說，可能還是你的教育方法有問題，恐怕沒有賣鳥的老頭說的那麼簡單。等我，我去網上 Google 一下。

我很快查到了，就叫簡簡過來看。

八哥又名鴝鵒、鸜鵒、寒皋、華華。屬雀形目，椋鳥科。全世界共有一百一十二種。現在常見的是我國長江以南地區的留鳥。廣泛分布於華南和西南地區，臺灣、海南島等地。

八哥全身黑色，雌雄同色，體長約26公分，翼長約13公分。尾短呈楔形，嘴和腳呈黃色，喙直長而尖，腳長而強健。飛行速度快，姿勢平直。此鳥性情溫順，鳴聲嘹亮，富於音韻，因善於模仿他種鳥類鳴叫，智商高，學習人類語言及訓練做各種表演的能力強，因此成為人們所喜好之寵物籠鳥。馴養八哥要從幼鳥著手，在食物的引誘下，使牠去掉對人的膽怯心理，能聽從主人的召喚。關鍵問題要對八哥的舌頭進行加工，一般稱作「撚舌」。用手指沾上香灰，伸到鳥嘴內，使香灰包住鳥舌，然後從輕到重地進行揉撚，舌端會脫掉一層硬殼，養半個月以後，再進行一次，這樣便能教牠說話了。另外，還有一種方法，用剪刀把鳥的舌頭修成圓形，再進行訓練。

每天早晚空腹時教，周圍環境要安靜，無嘈雜聲音。教的話音節應先少後多，一句學會後再教第二句。每「說」清楚一次便賞給鳥喜歡吃的食物，像香蕉、昆蟲等。需多次重複，一般學會一句需三至七天，能學會十句話的為優秀者。

看到這裡，我和簡簡相視而笑。簡簡說，原來如彼。

跟著她又躊躇滿誌了：可把我折騰得不輕，明天再接再厲。我就知道之前是不得其門而入。
我說，又來了，放什麼馬後炮。
簡簡就嘻皮笑臉地說，嘻嘻，過獎，其實放的是馬後屁罷了。
我對簡簡發不來脾氣，因為她糟蹋起自己，比我還不遺餘力。

吃了飯，我在書房裡上了會兒網。外頭安安靜靜的，我心裡好生奇怪，想今天見鬼了，簡簡居然沒在客廳裡哭哭啼啼地追韓劇。
出去一看，簡簡安安靜靜地坐在沙發上，手裡是本很厚的書，作失神狀。
我說，老婆，你可是有陣子沒閱讀了。我走近了，把封面翻過來，竟然是本漢語大詞典。簡簡煩躁地打開我的手，哎呀，我這頁做了記號呢，別煩我，起名字呢。
簡簡捧著本詞典，蹙眉沉思，失魂落魄，在醞釀一個名字。我很欣慰地恍然了。
這一刻，我有些感動，覺得簡簡渾身散發出母性的光輝。不過我還是給出了理性的參考意見，親愛的，是男是女還不知道呢，不用這麼深謀遠慮吧，不急。
簡簡抬起頭，一臉茫然：鳥怎麼分男女。
我洩氣極了，算你狠，以為你在關心我們的下一代呢。
簡簡不答理我，專心致志地窩在沙發裡繼續發囈症。
簡簡跑到CD架跟前一陣亂翻，突然驚叫一聲，舉著一張唱片鄭重地回過頭來，對我說，有了，就叫「謎」。

簡簡手裡是一張 Enigma，她最愛的「謎」樂隊。

我們的，具體說是簡簡的鳥，被正式命名為「謎」。

簡簡對著露臺大聲地喊：謎。

「謎」撲閃了一下翅膀，在籠子裡發出一聲鈍響，它被嚇了一跳。

簡簡說，為謎起了名字，她要慶賀一下。

到了晚上睡覺的時候，簡簡洗過了澡，光溜溜地鑽進我的被窩。對於我們的夫妻生活，簡簡向來是採取「明示」的態度。簡簡說，她要的就是古希臘式健康明朗的性和愛，一切拐彎抹角，遮遮掩掩的面紗都是需要揚棄的。因此，我對她的回應也一向十分「明朗」。因為年輕，我似乎沒有力不從心過。

也因為簡簡的興之所至，和我缺乏應有的思想準備，稀里胡塗的簡簡算錯了安全期，我們一次燕好之後有了確鑿的成果。

關於這個孩子的去留問題，我和簡簡有過相當激烈的爭論，我認為由於簡簡的年幼無知和我的事業無成，這個孩子的到來將會搞得我們手忙腳亂。簡簡的態度十分強硬。在作總結陳詞的時候，她用了一句很深刻的話一錘定音。她說：這孩子我是要定了。毛果，你別以為你生下來比我多了個把兒就能怎麼地，這孩子就是我將來攥住你的把柄了。

由於簡簡一向把話說得怵目驚心，到了我有了還口之力的時候，大勢已去。

今天，我摟著簡簡溫熱的身體，卻突然覺得心不在焉。

簡簡的體味莫名地發生了某種變化，似乎是身體內部的腺體所分泌出的某種氣息，變得溫柔淳厚了，有些來自雌性的克制與抗拒的信號，對我發出了警示。

我很誠懇地問她，寶貝兒，這樣會不會對孩子不好。

簡簡說，我問過醫生了。醫生說，孕期適量的性生活是可以促進胎兒發育的。

我有些吃驚，還有這樣誨淫誨盜的蒙古大夫。

我正在躊躇，簡簡突然憂心忡忡，毛果，你不會是在外面有女人了吧。

為了證明簡簡所言為虛，我必須在短時間內一振雄風。

簡簡的主動終於令我六神無主。我的慾望在剎那間膨脹起來，我們終於交纏在一起了。我們像兩隻心無城府的小獸，肆無忌憚地墮入了歡愉。

這時候，我正在無邊無際的慾海裡游弋，我正喘息著，雄心勃勃地要登上一個浪尖。

突然，「嘎！」高亢又刺耳的叫聲。我頭皮一緊，這沒來由的一聲，把我實實在在地甩到了礁岩上。我痛不欲生，迅速地疲軟下去了。

簡簡從我身子底下鑽出來，沒心沒肺地大笑。

我循著聲音的方向望過去。我有些惱羞成怒，撿起一隻拖鞋，朝著籠子使勁地砸了去。嘎，又是一聲，撲騰完了，「謎」煞有介事地看著我，直勾勾地，眼裡射出了冷漠的光芒。

我垂頭喪氣了。

第二天是周末，應簡簡的指示，訓練「謎」說話的工程正式啟動。為了表示我的寬容大度，我必須積極地參與進去，儘管心裡滿懷著恨意。

簡簡本著賞識教育的原則，準備了一大堆的核桃仁和花生米。

簡簡把上次我給她找的資料列印下來了，一共幾句話，她還十分迂腐地用紅筆在上面畫了又畫。簡簡重溫了一下重點，嚴肅地說：

現在我們開始給謎「撚舌」，毛果，把籠子打開。

我說，你撚你的，我在旁邊給你當副手。

簡簡不耐煩地說，讓你開你就開，牠要是咬我怎麼辦。

我嘿嘿冷笑，就知道你是葉公好龍。我打開籠門，小心翼翼地把謎捧出來。謎還算配合，並沒有一驚一詫的表現。還沒咋地，簡簡又開始對牠讚不絕口，我都快給她煩死了。

簡簡又捧出了一小碟子灰來，我很好奇，問她，你打哪兒弄的香灰，不會是蚊香吧？簡簡不屑地說，切，蚊香有毒你知不知道，我會有你那麼喪心病狂？接著她輕描淡寫地說，昨天晚上，我燒了你幾根煙。

我心裡一驚，我的萬寶路啊。自從簡簡懷了孕，我菸癮一上來，就只好楚楚可憐地蹲在角落裡嚼茶葉。好你個林簡簡你在家裡搞禁菸運動，為了隻破鳥，竟然自己冒自己之大不韙。

「用手指沾上香灰，伸到鳥嘴內，使香灰包住鳥舌，然後從輕到重地進行揉撚。」簡簡吐字清晰地讀完了以上的段落，然後和我大眼瞪小眼。突然，她很粗暴地吼起來，毛果，你怎麼還愣著，揉撚，揉啊。

我也火了，我說林簡簡，你不要欺人太甚，沒看我正攥著鳥啊。簡簡說，那好，我摁著牠，你來揉。

我沒心思跟她理論了，避重就輕，世上唯女子與鳥難養也。

我捏了把菸灰，使勁撬開謎的嘴，要往裡頭塞。簡簡手騰不出，死命踹了我一腳，說，有你這樣的麼，要噎死牠啊。講點策略好不好，核桃仁。

這鳥到底頭腦簡單，看見我手心裡的核桃仁，禁不起誘惑，張開了嘴。我乘機把沾了菸灰的手指頭伸到牠嘴裡。我還沒捏住牠的舌頭，牠已經醒覺了我的暗算，努力地甩了甩頭，把嘴騰了出來，照著我虎口就是一下。

這一下是往死裡啄的。沒怎麼耽誤工夫，就看見暗色的血流像條紅色的蚯蚓從我手上蜿蜿蜒蜒地爬下來了。謎很敵意地看著我了，黑色的眼睛裡是很惡很殘的光。牠在簡簡手裡掙扎了一下，好像不是為了脫身，是準備了更為猛烈的進攻，蓄勢待發。

簡簡驚惶失措地看看謎，又看看我。

我舉著血淋淋的手，終於氣急敗壞地說，靠，比老鷹還兇，有這麼樣的八哥嗎？

4

幾天以後，我們樓下的吳胖子解答了我的疑問。

吳胖子是我們這片兒收廢品的山東人，隔陣兒就上我們家來，因為跟我們，總是「有生意做」。

簡簡心血來潮訂了太多的大刊小報，沒時間看，歸置歸置用蔥皮繩一捆，新嶄嶄地就扔給胖子了。

這回吳胖子來了，看我右手上纏著一層層的紗布，就大呼小叫地表示關心：呀，毛老師，受傷了啊，咋弄的？

我心裡就有些酸楚，除了林簡簡，天下人對我都挺好的。

我大事化小地揮揮手，沒事兒，給鳥啄了一口。

吳胖子就大驚小怪地問道，啥個鳥，這厲害？

我就朝露臺上努努嘴。

吳胖子過去看了，轉過頭來，是個很迷惑的樣子，嘴裡嘟嘟囔囔的：你們這些知識分子也是，養什麼不好，掛個烏鴉在家裡，怪不吉利的。胖子說完了，就看到我比他還要迷惑的臉。我回過神來，終於說，胖子，說話要負點責任啊，這鳥叫八哥。

胖子又過去仔細看了，很負責任地說，八哥我大大養過，翅膀底下有兩道白杠杠，這個沒有。這就是烏鴉，我們鄉下叫老鴰，專吃死耗子。

我心裡犯起一陣噁心，莫名其妙地辯解起來，可這鳥，還吃核桃什麼的。

胖子說，這鳥命賤，其實是，啥都吃，逮啥吃啥。

結論似乎很確鑿了。

可簡簡的嘴很硬，說，毛果，你有點常識好不好，吳胖子的話你也信。他哪回收我們報紙雜誌不短斤少兩。

我說，好，林簡簡，既然你執迷不悟，我就去找個有常識的人來。

第二天，我喊了我們學校生物系的小韓來家裡吃飯。

吃過飯有一搭沒一搭地把謎引見給了小韓。小韓也有點吃驚，做了論斷後，又很實誠地把烏鴉的食性、生活習性什麼的口若懸河了一番，跟給本科生上大課似的。

簡簡的臉紅一陣，白一陣。

臨走時候，小韓跟我拽文，說，真沒想到嫂夫人還有此雅好，真是金屋藏烏啊。

我回他：拙荊不才，小有怪癖耳。你積點口德，別到學校給我添麻煩。

我知道我還是有知識分子的迂勁兒，說一個人有怪癖，總比說他無知聽起來體面些。

這回我可理直氣壯了，我說，林簡簡，你還有什麼話好說。

簡簡披頭散髮地窩在沙發裡，像一個罪人。

我說，今天先這樣，明天我到花鳥市場找那老頭算帳。

簡簡終於小心翼翼起來：毛果，再把謎留一天不行麼。

我看她可憐巴巴的樣子，有了惻隱之心：也行，我明天先去瞧瞧那老頭，再通知工商，後天把這鳥東西拎過去跟他當面對質。別「謎」呀「謎」的了，一假冒偽劣，不配這個名字。

第二天我去了花鳥市場，那老頭竟然不在了。那間鋪子門鎖著，我朝裡面一看，是空的。我想壞了，這老頭肯定是積怨太多，拍拍屁股暗渡陳倉了。

我就問隔壁鋪子的小老闆，他很詭異地看了我一眼，耳語似的對我說，老頭子死了。你是來租鋪頭的吧？勸你別租了，不吉利，老頭死在裡面了。

他口氣神神鬼鬼的，聽得我毛骨悚然。

我知道，我胸中鬱結已久的一口惡氣這下沒地方出了。回去就把這鳥給放了，留著是個禍害。

一路上，我在想著怎麼應付簡簡。跟她曉之以理估計是白搭，由她鬧鬧情緒是在所難免了。回到家裡，喊了一聲沒人應。走進臥室，簡簡臉衝著牆在睡大覺。我心想，滿好她是面壁思過，思得太多，累了。

我想要不要趁這個機會來個先斬後奏。但這不是君子所為，理在我這邊，等她醒過來，光明正大把這事給了結了。

那個「謎」，這會兒倒像個沒事鳥似的，一隻腳搭在棲木上，神情澹定得很。我嘆了口氣，這鳥東西有個好處，就是寵辱不驚，倒比有些人強多了。我還是把牠擱在了露臺上，對牠說，咱們誰也不難為誰，我待會兒打開籠子你就滾蛋，好來好去。

這會兒，我只有上上網打發時間。打開電腦，嚇了一跳。牆紙什麼時候給換成了一隻通體漆黑的大鳥，咧著個大嘴傻笑，好像鄰居大嬸在菜市場撿到了一百塊錢。我知道這是簡簡幹的。我心想都這樣了，你還要作什麼怪，想靠這麼個愚蠢的創意力挽狂瀾麼。

ＭＳＮ一登錄，就看見簡簡上線了。她老人家醒了，或者剛才其實是在裝睡。她今天的名字叫「誰殺害了一隻知更鳥」，看來是準備跟我針尖對麥芒了。這倒沒什麼出奇。簡簡跟我鬧彆扭，全是實實在在的冷戰，一言不發。可夫妻倆總得交流吧，這就得感謝微軟發明了MSN這個東西。簡簡抱著個筆記本無線上網，通過MSN向絕對距離不超過十米的臺式電腦發送即時訊息。起先多半是對我說些非說不可的事情，比如老家裡有人來電話啦，明天下午兩點有人來抄煤氣表啦。但是很快，簡簡就會忍不住發些小牢騷。我不理她就說我蔑視她，我理了，她就找我話裡的毛病。這樣吵架的戰場由現實迅速轉向了網路虛擬世界。兩個人把鍵盤打得飛快，硝煙四起。到最後簡簡氣得把筆記本一丟，回到現實世界來掐我的脖子，我在疼痛之餘欣慰地笑了，這是我們講和的標誌。

我說，簡簡，那老頭死了。

簡簡發過來一條鏈接，我打開一看，亂七八糟的一堆標題：「烏鴉智商賽過大猩猩，善於猜測別人意圖」，「烏鴉會說話，問好道吉祥樣樣都拿手」，「孟加拉故事：烏鴉救女嬰」，「泰製烏鴉巢湯能醫百病」，「英國聰明烏鴉會製作工具」。真是難為簡簡了，從哪裡搜來的這個網頁，竟然全是給烏鴉歌功頌德的。

我說，簡簡，那個賣給我們烏鴉的老頭死了。

簡簡給我發了一句話：「烏，孝鳥也。謂其反哺也。」這是許慎的《說文解字》裡頭的。

我說，簡簡，你冷靜一點，這個烏鴉我們不能留。

簡簡又發過來一句話，「慈烏，此鳥初生，母哺六十日，長則反哺六十日。」她怕我不知道這話的出處，註明：李時珍《本草綱目．禽部》。

我心裡冷笑了，這個林簡簡，什麼時候變成飽學之士了。要不是我給她惡補，當年考文獻學差點及不了格。

我說，簡簡，我知道東西處久了都有感情，可是，養虎還遺患呢。

簡簡發話，主教訓門徒說：「你想，烏鴉也不種也不收，又沒有倉又沒有庫，神尚且養活牠。」（路加福音12：24）

我說，那老頭死了，說明什麼，說明牠妨主。

隔了一會兒，簡簡沒動靜，我想，小丫頭終於覺悟了。正想著，那邊發過來一條：我們都知道鴿子替主人送信的功能，但我們不要忘記聖經中記載烏鴉被神差遣每天早晚給先知以利亞送餅叼肉的奇蹟（王上17：2－6）。

我終於煩了，我說，夠了，林簡簡，你少用反動權威來壓我。不就是個破鳥麼，你值當的麼。

我站起身向臥室走過去，簡簡坐在床上，手裡還在稀哩嘩啦地翻，身邊不知道什麼時候擺滿的書，上面貼著五顏六色的紙條。我知道了，林簡簡對我的資訊轟炸是有準備的。

簡簡抬起頭望著我，眼睛是血紅的。

我說，我對《聖經》沒研究。看不大懂。

簡簡開口了，好，那你總該知道愛屋及烏的道理，我問你，你還愛不愛我了？

我說，這是兩碼事。

我說，林簡簡，你已經魔怔了。我不能讓你再這麼魔怔下去。

我返身走到露臺上，拎起鳥籠子，打開籠門，擱在窗口。我說，出去，快給我出去。謎撲掮了一下翅膀，居然一動不動。簡簡在臥室裡喊出淒厲的一聲。我不理會她，我對籠子裡的鳥粗暴地嚷，出去，快出去。

我終於把籠子在露臺沿子上使勁地磕打，我說，滾，滾出去。

謎被我磕出來了，牠垂直地墜落了下去。忽然，牠本能地撲騰起翅膀，飛起來了，飛得很笨拙，時時有失去平衡的徵兆。牠飛翔的姿態也是醜陋的，讓我嫌惡，牠不過是一隻一無是處的烏鴉。

牠是一隻鳥，牠觸摸到了細微的上升氣流。牠開始在空氣中攀升。牠不再驚慌，開始平穩地做盤旋的運動。牠在天空中盤旋了一會兒，遠遠地飛去了。牠飛去的時候，突然嘶啞地尖叫了一下，難聽得驚心動魄。

這時候，我心裡突然冒出了一句詩來，波德萊爾的：「麥田裡一片金黄／一群烏鴉驚叫著飛過天空。」

我立刻抑制住了荒唐的念頭。這會兒大腦裡居然出現這樣的詩意，不僅是不合時宜，簡直有些莫名其妙。

這時候，謎卻突然又出現在我的視野裡。我看到牠收緊了翅膀，迅速地斜刺過來，在空中劃出了一道黑色的弧線，像一顆隕石。這動作是很優美的，我驚詫了，這動作不該屬於這樣猥瑣的動物。謎靠近了，牠筆直地飛向我。牠更加近了，牠開始忽搧著翅膀，撲打著鋁合金窗戶的玻璃了。牠是要進來，這玻璃是一層透明的堅硬的障礙。牠並不覺，因為裡面的世界就清清楚楚地在牠眼前。牠只是愣頭愣腦地，一味地撲打，撞擊，想要進來。

簡簡站在我後面，我用身體攔住她。她企圖越過我，我回轉身，緊緊抱住了她。

簡簡終於掙脫了我，衝過去將窗戶拉開了。謎正在準備新一輪的撞擊，牠失控一樣一頭撞進來，實實在在地撞在客廳的牆上。牠被牆的力量狠狠地彈到地面上。謎用力拍打著翅膀，艱難地想要站起來。簡簡走過去，捧起了牠。這時候我聽見簡簡清清楚楚地說：毛果，你要是再趕謎走，我就和你離婚。

5

「謎」被合法地留了下來，以一隻烏鴉的身分。

我保持沉默，為了簡簡。簡簡難得這樣執著於一件事情。我必須保持沉默，為了懷孕中的簡簡。我想，謎不過是一隻鳥，一隻軟弱的鳥，牠和所有的鳥一樣軟弱。或許比我們人類更軟弱。牠不會改變什麼。

簡簡將鳥籠子搬到我們的臥室裡來了。我知道，她開始不信任我了。她信任謎，她給了牠最大限度的自由，她將鳥籠子的門敞開著，她把露臺的窗戶敞開著，她允許謎在家裡自由出入。她相信，謎會飛回來。

我說，是的。我心裡卻巴望著謎永遠不要再飛回來。

謎沒有辜負簡簡的信任。每天牠都會離開家。很快我們發現，牠的出入並非心血來潮，牠的往返時間在下午四點到五點整。聽到謎撲打翅膀的聲音，抬頭看看鐘，時針與分針精確地擺成一百五十度角。簡簡說，謎回來了，該做飯了。

簡簡開始熱中於下廚房，她做飯的時候，謎蹲在她腳邊。她開給我的超市單子上是越來越多的葷腥。她手裡拿著一塊精肉說，可以把邊角料給謎吃。我知道，所謂邊角料，會占到這塊肉體積的一半。簡簡不願意承認她對這隻烏鴉另眼看待。

我走進廚房，看到謎正在地上啄食一塊顏色很新鮮的豬肝。牠用爪子按著豬肝，用嘴使勁撕扯著，暴露出了低等的肉食鳥類的本性。牠貪婪的樣子仍然讓我噁心。

謎看見我了，牠叼起豬肝，蹒跚著走了幾步，躲到簡簡身後去了。

簡簡眼神警惕地看著我，像一隻保護幼雛的母雞。

我湊趣地說，你把牠養得這麼肥，滿好做一碗烏鴉炸醬麵。

簡簡冷笑了一聲，說，你以為天下人都和你一樣喪心病狂麼。說完她抬起手中的菜刀，惡狠狠地向案板上的海帶卷掄下去。

簡簡的肚子一天天大起來了，這本來是一樁令人喜悅的事情。然而，她沒有興趣與我分享喜悅，好像我不過是個局外人。

到了晚上，簡簡一個人躲在臥室裡，對著鳥籠子喃喃自語。簡簡手裡捧著一碗核桃仁，往自己嘴裡塞一粒，往謎的嘴裡塞一粒。她的臉上泛起溫情的笑容，這笑容是我很陌生的了，好像對著情人。

我只盼望這種相安無事能夠一如既往，這是我的一廂情願。

有一天，謎回來的時候，嘴裡叼著一隻死貓。牠飛進來的時候，我正在露臺上晾衣服。謎充滿敵意地看著我，似乎預感到我將要做的事——我必須從牠嘴裡把骯髒的獵物給奪過來。這甚至根本談不上是什麼獵物，不過是一隻出生不久就夭折掉的小貓，這具屍體在謎的嘴裡僵直著，散發著腐臭的氣味。謎一定是從哪個垃圾箱裡把牠鼓搗出來的。我輕蔑地看著謎，再怎麼錦衣玉食，牠也難以改變牠低賤的本性。

我拿起一把掃帚，對準了謎拍打下去。謎受驚一樣躲開去，嘴裡還緊緊叼著那隻死貓。我突然想起狐狸和烏鴉的故事，也許烏鴉真的是一種吃軟不吃硬的動物。也許我在謎的眼裡，是個比狐狸還要兇殘的強盜。我顧不上這麼多了，繼續地拍打下去。謎吃力地飛起來，突然嘎地慘叫了一聲，丟下了死貓。骯髒的東西落在八千塊錢一套的進口沙發上，發出一聲鈍響。

我拎起死貓，下了樓。為了杜絕謎找回獵物的妄想，我把小貓深深地埋到了樓後面的小花園裡。回到家，簡簡走到我跟前，很冰冷地說，你打了謎，我看見了。

我說，我沒有。

簡簡突然揚起手，給了我一個響亮的耳光。

這記耳光讓我茫然無措。

我沒有和簡簡解釋。我不知道我為什麼要掩蓋謎那些下作的行徑，為了什麼？是因為簡簡愛謎，還是因為我太愛簡簡。

晚上，在浴室裡，我突然感覺到前所未有的空虛與焦躁。焦躁灼燒著我，化作了生理的慾望，我用手倉促地將這慾望解決了。簡簡已經很久沒有和我做愛了，我是為了她，為了我們的孩子。簡簡為了什麼，我不知道。我喘息著，一遍遍地沖洗著自己，感覺有冰冷的水從眼睛裡流出來。我說不清為什麼，但是，我哭了。

簡簡懷孕二十週了，我帶她去做超聲檢查。

電子探頭在簡簡光裸的腹部滑動，顯示器上出現了一個小小的身體，那是我的孩子，我和簡簡的孩子。

他讓我有些驚訝了。他是那樣小，有著小小的耳鼻口，小小的手腳和臟器。但是他又是那麼完美，好像一件精妙的藝術品，這是我和簡簡共同創作出的藝術品，即將問世了。

簡簡目不轉睛地盯著顯示器。看著這小小的孩子在她的腹中呼吸，吞嚥，看著他每一個輕微的律動。看著他在半透明的羊水裡，突然蹬了一下腳。他在媽媽的肚子裡撒著歡。

簡簡輕柔地撫摸了一下自己的腹部。

簡簡笑了，她轉過頭來看著我，臉上泛起了柔美的笑容。這笑容是我久違的了。我緊緊拉住了簡簡的手，深深地吻了下去。

這時候，我聽見簡簡說，毛果，你看，他多麼像一隻鳥啊。

我心裡打了一個寒顫。

這孩子緊緊抱著膝蓋，真的很像一隻蜷在蛋殼裡的鳥。

簡簡和我一樣憧憬著這個孩子。

簡簡買了五顏六色的絨線。她坐在燈光底下，看著一本《針織技巧速成》的參考書，一針一線，開始為我們的寶寶編織小衣服。嬌生慣養的簡簡，笨手笨腳地忙作一團，在編織一頂小小的紅色的絨線帽。

滿頭大汗的簡簡，時時停下手，用手掌比畫一下已經織好的部分，欣慰而驕傲地笑了。這時候的簡簡，臉上是個很神聖的表情，讓人感動。

謎飛了過來，落在了簡簡凸起的肚子上。我揮手要趕走牠，簡簡狠狠瞪了我一眼。

簡簡的腹部彈動了一下，謎也在簡簡的肚皮上顫動了一下，牠好像要失去平衡，喑啞地叫了一聲。

簡簡咯咯地笑了起來。

我一走過去，謎就迅速地逃開了。牠真的很識時務，或許牠的智商真的賽過大猩猩。

我不再讓簡簡插手任何家務事。

我請了一個鐘點工，結果被謎給嚇跑了。

簡簡終於有些覺悟，知道我做為她身邊最親近的人，已經算是很善待謎了。在我的伺候下，簡簡與謎過著養尊處優的生活。

簡簡坐在沙發上，一遍遍地聽德弗札克、威爾第、拉赫馬尼諾夫，我們和所有曾經憤俗嫉世的年輕男女一樣向主流屈服，開始迷信胎教。

我不允許她看電視，因為電視的輻射可能對胎兒的發育造成傷害。

我不允許她吃鹽、味精和醬油。這對一向口味濃重的簡簡多少是種折磨。做為補償，給她買最貴的各地進口的反季節水果。

謎不再出去了，牠整日棲息在簡簡的身邊。牠在飲食上沾了簡簡很大的光，牠似乎不再是一隻毛色晦暗的烏鴉了，牠一天天地油光水滑起來，變成了一隻不那麼令人生厭的鳥了。

我雖然身心勞累，但是心裡的幸福感也在和簡簡的肚子一道膨脹著。

一切似乎都沿著好的軌道在發展，我幾乎有些欣欣然了。

6

這天，我剛剛講完一堂課。打開了手提電話，一條短訊跳了出來，是簡簡發來的。

毛果，我要生了。

這時候離簡簡的預產期還有一個月零三天。

我發了一分鐘的呆，迅速往家裡趕。

電話又響起來了，是個陌生而急促的聲音，是毛果先生麼，你太太在我們醫院待產，請你盡快趕過來。

簡簡自己撥了 120 急救電話。

我朝醫院趕過去。我頭腦中是興奮和莫名的恐懼。我不知道為什麼。
我趕到醫院。我問醫生說，我太太呢，我太太在哪裡。
這時候我看到一輛手術擔架車推過來，上面躺著簡簡。我大聲地喊，簡簡。
簡簡睜開了眼睛，簡簡的頭上滲著薄薄的汗。她看到我，憋足了力氣，發出很微弱的聲音，簡簡使勁地說，毛果，為什麼他突然不動了呢，毛果，為什麼我覺得肚子裡這麼沉呢。毛果，你聽好，要是他們問你要孩子還是要大人，你一定跟他們說要孩子啊。沒有這孩子，我也不想活了。
我緊緊拉住簡簡的手，我說，你胡說什麼，再過一會兒，我們就看到我們的兒子了，我們就是一家三口了。
簡簡笑了。簡簡說，不，是一家四口，還有「謎」。

到了產房門口，醫生攔住了我，叫我在外面等。
我在電視上看過很多的準爸爸在產房門口度秒如年如坐針氈風度盡失。我嘲笑過他們，這時候我才知道自己曾經是多麼的愚蠢。
似乎過了很久，一個醫生走出來，對我說，毛先生，你聽好，你太太現在情況很危險，在手術過程中大出血，我們已經調動了血庫，你要做好思想準備。
我心裡一緊。
醫生頓了頓，說，還有，孩子死了。
我頭腦裡轟的一聲，一片空白。醫生的聲音好像從很遠的地方傳過來：他在產婦子宮裡已經死了很久，是個死胎。

我腳下一軟，跪了下來。我跪在醫生面前，我說，醫生，求求你，救救我妻子。

7

簡簡搶救過來了，但是，永遠失去了生育能力。

可是她還活著，這對於我，已經足夠了。

我在病床旁邊，給簡簡削一隻蘋果。簡簡表情漠然，一隻手還放在已經平坦下去的肚子上。

簡簡突然說，你快回去，你整天待在這裡，誰來給謎餵食。

我說，牠很好。你放心，我把牠照顧得很好。

我不能告訴簡簡，謎已經不存在了。

我親手殺死了謎。

醫生對我說，產婦已經脫離了危險，可能還需要繼續住院觀察一段時間。但是有些情況，我做為醫生，有責任再向你說明一下。

我說，請講吧。

你的孩子，不，那個胎兒，非常可惜。他已經發育得相當完全了，但是腦部嚴重積水，最終造成死胎，這應該是在懷孕後期出現的。有一點，我想向你了解一下，你們家裡，是不是養過什麼寵物，貓、狗，或者鳥類？

我說，沒有。

我想了想又說，我們家養了一隻烏鴉。

醫生似乎有些驚訝。他沉吟了一下說，這大概就是原因了。經過化驗觀察，產婦已經感染上了弓形蟲病。這種病由一種弓形蟲寄生引起的感染造成，主要以貓和貓科動物以及某些鳥類為傳染源。孕婦感染弓形蟲病，會通過胎盤傳染給胎兒，後果相當嚴重，可能引起流產、死胎，有接近一半的嬰兒出生後會有畸形、耳聾、失明、腦內鈣化、腦積水、智力障礙等問題，甚至導致死亡。你們家的這隻烏鴉，應該就是弓形蟲病的傳染源，建議你盡快處理掉。

我回到家裡。

謎正趴在沙發靠背上睡覺，看見了我，睜開了眼睛，站起來了。牠對我撲搧了一下翅膀，好像要飛過來。經過前一段時間的和睦相處，牠已經不怎麼懼怕我了。

我把謎捧在手裡，撫摸一下牠漆黑的羽毛。

我舉起了謎，用盡了力氣把牠往地板上狠狠地擲下去。

謎抽搐了幾下，死了。

這是在一瞬間結束的。天色慢慢暗下去了。我蹲下身子，看著謎的屍體，在黑暗裡閃著青藍色的光。

簡簡出院了。

她一路上都沒有說話。

回到家的時候，我拿出鑰匙開門，突然聽見簡簡說，至少，我還有謎。

簡簡抱著空鳥籠，站在我身後。

我說，謎飛走了。

簡簡說，你說謊，你殺了謎。

我說，是，我殺了牠。牠把我們的孩子永遠地殺死了。

簡簡走進臥室裡，沒有出來。

尾聲

第二天，簡簡拎著她的鳥籠子，從樓上跳了下去。

我想，我不會再愛上一個養鳥的女人。

作者簡介

——葛亮（1978-），原籍南京。香港大學中文系博士畢業，現任香港浸會大學副教授。作品出版於兩岸三地，著有小說《北鳶》、《朱雀》、《七聲》、《戲年》、《謎鴉》、《浣熊》，文化隨筆《繪色》、《小山河》，學術論著《此心安處亦吾鄉》等。部分作品譯為英、法、俄、日、韓等國文字。

長篇小說《朱雀》獲選「亞洲週刊華文十大小說」，二〇一六年以新作《北鳶》再獲此榮譽，並斬獲各項大獎。包括二〇一六年度「中國好書」、「華文好書」評委會特別大獎、當代長篇小說年度五佳、二〇一六年中版十大中文好書等。以及《南方人物週刊》「二〇一六年度中國人物」。

曾獲首屆香港書獎、香港藝術發展獎、臺灣聯合文學小說獎首獎、臺灣梁實秋文學獎等獎項。作品入選「當代小說家書系」、「二十一世紀中國文學大系」、「二〇〇八、二〇〇九、二〇一五中國小說排行榜」、「二〇一五年度誠品中文選書」。

武道狂之詩・華山論劍

喬靖夫

「氣劍一如」

這面高掛在「紫氣東來堂」正面橫樑上的金漆牌匾，每一個字都相當於人身及腰的高度，遠比青城劍派「歸元堂」那塊已被焚毀的「巴蜀無雙」牌匾更要巨大。

——當然。天下論劍，以華山為尊。

華山派的總本部，乃是位於華山西峰東坡之下的「鎮岳宮」。此宮正殿之前，有一座水色蒼翠的玉井，自唐代開始已有各種神妙傳說，並建了一座「玉井樓」，本為遊人和修道者的名勝。後來華山派選了這片福地，在樓後建成宮殿，作為修練的總壇，已然禁絕閒雜外人。

華山派道人，既修全真內丹的道術，也練武道劍法。「鎮岳宮」裡最雄偉的建築，自然是正面的大殿「華廟」，內裡供奉「西嶽大帝」的神像，氣勢非凡，足堪與武當派「遇真宮」的「真仙殿」相比。

可是要數華山武道的總壇，則是位於宮殿東首的「紫氣東來堂」，為華山劍派領導層主理事務之重地，亦是華山最精銳的「道傳弟子」修習劍術的道場。

與青城派「歸元堂」一樣，「紫氣東來堂」其中一面牆壁，也排列懸掛著許多木制的名牌，正是門派領袖和高級弟子的列名，其數量卻比青城派多了一倍以上——華山派人才鼎盛，本代能登堂入室成為「道傳弟子」的，至今共有四十四人之眾。

四十四人的名牌裡，排在最頂的十個，格外明顯地跟下面三十四個隔了開來。此十名年資和修為最高的弟子，合稱「華山十威儀」，已具有代教師範的資格，是未來華山派的接班棟樑。

此刻「紫氣東來堂」內，身為「十威儀」之一的楊泰嵐，在那鋪成了八卦圖案的石地板上，不安地踱來踱去。

跟全體華山弟子一樣，楊泰嵐腰間已經佩了劍。

從「見性館」逃出的三個小道士，早就奔回來「鎮嶽宮」報信。此刻從這「紫氣東來堂」的正門外，一直延伸到「鎮岳宮」的大門，每隔不足十步，就有帶劍的華山弟子守備著。氣氛之凝重，乃華山派三百年來所未有。

一身道袍的楊泰嵐年紀未足四十，身高手長，步履敏捷。以武藝論，他絕對是當代弟子頭五位以內，但常常敗在性情太過急躁。

「你就別走來走去啦。」同是「十威儀」之一的張泰朗皺著眉說。他只是安坐在椅子，把長劍橫放膝腿上，未有顯得太過憂慮。在他左旁，「十威儀」的首席、當今華山派大弟子司馬泰元，就更在座上閉目，雙手交結成印放在丹田處，似正在入定。

「武當派的事情，看來是真的……」楊泰嵐沒再踱步，卻還是雙手交互捏著指節。

「可是……」另一邊較年輕的「十威儀」之一宋泰猷說：「不久前才聽聞他們上青城和峨嵋的事。怎麼這麼快又來了這裡？」

宋泰猷這話，引起堂內各弟子交頭接耳。

大師兄司馬泰元沒有睜眼，卻開口說：「事情是怎麼樣的，不一會兒後就分曉了。你們急什麼呢？」

他的聲音並不特別響亮，卻令眾師弟都安靜了下來。司馬泰元不論那穩重的臉容和低沉雄渾的語聲，都隱隱透著華山下一代領袖的風範。

「**我們是華山派。**」司馬泰元又說。「**沒有應付不了的敵人。可是別亂了心。心乃氣之舵，氣為劍之韁。心亂，劍就亂了。**」

這本是華山劍道的最基本。眾師弟聽了，都有些慚愧。

這時幾個人從後室進入大堂。司馬泰元等弟子馬上起立，肅然行禮。

進來的，自然是牆上的名牌比「華山十威儀」排得更高的人。

首先出現是四位「宗字輩」師叔：黃宗玄、趙宗琛及成宗智、成宗信兄弟，為當今華山「四煉師」。「煉師」名號僅次於掌門，原本是道教的稱呼，在華山劍派裡則相當於師範護法——地位和武當派的副掌門相約。

再來是兩位華山派碩果僅存的「祥字輩」長老，金祥仁和李祥生。兩人俱已七十多歲，劍技武功早就大不如前，但論輩分是當代眾弟子的太師叔，自然德高望重。

兩人跟下面的徒子徒孫一樣，手裡提著長劍。既有外敵來犯，他們一樣要加入對抗——一天是**華山劍士，直至咽氣那一刻都還是**。

最後一個進入大堂的，自然就是當今華山劍派掌門劉宗悟。

劉宗悟那堂堂身軀，穿著一襲深紫色法衣道袍，頭戴方巾，五綹長鬚甚是瀟灑，儀表不凡。可是鼻樑處卻有一道橫過的刃口傷疤，又比尋常一個煉丹修法的道長，多了一份強悍如鷹狼的氣勢。

劉宗悟道號「應物子」，武林中外號「九現神劍」，上任華山掌門霄宇真人（註❶）的嫡傳大弟子，身分地位和武功傳承，正統得不能再正統。

劉宗悟身旁尚有一名年輕道士，雙手捧著華山掌門專用佩劍「羽客劍」，緊緊跟隨。那長劍的鏤銀護手與柄首，造形呈翔鶴形狀，柄部木色深黑，顯是年代久遠的不凡之物。

他走到「紫氣東來堂」的正座交椅前，先等兩位師叔就座了，自己才坐下來。他的四名「煉師」師弟亦逐一排次坐下。堂內「十威儀」及其他「道傳弟子」則仍然站著。

劉宗悟的樣子顯得一臉不耐煩，催促弟子快點報告。

「稟眾師長。」張泰朗俯首說：「弟子已經再三問明瞭回報的師弟……對方，確是只有一人。」

「是武當？」旁邊的師叔黃宗玄焦急問。

「這個……沒有肯定。對方並未報上名號。」

「一個人？」劉宗悟帶點憤怒地說。「只為了一個人，就讓全華山弟子要這樣史無前例的戒備？」

「可是，掌門……」楊泰嵐上前說：「陳泰奎已經死了啊。」

劉宗悟這才作出一個「也對啊」的表情。

他的師弟趙宗琛在旁邊微微歎息搖頭，心想：這個師兄，武功確是高得沒話說，可修道養性方面卻差了，處事不分輕重，當年師父選立這個掌門，也許是選錯了……

「那麼人呢？」劉宗悟威嚴地喝問。

「好像正在上山來……」張泰朗報告說。

就在這時，「紫氣東來堂」那已開啟的大門奔進來一人。是山下「見性館」負責監館的駱泰奇。他魁梧的身軀已被汗濕透，跌跌撞撞地跑了進來。堂內所有人瞪著眼在注視他。可是駱泰奇氣喘吁吁的，一時說不出話來。也不必說了。

他帶上山來的人，隨即出現。

那白袍飄飄的身影，不疾不徐地一步步走到那地面八卦圖中央的太極標誌上。背後仍然斜帶著那柄「卍」字護手的彎劍——華山派開山立道三百餘年來，未經批准而帶兵刃上山的，他是第一人。

他身後跟著王士心等那十四、五名年輕人，一個個都臉色惶恐，慌張地左右看著大堂裡佩著真劍的眾華山高手。他們即使沒甚武功，也清楚感覺得到堂內那股騰騰的殺氣。

這些本來都是想投拜在華山派門牆下的年輕人，許多年來的夢想，就是能夠踏足這座「紫氣東來堂」，如今卻驀然成真。

——但想不到是以這樣的方式。

原本守在「紫氣東來堂」門外的幾名華山弟子，也都隨著進入，在這些來者後面戒備著。正門之外也塞滿了守備「鎮岳宮」的過百弟子。他們一個個都緊張地手握腰間劍柄。等的只是一聲命令。

白袍男人身在強敵環繞的殺陣當中，臉容卻是泰然自若，仿佛不過是進來道宮觀賞的遊客。他抬頭略瞧一瞧那「氣劍一如」的牌匾，然後直視正座上的劉宗悟。

華山眾人看見他胸口的太極圖標記，更無疑問。

黃宗玄打量此人臉容。看來似甚年輕，像是二十後半的年紀，卻有一份年輕人所無的閒適氣度，真實年齡必然較樣貌年長，但猜想亦不過三十出頭，比這兒許多華山派「道傳弟子」都還要小。

武林中人盡皆知：武當派自張三手祖師以後，全派上下只有一人有資格穿全身純白色的道袍，象徵了「無極」的境界。

再加上這樣的年齡，更證實了這男人的身分。

「**武當派掌門姚蓮舟，今天上華山來，與諸君論劍證道。**」

他說時未有拱手行禮，連略略低頭也沒有，臉容平靜，似只是輕鬆平常的談話。

——但在場每個人都知道，這句「論劍證道」是什麼意思。

華山眾劍士打量著姚蓮舟，又看看他身後那幫小夥子。他們確實沒有人帶著兵器，看衣飾和表情判斷也不似是武當弟子，實在不明白他們跟著來作什麼。眾劍士也不理會，目光又都投在姚蓮舟一人身上。

有外派之人，竟敢孤身一個上來華山派的總本宮挑戰——而且竟然真的能夠走進這裡來——實是華山門人平生沒有想像過的事情。而這個人，正是近年武名大盛、野心勃勃的武當派裡，那絕對的第一人。華山眾弟子看著姚蓮舟，有點兒虛幻不實的感覺。

只有劉宗悟，全未被「武當掌門」這四個字動搖，只是冷笑。

「論劍？嘿嘿，入我山門來，殺我弟子，卻連挑戰狀也沒有先送來一封。武當掌門，連最簡單的武林規矩也不曉得，就像條喜歡亂咬人的野狗，真是貽笑大方。」

殺陳泰奎的理由，姚蓮舟先前已在「見性館」向駱泰奇解釋過，現在他懶得再重複一次。

「無聊的規矩，不會令人變強，也就沒有必要。」姚蓮舟淡淡的說。

黃宗玄大皺眉頭：華山和武當兩派，畢竟是名滿天下的大門派，兩個掌門如此對話，成何體統？劉宗悟的說話，更無半點得道高人的風範。

他於是代掌門師兄發言：「姚掌門，貴派雖已還俗，但與我華山派皆是出於全真道，可謂淵源極深，何必傷這和氣？姚掌門殺傷我派弟子，是否有何誤會？如能說個明白，可免卻兩派的無謂紛爭。」

黃宗玄這話，擺明是要給姚蓮舟一個下臺階。眾華山弟子聽了，心中不忿，但黃師叔為「四煉師」之首，說話分量甚重，他們也不敢異議。

「沒有誤會。」姚蓮舟卻毫不領情。「他要殺我，我就殺他。練劍的人，本來不就應該是這樣的嗎？」

此語一出，「紫氣東來堂」內群情洶湧。黃宗玄臉色更是難看。

「好一句『他要殺我，我就殺他。』」劉宗悟大笑，目光盛怒。「你也好大膽，孤身一人上來我『鎮岳宮』！有沒有想過，我此刻一聲令下，數百個弟子拔劍相向，你必死無疑？」

「當然有想過。可是死不死得了，試過才知道。」姚蓮舟明亮的雙目，如結寒霜。「你們華山派要是喜歡這樣，也不妨。」

姚蓮舟最令人不安的地方就在此：相貌身姿明明是如此俊秀優雅，但是又能隨時讓人覺得，好像一柄沒有鞘的劍。

他環視「紫氣東來堂」眾人，又徐徐說：「我走了很遠路才到這兒來的，不是為了聽這些無聊的話。我說要『論劍證道』，證的是我自己的道。」他指一指身後王士心等年輕人。「所以才帶著這些人來見證。」

全場靜默。

「你的道？」劉宗悟切齒。

「『拳出少林，劍歸華山』，這句話自今天開始要改一改了。」

「煉師」之一的成宗智冷笑：「是想改作『劍歸武當』嗎？」

「錯。」姚蓮舟搖搖頭。「**拳和劍，此後皆尊武當**。不過我先來找你們華山派而已。」

他伸出一根手指，指向頭上。

「**我要證的，是武當派天下無敵之道**。」

「掌門師尊。」一人馬上從華山弟子之間步出。正是「十威儀」首席大弟子司馬泰元。「請容許我與姚掌門『論劍』。」

剛才司馬泰元坐著時，還看不出他身材，如今站著，顯出比眾師弟都高出一個頭以上，而且胸肩廣闊，腰如壯熊，雙掌寬大得像扇子。他手裡提的劍，也比其他人的標準華山佩劍長了一大截，連柄全長四尺七寸，而且只看那劍鞘，就知道劍刃亦格外寬闊。

是年四十二歲的司馬泰元，已經由掌門劉宗悟親授超過十五年，武功冠絕同儕，是華山弟子每年「大校劍」（註❷）的長勝將軍。更難得是學道亦有成，性情處事比其師父還要穩重得多，早被認定將在十年之內接任掌門之位。

華山眾領袖早已聽聞，劍名甚盛的青城派掌門何自聖，敗亡於武當副掌門葉辰淵劍上一事；眼前的是武當掌門本人，更不可以輕慢對待。派一個次一級的弟子出場，不過是無謂的犧牲，不如一開始就派最強的。

劉宗悟和四個師弟互看一眼，又回頭用眼神向兩名師叔請示。分坐在他身旁的老劍士金祥仁和李祥生，到現在都未說過話，此刻第一次點頭示意。

「泰元，就讓姚掌門見識見識，何以武林中人會說『劍歸華山』吧！」劉宗悟揮手下令。

司馬泰元點頭踏出場中，先向掌門師父、兩位太師叔及四位師叔躬身行禮，才面向姚蓮舟。

司馬泰元雖比姚蓮舟還要年長，但輩分地位卻有差距。但見他直視姚蓮舟，臉容無一絲激動或緊張，並未被「武當掌門」這名號壓倒，確有修道者抱元守一、無畏無怖的風範。眾師弟見了，心中暗自喝采。

華山派是全真道，屬內丹派，不尚符籙，也不靠外物丹藥，而以人身為爐鼎，煉體內的精、氣、神，超脫生死。這內丹功法，與武功的「意」互相結合，開創出獨步天下的華山劍道。

姚蓮舟打量著司馬泰元那魁梧的身材；那柄常人要用雙手才使得動的大劍；那股不凡的氣度……從踏足華山開始，直至現在，姚蓮舟第一次微笑。

——那笑容，跟荊裂經常露出的，非常相似。

司馬泰元緩緩拔劍，逐一露出了寬闊劍身上鑲嵌的七星寒點。劍拔出後，他輕輕把劍鞘往旁一拋。師弟張泰朗一把接著。

縮在一角的駱泰奇，是堂裡唯一見過姚蓮舟出手的華山弟子，可是亦未見過他出劍——剛才目睹姚蓮舟以「太極拳」瞬間擊殺陳泰奎，他猶有餘悸。

——他這次……還是要徒手嗎？……

駱泰奇惶恐地瞧著姚蓮舟，只見姚蓮舟似乎真的在考慮。然後真的伸出了左手來。

但並不是向著司馬泰元。而是後面王士心那些人。

「你們好好看著。」姚蓮舟沒有回頭地說：「今天在這裡看見的事情，你們將來要告訴所有認識的人。還有你們的子孫。」

王士心用力地點頭。

——世上不是每一個人，都有親眼見證歷史的幸運。

然後，姚蓮舟拔劍。

他背後那柄「卍」字護手的環首彎劍，劍柄斜斜在左肩上突出。司馬泰元早就留意，一直在猜想姚蓮舟是否左撇子？

可是姚蓮舟伸出的是右手。

他的右臂向左伸，從自己的臉前橫過，把住了左肩上方的劍柄。

——反手拔劍嗎？

司馬泰元已舉起劍，防範對方自肩上拔劍並即時斬擊。

但姚蓮舟沒有立時拔劍。他的右手把劍柄從左上方往自己身體左下方撥，越過了收縮的左肩。劍鞘瞬間上下倒轉，劍柄變成在左腰間。

——這怪異的動作，迅疾而流暢，充分顯示他身體的筋骨關節是何等柔軟。

姚蓮舟左腰處，寒光大盛。

出鞘。

司馬泰元一直防範對方的劍路，是從左肩膊自上而下砍來。但姚蓮舟這一奇技，令劍路頓變自中下路而來。司馬泰元急變架式。

姚蓮舟拔劍卻奇速。

劍光剎那間從下向上反撩，及至司馬泰元面門。

司馬泰元架劍同時，頭臉也向自己的左後方側閃——

金屬互擊的鳴響。

幾絲斷開的眉毛，在激蕩的劍風中飄飛。

——若非加上側頭閃躲的動作，司馬泰元已經失去一隻右眼。

姚蓮舟的彎劍在這一擊完成後，繼續揮到了右身側。旁觀的華山眾高手這才看見：姚蓮舟的右手並非握在劍柄上，而是僅以食、中二指扣著柄首上的鐵環！

——他以兩指之力，就把整柄劍從鞘裡抽出，並且盡用那慣性加速之力，發出這快絕的拔劍斬擊！

司馬泰元的右眉，險險被對方劍尖刮過，削去了一片，皮肉卻並未受傷，全憑那過人的反應。雖然差點兒就瞎了一目，他心神一點沒有動搖，呼吸也無一絲紊亂。

——這最重要。**以氣息帶動劍招，為華山武道之根本**。

他下腹一緊。氣勁貫徹的徵兆。

那四尺餘長的大劍，從招架迅疾變成前刺，直取姚蓮舟面門。此乃「元亨劍法」的「游龍擊浪」——和陳泰奎使的是同一招術，但速度和劍勁卻遠遠淩駕師弟，兼且是用這麼一柄巨大長劍使出，空氣裡帶著撕裂之聲！

姚蓮舟的臉，卻在那劍尖前消失了。

姚蓮舟早就計算司馬泰元的反擊劍路，右腿向右斜前一邁步，身體迅速矮下去，頭頂比司馬泰元的腰帶還要低，兩腿張開幾乎成一直線，身體如箭搶到了司馬泰元的左身側，正是「武當行劍」的詭異蛇步。

同時姚蓮舟右腕一抖，那柄彎劍以穿在柄首鐵環的兩指為軸翻轉，緊接五指一抓，變成了反手握劍，自外向內以劍刃反削向司馬泰元的左腰腹！

這反手斬劍之法，又是違反一般劍理的怪招，極難防備。但司馬泰元目明心清，捕捉到這劍斬來的角度。正常的招架或後退都已來不及了，他借著那「游龍擊浪」前刺之勢，身體如陀螺般側轉半圈。彎劍的鋒刃，僅劃破了他腰間衣袍。

司馬泰元並非單純閃避。他乘這轉身之勢，變成反搶到了姚蓮舟身後，長劍劃個半圓，一記「黑蛇弄風」，垂直從下而上，反撩姚蓮舟的背項！

這一招足見司馬泰元實是一流高手：姚蓮舟此刻身姿低矮，一般的武者看見，不假思索就會居高臨下，從上路斬劈下去；但司馬泰元則計算，對方如此低伏之後，接著必然要拔起身恢復站姿，起立之時也自然會用劍架在上方拱護；司馬泰元用這下而上的撩劍，對手反而料想不到，再要把劍降下擋架，已是太遲。

——真正的高手出招有如下棋，已把對手接著的舉動都計算在內。

眼見姚蓮舟只要身體升起，就會把自己送上這招「黑蛇弄風」的刃口。

姚蓮舟卻沒升起來，反而降得更低。

他的身體跌地，整個人俯倒下去——但其實在跌到離地極近時，他僅僅用左掌在胸口前撐住了地面。司馬泰元本來已經甚低的撩劍，竟是從他上方掠過。

姚蓮舟就用這一隻左掌之力，支撐全身貼地旋轉。那反手劍鋒，乘著旋轉的力道再次斬出，劍刃離地只有幾寸，循著華山眾人前所未見的角度路線，如割草般橫砍向司馬泰元的左足踝！

司馬泰元龐大的身軀，卻出人意表地靈巧。「黑蛇弄風」的招式已使老了，本無法這麼快走馬步閃躲，但他硬生生雙足發力，平地躍起，足底僅僅閃過了那劍斬！

姚蓮舟身子旋轉還未停，他左掌按著石地板發力，身體頭下腳上的升起，左腿帶旋身之力猛蹬出去，司馬泰元人在半空已再無法躲開，這一腿狠狠踹在他左肋間，把整個人踢得倒飛開去！

司馬泰元背項著地，打了兩個滾才跪定下來。他長長吐了一口氣息，看來並無大礙——華山派氣功了得，姚蓮舟這一腳他還硬受得了。

可是他一跪定才覺有異，左足底竟滲來一陣涼意。一看之下，原來剛才姚蓮舟的反手劍，削破了他的鞋底和襪子，此刻赤足貼在冰涼的石地上。

姚蓮舟也已站起身子，右手迅速改變成正手握劍，斜垂向下，並沒有擺什麼架式。

眾人這才看清姚蓮舟佩劍的形貌：原來那狹長而微彎的劍身，乃是半刀半劍，外彎那一邊如刀般完全開鋒，直至劍尖；內彎卻是厚身的刀背，直至前端六、七寸才開刃，成為與一般直劍無異的雙刃劍尖，可說前段是劍，後段是刀。劉宗悟等細看，才明白姚蓮舟的劍何以砍斬之勢如此猛烈，原來兵刃和招式都融合了長刀。

——華山派眾人自然沒有見過這等奇特的劍形：這柄劍的樣式，是姚蓮舟自己創制，並命武當派內的工匠打造。他雖也把使用這彎劍的祕訣向一些精英弟子傳授，但至今全武當山上只得他一人會用，因此更從未在武林中出現。這獨門兵刃，姚蓮舟只是簡單直接地把它命名為「單背劍」。

司馬泰元雖然輸了一腿，但剛才第一輪接戰，自信反而更增。姚蓮舟劍招固是詭異，速度也極快，但三劍斬擊，結果都只是掠司馬泰元的皮膚而過，證明司馬泰元能夠適應其劍速。

——這一戰，絕對有打勝的機會。

堂內的華山眾「道傳弟子」，一個個看得血脈沸騰。他們皆知道，這一場決鬥一開打，不管結果如何，華山派與武當派的戰爭已經開始了——就算今天成功把姚蓮舟擊殺於「紫氣東來堂」，日後與武當全派上下還是會有無數惡鬥仇殺；但是假如今天，華山派一個次代的弟子，竟能打敗堂堂武當掌門，對於兩派士氣和戰意的影響，將無法估量。

——而現在看來，司馬泰元確有一戰的實力。

司馬泰元當然也知道，自己背負著本派多大的期望。這種壓力卻未絲毫影響他心神。他已完全投入集中在「如何取勝」之上。

他想：剛才連續陷入被動之勢，全因姚蓮舟那突如其來的古怪拔劍斬技，搶去了先機。把形勢扳回來，最好的方法，自然是先搶攻。

——更何況，擁有身高劍長優勢的他，本來就應該主攻！

司馬泰元已暗暗把握劍的手掌滑後，變成握在劍柄的最尾端。師父劉宗悟看見，已知弟子要用哪一套劍法，心裡暗地嘉許。

王士心等十幾個旁觀的「見證人」，一個個汗流浹背。他們武功太平庸，像姚蓮舟和司馬泰元這等層級的高手交鋒，數招快疾的來往都在毫忽之間，他們的眼睛自都無從捕捉。

——但那兩柄劍割破空氣透出的冷冽殺意，他們的皮膚遠遠也能感受得到。

王士心努力瞪著雙目，儘量不眨眼。他怕一眨眼，就會錯過一些一生不會再有機會看見的東西。

他雖武藝不濟，但此刻見司馬泰元正漸漸高舉那長劍，也料想到他快要進攻。

連王士心都看得出，姚蓮舟又怎會不知道？但看他的樣子，似乎完全無意跟司馬泰元搶先，表情還好像在說「這次換你攻過來了」一樣。

司馬泰元亦無掩飾的意思。他腹部一收一鼓，猛烈吸氣。

發動。高壯的身軀猛踏奔前。腦袋內發起「借相」，幻想一塊巨岩從華山峭壁崩裂滾落。全身乘著那不真實的可怖氣勢與能量，進攻。

四尺七寸長劍高舉，越過頭頂，伸到背後。

吐氣。

司馬泰元的右手，握住劍柄的最尾端，盡用整把劍的重量和長度，動作如用皮鞭一般，將那長劍自背後猛揮而出，迎頭斬向姚蓮舟！

——這是司馬泰元最得意的其中一套華山劍法「大還劍」。這劍法原來是刀法，而且不是華山派的，乃是先代華山掌門通濟真人，與崆峒派一位名宿交好，以一套華山劍法換來。通濟真人最初學此刀法，不過是想紀念這段友誼，但後來越發體會其威力，將之融合華山派的心法和氣功，成此套「大還劍」。因為攻擊剛猛，用一般的長劍根本無法承受其勁力，故華山派規定用這劍法時，要配以特製的重鐵劍。但司馬泰元的這柄佩劍，比規定的重劍更要厚重，使來當然絕無問題。

司馬泰元這一招「崩岩斬」，身、步、手、意完全協調，加之以他天賦的身材，配合一吞一吐的運氣，那柄又重又長的剛劍，仿佛真的化成軟鞭，挾著裂帛之音破空斬下，確實無負頭頂上「氣劍一如」那四個大字！

姚蓮舟一雙星目，看見這劍迎頭斬來，嘴角微牽。

——這劍，終於有些看頭了。

他身體以詭速倒退兩步，頸、胸、腹又異常柔軟地收縮，那長劍的尖鋒，在他身前僅兩寸垂直掠過。

「崩岩斬」落空，司馬泰元那原本靜如止水的心靈，第一次生起一絲疑惑。

——怎麼會這樣快？……

這是姚蓮舟首次只閃不攻。華山眾弟子看了，心頭暗叫聲好。

——但也僅此一次而已。

司馬泰元沒等這「崩岩斬」使老了，雙足變交叉步，向右轉身大半圈，順著把劍勢橫引，變招成為側身反手橫劈——

但那反手劈劍只到一半，司馬泰元感覺右手肘有股針刺般的寒氣。

他斜眼瞥見，姚蓮舟那支「單背劍」，劍尖果然已直指自己手肘刺來，正好封住這橫劈。司馬泰元如果繼續劈過去，長劍未及敵身，自己的手肘就先送到對方劍尖上。

——姚蓮舟所使的，正是葉辰淵當日對抗何自聖時使出過的「武當形劍」裡「追形截脈」的絕技。

司馬泰元的「大還劍」，每招都去勢甚盡，本來很難半途收招；但他天生臂力過人，硬生生把橫劈收了回來，步勢再變，這次向左轉體，反方向正手橫劈，欲斬姚蓮舟左肩。

姚蓮舟再使「追形截脈」，這次指向的是司馬泰元的右腕脈。司馬泰元被逼再收招，無功而還。

司馬泰元自己深知，這套「大還劍」氣勁和速度皆強橫，唯一弱點是每次發招前的蓄勁動作稍大。姚蓮舟這截擊的招術，正正是其剋星，這套「大還劍」已經完全被破，再使下去也無意義。

他劍路頓變，由大砍大劈，變成利用手腕的彈性以劍尖點打，乃是華山另一套風格大異的劍法「星靈劍」。那點打之法，只用劍刃前尖三寸，輕靈綿密，連環進攻，勁力雖不強，但卻甚難防禦。

可是每次點打，姚蓮舟的「武當形劍」，還是能夠取得最佳角度，準確地截刺向司馬泰元的腕脈或握劍的手指，將那長劍迫開。

司馬泰元心知又不行了，劍勢再變。這次用的是「華山花劍」，夾雜著極多的虛招佯攻，又用上許多錯亂的節奏，試圖令姚蓮舟出錯。

姚蓮舟卻是目光如炬，又似有極準確預感，對那些虛招全然無視。一到司馬泰元發出真正攻擊，「追形截脈」又即發動，這「花劍」同樣被破得體無完膚。

司馬泰元開始焦急了。心也開始亂了。他又連續變換了九種華山劍法：劍路圓轉的「月凝劍法」；走步跳躍為主的「飛鳥穿林劍」；專攻敵人下盤的「封門劍」……每一套風格戰術都截然不同——華山劍術如此豐富多變，難怪自古贏得「劍宗」的稱號。

但是不論他的劍法怎樣變化，在姚蓮舟眼中，都只是化為簡單的路線、角度與時機。然後又是應以一招準確的「截脈」。簡直就像能夠閱讀司馬泰元的心思。

兩人已然交手四、五十招，兩劍沒有一次碰觸，就如隔空面對面舞弄一般。但在華山眾劍士眼中，都看出來了：

華山派首席大弟子，正被玩弄。

司馬泰元漸覺心寒。他以第一身對敵感受到，姚蓮舟的身手和意念反應，正越來越快，司馬泰元許多時候連半招都出不了，只是肩頭一動，姚蓮舟的截擊已經來了。

——難道……這就是淩駕「毫」、「忽」之上，傳說中的「曜炫之劍」？……

——他……到底真正有多快？……

司馬泰元回想起，交手之初劃過自己皮膚那三劍。

——根本不是我閃躲得夠快。是他的劍刻意不用全速！

姚蓮舟還未殺敗司馬泰元的劍，已先擊潰他的意志。

姚蓮舟確是從一開始就刻意減慢劍速，為的是讓司馬泰元把華山劍法一一使出，再一一破解——表面上他只是以截擊先機之法，令司馬泰元每招無功而還，但在場一眾華山高手都已看出，姚蓮舟假如提高速度，司馬泰元的手臂已經中了不知多少劍。

眼見本派大弟子使出十一套最高級的華山劍法，皆被單單一套「武當形劍」輕鬆破盡，在場華山高手無不感到前所未有的震撼。

此刻姚蓮舟嘴角的笑容消失。

——已經看夠了。

「單背劍」突然就變了。沒再用「武當形劍」，而是以劍身中段的鈍背，交疊上司馬泰元的七星長劍。

司馬泰元吐氣，勉力要把那「單背劍」彈開。但他一吐劍勁，那勁力反被「單背劍」吸收、帶引，本身厚重得多的七星長劍，被一股重力壓住，不由自主就砸在地上，劍刃砍破了石砌八卦圖地板中央的太極，黑白兩色的碎石激飛。

兩柄劍靜止。「單背劍」仍把七星長劍壓制在下面。

姚蓮舟像歎息般說：「到了最後，也不讓你瞧一瞧『太極劍』，好像不太好吧？」

司馬泰元惶然急發勁力，欲架開壓在上面的「單背劍」，把七星長劍抽回來。

可是發出這挑勁的剎那，司馬泰元卻感覺，力量如入虛空，對方的劍輕如無物。

姚蓮舟的「單背劍」，精微巧妙地引導著司馬泰元的力量，把那上挑之力變成向旁劃弧。「單背劍」尤如粘著那長劍，不丟不頂，帶引它不斷在兩人之間轉圈。

「太極劍」・「化勁」之法！

——習「太極拳」之人，要能夠做到巧妙的「化勁」，必先練成極敏銳準確的「聽勁」功力：透過身體四肢甚至任何部位的接觸，感應敵人運勁的力度與方向，如此方能將之消卸，甚至借用反饋對手，令對方進退不得，越用力則越被操控。拳法的「聽勁」，仗賴身體皮膚的觸感，本來已經甚難；而要將「聽勁」的能力，延伸到刀劍死物之上，更是極度高深困難的武功。在武當派裡，即使連副掌門葉辰淵，其「太極劍」技法也還未到達精純的境地——否則當天挑戰青城派，他的「太極劍」就不會這麼輕易被何自聖的一招「抖鱗」破去，因而陷入苦戰。

而姚蓮舟，完全是另一個境界。

司馬泰元甚焦急，手中劍不斷以各種方式和方向拚命發勁，欲脫離「單背劍」的控制。但每一下吐氣發勁，都仍然被無聲無息地吸收和借力，長劍始終被「單背劍」帶引著，不斷攪動轉圈。

——司馬泰元感覺，手中長劍就如陷入了一池泥漿的漩渦裡。

姚蓮舟運這「太極劍」，雙足未離地半步，腰、胯、腿各關節甚柔軟地圓轉，全身帶動右手的劍招。那轉圈動作並不很快速，連王士心都能夠看得真切，感覺比什麼舞蹈都要優雅。

兩劍粘搭著不停在攪動，漸漸越轉越快，劍圈也越轉越小。

司馬泰元冷汗淋漓。看著劍圈不斷縮小，他全身也感受到一股不斷加強的無形壓力。

他平生未見過「太極劍」。但是劍士的本能清楚告訴他：你已經敗了……

劉宗悟也看出了。

他身後捧著「羽客劍」的小道士，手上只剩下劍鞘。

劍圈迅速往中央收縮。

最後變成「點」。

萬勁齊發之時。

姚蓮舟第一次輕嘶吐氣。

「單背劍」猛絞。司馬泰元的右手齊腕而斷。

那斷掌仍握住長劍，飛到半空中。

姚蓮舟回劍運勁猛斬，擊在長劍的劍格護手上，長劍受此蓄勁已久的斬擊，帶同斷手如箭向右上方飛射，轟然穿破了「紫氣東來堂」的瓦頂而去！

司馬泰元抱著湧血的斷腕，悲叫翻滾開去。

姚蓮舟仍保持著那橫斬的姿式。斜指而出的「單背劍」刃身兀自在彈動。那穿破的屋頂，照射下來一道帶著萬千微塵的陽光，投落在姚蓮舟身上，映得那襲白袍發光。

——那姿態美得彷彿不屬塵世。

這形象，永遠烙在王士心的心頭。

已然握「羽客劍」在手的劉宗悟，來不及出手救助愛徒，臉容憤怒得比他的道袍更紫。

他猛一吐氣，五綹長鬚無風自動，坐著的身體全無預備的先兆，就向前彈射出去！

劉宗悟手中翔鶴形劍柄、刃身泛著淡青光華的「羽客劍」，與人化成一體，挾著狂潮暴浪的「借相」氣勢，直線疾取站在「紫氣東來堂」中央的姚蓮舟！

劍未至，先有一股強烈的氣，激得姚蓮舟的白袍鼓動。

華山劍派最高秘技．「飛仙九勢」。第三勢「破浪勢」。

——在王士心等人，甚至部分華山弟子眼中，劉宗悟的身法，快得一團模糊，猛得如濤奔岸。

「羽客劍」刃鋒，瞬間及至姚蓮舟臉前。

姚蓮舟已迅速把「單背劍」劍尖倒轉向下，左掌按在劍身的鈍背上，在頭頂成一斜角招架之形，兩腿張開馬步沉下，以「武當勢劍」的招式，正面迎接這「破浪勢」！

——當今武林兩大掌門的決戰，就在這不說一句的情形下開打了。

——正如姚蓮舟先前所說，此一戰隨時決定，天下劍派誰屬第一！

兩劍閃電交鋒。

「羽客劍」那強猛的劍刃，與「單背劍」相擊，斜斜向下刮削而過，星火燦然，落到姚蓮舟的身體左旁。

姚蓮舟這招式，是「武當勢劍」裡「以角破直」的祕訣，應付敵人的直劈，雖是用得其法，但面對劉宗悟這等級數的猛擊，其實甚為兇險，只要那斜架劍的角度誤差了一點點，或是臂腕的力量稍欠了一些，隨時連劍帶人被斬開。姚蓮舟這架劍破勢，卻是準確得恰到好處，將劉宗悟的「破浪勢」卸到一邊。

劉宗悟對華山絕學「飛仙九勢」，雖然是信心十足，但也未至於低估對手——大弟子司馬泰元剛才已經用一隻手掌作代價，給師父換來一窺姚蓮舟實力的機會。劉宗悟預先就設想這第一劍「破浪勢」未必傷得了姚蓮舟，早預定了後著。

此刻「羽客劍」一垂落，他立時用左掌扳住握劍的右腕扶助，把劍刃橫向抽回來；同時他腦海裡幻想的浪潮，從前衝變成倒後吞捲回去，劍鋒水準挾這「借相」之勢，抹往姚蓮舟的左大腿。這式抹劍更隱隱帶動四周的空氣倒吸，正是「飛仙九勢」裡緊接「破浪勢」的第四勢・「吞雲勢」！

劉宗悟這兩勢之間，轉接全無停凝的痕跡，恍如一招，顯見其「飛仙九勢」的功力何等精純，無負他「九現神劍」的稱號。「飛仙九勢」的每一劍，勁力都能帶動附近的空氣，勢道勁力之猛烈，完全體現了「氣劍一如」的最高境界！

眼見「羽客劍」橫捲來下路，姚蓮舟卻是不閃不避，原已倒轉的彎劍順勢下刺，使一招「武當勢劍」的「定海針」。

那劍尖垂直刺下，電光石火之間，竟是準確無誤地刺在「羽客劍」的劍脊上，將其抹劍的勁力消去！

——在如此高速的戰鬥中，以劍尖刺中敵人的劍身，堪稱神技。

姚蓮舟竟然使出這麼難度高超的消法，劉宗悟也是愕然。他原本設想，對手必然垂劍下格，自己的「吞雲勢」就可緊接上挑，化為「飛仙九勢」的第八勢「射日勢」，如箭直取咽喉；但「羽客劍」竟被姚蓮舟猛力刺中，劍上的勁道中斷，再也接不上「射日勢」。

劉宗悟畢竟仍是「以氣禦劍」的大行家，肚腹一股殘氣吐出，借氣生勁，手中劍再次活起來，改變成從中路刺出，以第七勢「擊電勢」，挾著破空裂帛的銳音，取姚蓮舟的下腹——

這「擊電勢」的直線刺劍卻不知為何，出到一半時就變了弧線，偏離原來的劍路，斜斜刺去了姚蓮舟右側的空虛處。

劉宗悟一看，卻見姚蓮舟的「單背劍」，已然搭在他的「羽客劍」之上。「擊電勢」偏歪，正是劍勁被對方導引所致。

「太極劍」·「引進落空」之技。

一如先前對付司馬泰元，姚蓮舟的彎劍，又再粘著劉宗悟的劍，絞轉而進！

劉宗悟空豈未聽聞過武當派「太極化勁」控制對手的威力？剛才更已經親眼見過一次，深知決不能讓姚蓮舟的「太極劍」完成這「亂環」之勢。他短促地一吸一呼，再鼓起氣勁，腕臂猛地一振，

「羽客劍」的劍身如化為竹枝般，自行鼓蕩彈動，要用這彈勁將彎劍震開！

——這一招跟何自聖以「雌雄龍虎劍」的「抖鱗」，破葉辰淵的「小亂環」，異曲同工。

——但他不是何自聖。他的對手也不是葉辰淵。

這彈劍的力量雖又短又速，照樣被姚蓮舟的「太極劍」吸卸於無形，「單背劍」依舊粘著「羽客劍」，在二人之間轉出一個接一個的圈環。

仍抱著淌血的手臂趟在地上呻吟的司馬泰元，看見這可怕的劍招又再出現，不禁發出一聲恐懼的呻吟。

劉宗悟只感這連綿不斷的劍圈，令他握劍的手腕關節承受極強的壓力。

在華山學劍逾四十年，他從未嘗過像現在一般，手中三尺青鋒完全失控的狀況。

——這就是……「太極」嗎？……

眼看掌門又陷入了和司馬泰元剛才一模一樣的險境，華山派上下焦急不已，一個個手握劍柄。

這「太極劍」每次在姚蓮舟手上一施展，只要招勢完成，就似乎再無脫出的可能。

切身感受著的劉宗悟；感受過的司馬泰元；親眼目睹的華山眾人；旁觀的王士心那十幾人……

他們或焦急，或憤怒，或恐懼，或興奮，但心頭都一致地出現一個形容詞：

——「無敵」。

他驀然想起自己第一次握劍時的情景。

那是在他十二歲的時候。整整四十二年前。

那一天在校場上，師父陸祥空——後來封號霄宇真人——用溫暖的大手掌，把那柄對孩子而言還是太長太重的劍，放進他的小手裡。

那時尚年幼的他，當然不可能完全理解，握起這柄劍對自己將有怎樣的意義；這柄劍在往後的四十二年，將會帶給他些什麼……

他那個時候只知道：這柄劍，象徵他已經成為了一個強大團體的一份子。他將一生都不會再感到恐懼……

——這是華山掌門「九現神劍」劉宗悟，在劍士生涯瀕臨絕境之際的短促回憶。

他手上的「羽客劍」，仍然被姚蓮舟的「太極劍」牽引轉圈。

圈子越轉越快。越轉越小。

已經快到達極限。

華山派的「四煉師」見到掌門師兄被「太極」奇技所制，再無猶疑，四人一同時「嗆」地拔出佩劍。黃宗玄並高叫一聲：

「布陣！」

「十威儀」弟子裡的張泰朗、楊泰嵐、宋泰猷亦都拔劍。七柄華山劍，鋒芒照耀「紫氣東來堂」。

——但還是來不及。

黃宗玄那一聲喊叫，聽在姚蓮舟耳裡，卻反而激發他雙目閃出殺意。

姚蓮舟猛一展步，就搶到了與劉宗悟近身肉搏的距離。

劉宗悟未及反應，姚蓮舟已閃電伸出左掌，採著他握劍的右肘。同時「單背劍」貼著「羽客劍」的刃身滑下，用那「卍」字護手的逆鉤，扣住了「羽客劍」刃身根處。

姚蓮舟腰胯一轉一抖，帶動雙手使出「太極十三勢」中的「挒勁」。

劉宗悟只感右臂被一股旋扭的力量襲擊，肘腕多處關節同時遭反挫，劇痛之下五指鬆開——象徵整個華山派尊嚴的掌門佩劍頓時脫手！

姚蓮舟左手迅疾抄住了空中的「羽客劍」劍柄。

他吐氣吶喊，手中雙劍猛地左右一分！

劉宗悟的紫色道袍胸口，裂開了兩道交叉的斜線。身體向後仰倒。血泉往天噴湧。

一代華山掌門，當世有數的劍豪，最得意的絕學只使完三招，劍失，身死。

「飛仙九勢」被破。華山派三百餘年來的第一大恥辱。

（編按：《武道狂之詩》於二〇〇八年十月由香港天行者出版出版《卷一：風從虎・雲從龍》，至二〇一八年二月出版完結篇《卷二十一：鐵與血》為止，全書共二十一卷。本文節選自《卷三：震關中》的第四章〈華山論劍〉，以及第五章〈破陣子〉的部分文字。前兩卷述及武當副掌門葉辰淵率眾先滅青城，再將峨嵋降服為「武當派峨嵋道場」之後，掌門姚蓮舟獨自一人，以手中一柄單背劍，挑戰以道門劍術稱雄武林三百餘年的「劍宗」華山。）

註❶：華山派裡只有掌門人在過世後，才獲追封「真人」稱號。

註❷：華山派每年四季皆舉辦「校劍」比試，考核弟子的實力和進度。其中以「夏校」規模最大，又稱「大校劍」。

作者簡介

——喬靖夫（1969-），本名劉偉明，一九六九年二月出生於香港，香港小說作家，大多數作品皆以武俠及格鬥為主。在未用喬靖夫為筆名時，曾以雷義為筆名。亦曾因其作品《殺禪》推出十年才得以完結，被讀者冠以「喬年鑑」、「香港第一遲筆」之名。

大專畢業後展開「文字浪人」生涯，先後涉足新聞、電腦遊戲、編劇等工作，遊走於語言與媒體之間。喬靖夫亦為兼職流行樂填詞人，作品包括盧巧音〈深藍〉、〈風鈴〉及〈阿修羅樹海〉；王菲〈光之翼〉；陳奕迅〈早開的長途班〉等。其中〈深藍〉獲二〇〇〇年香港作曲家及作詞家協會（CASH）最佳歌詞獎。一九九六年出版首部小說《幻國之刃》，開始寫作一系列風格暴烈的「影像系」流行小說，包括動作幻想系列《吸血鬼獵人日誌》，及長篇暴力史詩《殺禪》（全八冊）。二〇〇八年推出長篇狼派武俠作品《武道狂之詩》，從經典武俠原點再出發，以獨特視角與筆法，創造出凌厲狠勁，強悍而不孤的濃厚「狼派」風味；作品長期榮登香港暢銷書榜。

魅影

王良和

這是我第一次到這間醫務所。妻子斷斷續續和我談過幾次，最後她說：「我實在沒法幫你了，你不如見見黎醫生吧。」她這一次並沒有顯出不耐煩的樣子。我雙眼通紅，眼眶充滿淚水。我的頭又痛了，我說，好像有一雙手正扭動我的腦袋，要把腦汁都擰出來，拜託你，給我一柄斧頭吧。妻子馬上翻手袋，給了我一張名片。她是註冊社工，專業的婚姻輔導員。

推開醫務所的玻璃門，只見裡面坐了十多人，擠滿了整個醫務所。登記資料後，護士問：「你從什麼地方知道這間醫務所？介紹人是誰？」我只說了四個字：「我的妻子。」正低頭寫字的護士抬頭望了望我，好像青蛙用長舌抹了抹眼睛，雙眼閃著濕亮的帶腥味的光。我知道她心裡嘀咕：嫁了你真慘。

我轉身，掃視這又白又亮，掛了幾塊「杏壇聖手」之類的玻璃鏡面的診所，心裡不勝憂鬱，卻又不勝寬慰：我終於也要到這裡來了，人這麼多。

十來個人，大部分是女人，男人只有兩三個。一個穿紅衣套裝的太太，衣著極為光鮮，她正翻閱診所的婦女雜誌，一舉手一投足都嫻靜優雅。她身旁坐著一個七、八歲的女孩，把玩著一條青白色的蛇，青白色的蛇吐著紅色的蛇信。她一邊搖踢著雙腿，一邊用拈花指輕拔著蛇信，蛇信快斷的時候，她兩指放開，讓蛇信彈回張開的口裡，然後又用兩指把它拉出，來來回回地玩著，玩得呵呵的笑起來。她媽媽仍舊靜靜地看著雜誌，一動也不動。

這女人的丈夫一定是包二奶了，真慘。

坐在牆角的男人，穿著深藍色的西裝，結著紅色白點領帶，黑色的羊皮公事包擱在大腿上，黑皮鞋擦得錚亮。他兩腿合攏，兩手放在公事包上，像見工面試般，偶然瞥見我望著他，兩肩不自覺輕聳緩移，不知可以靠在哪裡。

你一定失業不久了，長時間睡不著，有點頭痛，對嗎？家人一定不知道你給裁掉了，你倒會騙人，每天還西裝筆挺的上班。你也到這裡來了，不必怕，我只是好奇，並無惡意。我不會對此事張揚，其實也沒什麼大不了，你看，大家若無其事地坐著，就像一家人，只有我連坐的地方都沒有。

我禮貌地笑一笑，他看見我笑，趕緊別過臉。

居然自命清高，反過來瞧不起我了？

這小子臉色青白，樣子倒有點像我小時候的鄰居阿全。唔，他們說不定是失散了的孿生兄弟，剛出生就給掉了包。最近，不是有一個男人捐血後，發現自己的血型與父母、弟妹全不合，才驚覺出生的時候給掉了包，父母易子而養嗎？他還通過電視媒體尋找親生父母，卻是毫無消息。阿全，會不會是這小子失散了的兄弟？我上星期才見過他。

上星期下午，我和父親回到舊屋。就像過去一樣，我關上鐵閘，打開大門，把門柄的繩子縛在雙層床的鐵枝上。不同的是，母親並沒有從廚房走出來，用毛巾抹著雙手；她褪盡了色彩，變成了一張黑白的磁相，放在紅燈幽幽的神龕中層，上層伴著她的是觀音菩薩，下層伴著她的是吳門歷代祖先。父親和我怕她寂寞，特地回來看她，給她上香。

我剛關上鐵閘，縛好門繩，就見到阿全從他家裡直直的走來。他住在1121，在走廊盡頭，剛好對著我家。阿全還是老樣子，白色的汗衣，白色的帶點暗黃的短褲，人字拖鞋。他站在鐵閘外說：

「回來啦。」

「回來了。」

「我昨天看見吳力豪。」

吳力豪是我弟弟的姓名，這舊屋，只有他一個人住了。

「哦，是嗎？」

「吳力豪，我昨天見到他，他說要返工。」

「是的，他要返工。」

阿全像從前一樣，扭著身子，好奇地探頭探腦隔著鐵閘窺看我的家。

「你有沒有工開？」

他又來了。

我點點頭：「有的，有的。你不用開工？」

他搖搖頭。

每次看到他，他都問相同的問題。十多年前，我還是中學老師，他依舊是白色的汗衣，白色的帶點暗黃的短褲，人字拖鞋，站在我家門前，嚮巴巴地說：「我介紹你去黃竹坑做清潔吧，一百塊一天，好容易做，你明天跟我一起出門，我介紹你去……」

「你有沒有工開？」

我有點不耐煩了，把門繩解下來，關上門。阿全的頭就出現在門旁的小窗前，他好奇的目光穿過雙層床落在我的身上，好像我的身上有些什麼讓他得到觀看的快感。我不理他，和父親數著香枝，用打火機燃點，拜過後，三枝一炷的插在觀音菩薩、祖先和母親的香爐裡。

父親說：「阿全還在外面。」

「別理他。」

父親說：「他每次都說要介紹你做工。」

「他很久沒工開了，自身難保，靠老婆養。」

父親說：「你母親走了，徐家威不能來這裡吃飯了。」

徐家威是阿全的兒子，有一段時間，阿全的母親和阿全要上幾個小時的清潔工，請我的母親幫忙照顧徐家威，母親像帶孫子似的給徐家威吃午飯。阿全後來沒工開，徐家威應該留在自己的家裡，可他老是啪噠啪噠的穿著拖鞋走到我家門外，抓著鐵閘往裡瞧。母親有時候拉開鐵閘請他進來，仍舊給他吃飯。徐家威吃得搖頭晃腦，對他奶奶說，我母親燒的菜「好好味」。

是的，好好味，青椒炒肉絲、涼瓜炒瘦肉、煎蛋餃、黃芽白肉丸蛋片湯。可是，我和徐家威再嚐不到這樣的好菜了。

父親說：「阿全為什麼老說要給你介紹工作？」

「我不知道。」

父親說：「他只能做清潔，或者做包裝。」

「清潔也做不長。」

父親說：「那他為什麼老介紹你做清潔？」

「我不知道。」

我其實是知道的。二十年前，我考畢高等程度會考，等候放榜時，在黃竹坑的工廠區找到一份做電話包裝的暑期工。那時候，工廠缺人，工人若介紹一個人進工廠，能做滿一個月，介紹人就可以得一百元獎金。我見鄰居阿全老是閒在家裡，就介紹他給工廠，好讓他得到工作，而自己可以多得一百元。

我原本在包裝部做輕省的包裝工作，把米色的長條狀電話放進泡泡袋就行，幾個人圍著做，還可以邊做邊聊。把阿全介紹進去，主管安排阿全接了我的工作，把我調去裝箱——給入了紙皮箱的電話打上包紮的黃帶，然後在紙皮箱的當眼處用箱頭筆寫上付運的英文地址。寫字是輕鬆的，但要把盛得滿滿的電話，一箱一箱疊高、疊好，雙臂又累又痛，還要提醒自己，不要彎腰捧箱，要先蹲下來，雙手捧物緩緩站起，否則很容易弄傷腰骨。這比原來的工作辛苦多了，唯一的安慰，是主管對著領班說：「誰寫的字？那麼漂亮。」領班指著我說：「不就是那個暑期工。」

可是，沒多久，領班猩猩頭（我們背後都這樣喊她）走過來埋怨我：「你怎麼介紹個傻人給我們？什麼都做不成！」我不做聲，也不為阿全抗辯，沒想到連最容易的，把電話放進泡泡袋的工作，他都應付不來。阿全的樣子與常人無異，就是說話愛重複，莫非是聊天時讓工友發覺，告訴了領班？我一直覺得，阿全做泡泡袋包裝工作是沒有問題的，問題是他要在社會裡生存，就得面對其他人，跟人合作；可他一說話，就露了底。

高等程度會考放榜，我的成績不錯，似有考上大學的希望，就辭去暑期工，好好準備面試。誰知最後一天上班，我才知道阿全就在那天給辭掉，和我同一時間離開工廠。

阿全問：「你也給人炒魷魚？」

我一時語塞，唯唯諾諾的應著：「唔唔，是……是的。」

阿全說：「他們炒了我魷魚，和你一樣。」

「我是自己辭工的，我和你不同。」

阿全說：「明天再找另一份工作，找到我介紹你。不必怕。」

我語塞了，不想再分辯什麼。

阿全比我大六、七歲吧，是大哥，下面還有六弟妹。他們家像我們家一樣，一家九口，住最大的廉租房；不同的是，我在家中排行第六，下面只有一個弟弟。我常常在走廊中聽到他的弟妹「大哥」、「大哥」的喊他，可我們幾個小孩子從沒把他看成比我們年長的「大哥哥」，因為他說起話來，簡直像我們的小弟弟。大概是家教吧，儘管知道他智力有點問題，我從沒喊過他「傻佬」，一直喊他「阿全」。

關於阿全的事，我所知不多，我為什麼要知道他的事呢？我們好像是兩個世界的人。然而，近日我老是想到阿全，奇怪我為什麼和他同一天離開電話廠，就好像我和他一樣，同一天給主管炒了魷魚。但主管明明稱讚過我的字漂亮，不是嗎？

有一件事我記得很清楚，大概念小學三年級時，可口可樂舉辦有獎活動，瓶蓋內印上藍色、黃色、紅色的哈哈笑人面，集齊各款哈哈笑可以換獎品。我們不斷喝可口可樂，但開瓶後，總看見瓶蓋內印著黃色的哈哈笑，藍色的，很少，紅色的，一個都沒有。我發明了一種遊戲，就是把多餘的黃色哈哈笑瓶蓋，用鐵鎚鎚扁，鎚成圓形，然後用剪刀，把圓邊剪成一個個尖角，成為像星星的暗器。我在家中練習放飛鏢，在門後畫上圓形標靶，距離五、六呎，舉手一擲，霍的一聲，星矢暗器刺進木門上，我得意極了。只是，荷蘭水蓋不夠硬，擲了十次八次，尖角變軟屈折，刺不進木門，要做新的飛鏢。鐵鎚、荷蘭水蓋、水泥地「碰碰碰」的撞擊聲，刺激著母親的神經；結果我給趕到門外，要在公共走廊上製作我的暗器。

我坐在地上，叉開雙腿，拿著鐵鎚「碰碰碰」的鎚著，荷爾水蓋像半開的花，被我的鐵鎚硬生生鎚得向外翻，露出生硬的、虛假的笑臉。那時候對著半袋子的黃色哈哈笑，我感覺中獎無望，用力地鎚著，把著色的笑臉鎚得褪色，不成人臉，變成暗器。

「你幹什麼呀？」阿全問。

「做飛鏢。」

「好像很好玩。」阿全說。

「是的，很好玩。」

「我也要玩。」阿全笑說。

於是，我拿了幾個黃色哈哈笑給阿全。阿全蹲在我的旁邊，我剪飛鏢的時候他就拿起我的鐵鎚學著鎚蓋子，我鎚蓋子的時候他就拿起我的剪刀學著剪飛鏢。他穿著汗衫、白色的短褲，短褲太小了，或者是褲裡的卵蛋子太大了，擠到褲邊外，皺皺的卵蛋皮，粉紅粉紅的。

我說：「阿全，你走光啦！」

他低頭看看自己的卵蛋子，把卵蛋皮推回褲子裡，繼續剪星星，像個認真創作玩具的孩子。

後來我們走到電梯旁，對著電錶房的木門輪著擲暗器，電錶房三個白色的字就是我們攻擊的目標。從電梯出來，要回家的王太正要穿過我們的攻擊點，她看見我們手裡的飛鏢和門上動也不動的飛鏢，慌慌的說：「停！停！阿全，玩些什麼了你？作死了你！多危險呀！我告訴你媽去！」王太走到阿全家門口，嘰嘰呱呱的說了一通，全媽拉開鐵閘，走出來邊罵邊拉了阿全回去，然後又走到我家，嘰嘰呱呱的跟我媽說了一通，我媽拉開鐵閘，走出來邊罵邊拉了我回去，把我的荷蘭水蓋飛鏢全部扔掉。

是不是這一次之後，我和阿全有過一段短暫的遊戲歲月？我記不清了，在我模模糊糊的記憶裡，阿全和我們（包括他的弟妹）在電梯大堂跳過橡筋繩，玩過一二三紅綠燈過馬路要小心，還玩過公仔紙。對了，阿全玩公仔紙特別厲害。我們用白粉筆在地上畫了幾個方框，寫上不同的數目字，然後在十呎外畫一條橫線，大家站在橫線外，輪著把一小疊公仔紙（或摺成一顆）擲向框中。阿全比我們高，他拿著一小疊公仔紙，用中指按壓，使兩邊微微翹起，然後，他全神貫注盯著某個方框，舉手，瞄準，身子前傾，前傾，好像要跌倒的樣子，「啪」的一聲，我們才看見他的手做出投擲的動作，那一小疊公仔紙已躺在地上的方框裡。我們看得傻了眼，不願賠公仔紙，就起鬨說他身子出了界才擲中，不算數，還沒收了他的公仔紙。阿全說他是先擲中的，要我們賠；他說話哪裡是我們的敵手？最後，他的公仔紙全數落入我們的手裡，我盛公仔紙的曲奇餅罐總是盤滿缽滿。

考上中文大學後，我住在沙田的宿舍，很少回家，也就很少見到阿全。那時香港只有兩所大學，能考上大學，日後很容易找到工作。在宿舍偶然會想念母親燒的菜，也會記掛她常常一個人在家，會不會跌倒。她跟弟弟到海邊的露天停車場買菜，在上斜路的時候跌倒過一次，人和手上一袋一袋的蔬菜都趴在地上。後來她見到街坊，談起這件事，總是說：「有沒有這樣的人？阿娘跌倒了，扶都不來扶，還笑著問：『阿娘，你玩泥沙嗎？』這樣呆！」邊說一邊呵呵笑。她說的是我的弟弟，傻頭傻腦的，讀書不成。我和他念同一所小學，老師見家長，我和弟弟帶著母親走到教員室，他的老師總是向母親投訴弟弟懶惰、成績差，講母親好好管教他；在旁邊改著簿的陳老師插口說：「哥哥就好，用功得多，人又聰明，兩兄弟，差得遠了！」

這件事之後，我偶然就會在宿舍打電話給母親，問她近況怎樣，叮囑她早上買菜小心走路。可是有一次，打了兩天電話都打不通，電話總是「嘟嘟」響。我慌了，想到家裡可能出了事，就連忙乘了火車、地鐵、小巴回家。打開家門，看見母親坐在沙發上看電視，就問：「怎麼搞的？電話打了兩天都打不通！」母親說：「房屋署說，有人把電話線剪斷了，在維修。」

「誰那麼無聊？」

電話線接好後沒多久，母親家裡的電話又打不通了。她後來說：「外面的電話線又給人剪斷了。」

「會不會是力豪做的？跟他說一說，不要玩了。」

母親說：「阿仔怎會做出這種事情？」

「怎麼不會？幾年前，他晚上不是在華安樓的斜坡擲玻璃瓶，給一個男人抓住，打電話來投訴嗎？我和爸爸去見那個男人，被他罵了一頓，要我們好好管教他，說下一次要報警！」

母親說：「他還小。」

「他不小，可老是長不大！」

母親說：「你做阿哥的，怎麼不好好教他？」

「你做阿娘的，怎麼不好好教他？只會寵！」

母親咆哮了：「我連自己的名字都不會寫，教個屁！」

我沉默了。

母親後來說，抓到剪電話線的人了，原來是：阿全。他剪了一次又一次，房屋署暗中派人監視，終於逮個正著——他拿著剪刀，第三次下手。電話線就在電表房的門邊，也就是我和阿全擲飛鏢的地方，後來房屋署的工作人員用玻璃罩住電話線，以防有人再剪。我以為阿全會給警察抓去，卻見他好好的在走廊趿著拖鞋走來走去。母親和鄰居打麻將的時候，談到這件事，王太邊搓著牌邊說：「原來是阿全做的，弄得我們的電話都打不通。他傻的呀，可以怎樣？徐太前世不知做了什麼陰騭事，生了個傻仔。」

大學畢業後，我當了中學老師，結了婚，搬離了舊屋；學校就在舊屋附近，我可以常常在中午回家吃到母親的好菜。某天中午，在母親的家裡看到一個圓臉、剪了陸軍頭的小孩。

「誰家的小孩？」

「阿全的兒子。」

「阿全？他結了婚？」

「是的。」

「還生了兒子？」

「是的。」

「他怎麼會生兒子？」

「怎麼不會？」

「他傻的呀！也會做？」

「你會生，他也會生呀。」

「誰肯嫁他？」

「徐太幫他在大陸找的。」

「一定是為了來香港。」

「當然是為了來香港。」

「慘囉！」

我坐下，問小孩：「你叫什麼名字？」

「徐家威。」聲音小小的，尖尖的，像小雞叫。

「幾歲？」

「三歲。」

「爸爸、媽媽呢？」

「返工。」

徐家威的樣子不像有蒙古症，精靈精靈的，與一般小孩無異，對答流暢，沒有重複，似乎沒有遺傳父親的病，讓人鬆一口氣。然而，這樣的婚姻，這樣的結合，令我聽後有一種奇怪的感覺。眼前浮現赤裸的阿全，青白的屁股一縱一縱，呵呵的發出狼叫的聲音。

我們住的是井字形的廉租屋，家家戶戶的門外，中空的天井採光十足，我家和阿全家都在走廊的盡頭，經常拉上鐵閘開了門。住廉租屋有道樣的好處，鄰里之間總是熟門熟戶，所以徐家威可以讓母親免費照看幾小時，吃美味的午飯。

有一天，我下午不用上課，在母親家吃過午飯，就躺在沙發上小睡。不久，大門傳來輕柔的刷刷的聲音，睜開眼，迷糊間，只見徐家威站在我家門外，雙手抓著鐵閘，輕輕搖著。我起身，走到鐵閘前問：「想進來玩？」徐家威點點頭，我就把鐵閘拉開，讓他進來，還在玻璃櫃中找出幾個超人公仔給他玩。

「這是超人吉田。」

「這是幪面超人。」

「道是鐵甲萬能俠。」

這些超人是我弟弟的，這麼大個人，還喜歡花無謂的錢買模型砌，全是日本卡通片、電視劇的各式超人。我升上中學就不再玩這些玩意了。

「超人，這些都是超人，會飛的，會騎電單車的，會分身和合體的，你懂不懂？」

徐家威認真地點頭，說：「超人變身！超人會把怪獸打死！」

徐家威在我家玩了一會，徐家威的家突然傳出爭吵的聲音，越來越響；我走到鐵閘前張望。「刷」的一聲，只見阿全急急拉開鐵閘，剛竄出走廊，就給一隻手抓住，然後被一隻拖鞋啪啪啪的打在頭上臉上。阿全一把搶過拖鞋，擲到圍欄外，頭髮馬上給另一隻手抓著。阿全想用手把頭上的手推開，推不開，就抓住，想抓開那隻手，抓不開。阿全的頭髮像一堆亂草，給一隻拔草的手死死抓著。

這時，我媽午睡給驚醒了，從房間趿了拖鞋出來，走到我身旁問：「誰吵得那麼厲害？」她從鐵閘的空隙看到全媽從家中走出來，走到阿全的身邊，一隻手抓住抓著阿全頭髮的手猛拉猛搖，一隻手啪啪的打在一個女人的臉上，邊打邊大聲說：「放手！放手！」

全媽的手給女人的另一隻手撥開了，全媽的頭髮倏地給抓住，她只得低下頭，好減輕痛楚，一隻手從女人的手腕間鬆開，抓住抓著自己頭髮的手猛拉猛搖，一隻手在空氣中亂摑亂搔。

我媽聽到全媽低著頭歇斯底里地厲聲罵道：「癲婆！癲婆！」

我媽在我身旁說：「要不要幫手？」

我在她的身旁說：「那就變成六國大封相了，老師打架會失業的。」

這時，我看到阿全忽然蹬左腳，一縮一撐的踩在女人的肚子上。女人「唷」的叫了一聲，抓著兩人頭髮的手同時鬆開了。忽然，她轉身，把自己的頭撞到牆上，邊撞邊嗚嗚哭著。我聽到她歇斯底里地對著牆壁厲聲哭罵：「死傻佬！死傻佬！」

然後，她給全媽硬生生地扯進屋子裡，「砰」的一聲，關了門。

幾個開了門，在走廊惴惴觀看事態發展，像我一樣猶豫著要不要幫手的鄰居，一個一個返回自己的家，拉上鐵閘。走廊中接連傳來「刷刷」的關鐵閘的聲音。

母親說：「徐家威暫時不要回家了。」

我說：「徐家威暫時不要回家了。」

母親返回房間繼續午睡，我躺回沙發上繼續午睡，偶然睜眼看看徐家威。

徐家威暫時在我家和超人玩耍。他抓著超人吉田，讓超人吉田在半空中做著飛的動作，徐家威神氣地說：「超人來啦！」

「阿威，阿威，回家啦！」再睜開眼時，不知什麼時候，剛才打架的女人站在我家的鐵閘外，探頭探腦的往裡瞧，邊瞧邊喊。母親從房間出來，拉開鐵閘，問候了一聲：「全嫂，沒事了？沒事就好啦！床頭打架床尾和。」

阿全的老婆進了我家，走到我的面前，這時，我才看清這個女人的樣子——二十多歲，皮膚白皙細滑，像張曼玉般漂亮；可惜額頭碰得瘀青，腫起了，眼睛紅紅的。一朵鮮花插在牛糞上，我幾乎衝口而出。

我禮貌地一笑，從沙發上坐起來；她也禮貌地一笑，然後，她對著徐家威說：「阿威，玩夠了，要回家了。」

徐家威不捨地放下手上的超人。

「要說什麼呀？謝謝叔叔啦。」女人教導孩子。

「謝謝叔叔。」徐家威對著我說。

「那邊是誰呀？要說什麼呀？」女人教導孩子。

「謝謝。」徐家威對著我母親說。

然後，阿全的老婆抱起徐家威，走出我的家門。

阿全的老婆走出我的家門，把徐家威往欄杆外用力擲出去，然後攀過欄杆躍下。

我見到一團小東西往下掉，再見到一個人影往下掉。

「噢！」母親驚呼。
「慘囉！」我如夢初醒，炸開肺大叫，然後我聽到走廊此起彼落的尖聲呼喊：「有細路跌落街！」
「阿媽掟仔落街！」
「個老母跳埋出去！」
我被這些此起彼落的淒厲呼喊嚇得當場暈倒。
醒來的時候，我看見徐家威站在我的面前，小小的一個影子。
「叔叔，我會像超人一樣飛了，你會不會飛呢？你陪我一起飛吧。」徐家威說。
「走開！小鬼！」我大喊，嚇得出了一身汗。
醒來的時候，只見房子明亮，家具都安安靜靜，空氣中一點血腥都沒有。我看見徐家威坐在地上，手裡抓著超人吉田，奇怪地望著我，地上躺著幪面超人和鐵甲萬能俠。
看看牆上的鐘，三點二十一分，不知不覺睡了一個多小時。正自恍惚，聽見鐵閘外有人喊：「阿威，要回家了。」
母親從房間出來，拉開鐵閘，說；「全嫂，放工啦。」
「放工了，謝謝你。」
阿全的老婆進了我家，走到我的面前，這時，我才看清這個女人的樣子——三十多歲，有點胖，短髮圓臉，戴著沒有雕花的素身金耳環，短花衣，長褲，紫色厚底塑料拖鞋，像六十年代在街市買菜的女人。

我禮貌地一笑，從沙發上坐起來；她沒有和我打招呼，對著徐家威說：「阿威，玩夠了，要回家了。」

然後，阿全的老婆抱起徐家威，走出我的家門。

「我送你們回家吧。」我說。

「不用啦。」

「我也想走走，我睡得太多了。」

阿全的老婆走出我的家門，我跟著他們走出了我的家門，一直走到他們的家，望著他們進屋。

我為什麼老是想到阿全呢？

妻子說：「你怎麼老是穿著汗衣短褲走到露臺？我們住最低的一層，平臺的人看見一個大學老師穿成這樣子，好看？快點進來！小心《八卦週刊》的記者偷拍你！」

「我又不是名人、電視明星。哎，我的頭又痛了，也許明天，我會突然死去。我患了青春癡呆症了，很多字我都記不起怎樣寫，我很快就會給學校炒魷魚的了。」

妻子說：「我實在沒法幫你了，你不如見見黎醫生吧。」

所以我一個人來到黎醫生的醫務所了。

黎醫生問：「和家人的關係怎樣？」

「不錯。」

「和其他人的關係怎樣？最近有什麼不開心的事？」

「和其他人的關係都不錯，沒有什麼不開心的事。」

「晚上睡得著嗎？」
「睡得很好。」
「沒有失眠、反覆做噩夢？」
「沒有。」
「工作壓力大嗎？你做什麼工作？」
「我在大學教書，工作壓力有一點，但不大，很有滿足感。」
黎醫生顯出疑惑的樣子，我知道他想我答些什麼，他的眼神催促我合作些，外面有很多病人輪候。
我說：「是這樣的，我母親死了。我母親死前，常常頭痛，記性越來越差，頭腦不靈清。她炒的菜很好吃，但有一次她竟然用洗潔精炒菜，越炒越多泡。她老是說心慌慌，老是說死給你們看，她就突然死了。她死前好像患了精神病。母親死後，我出現她死前的各種症狀，還會無端流淚，我想我患了精神病了。」
「這不是精神病，這只是 grief reaction。」
「我要吃藥嗎？」
「不用吃藥。」
踏出醫務所，我覺得自己的身子輕得會飛，我變了另一個人。
「九百元，值得吧。」妻子知道我不藥而癒，笑著說。
「只問了幾個問題，給了一個答案，不足三分鐘，藥都不給一粒。九百元，太容易賺了！真是吸血鬼！」

「貴就貴在這裡，讓你知道自己沒病。」

「但我總覺得是我害死了母親。」

「你又來了！不是你，要數的第一個是你弟弟，拿她的棺材本去做生意！」

「是我在電話中很大聲地罵她，把她嚇傻了。她要我感受她死前的痛苦。」

「你又來了！你們全家都有問題！」

如果我的弟弟在深圳相睇後，娶了那個從老家飛到深圳來相睇，叫梅花的女人，我弟和我母，能否避過這一劫呢？我的弟弟，相睇回來笑咪咪的，說梅花好漂亮，還說兩個人在房間裡的時候就嘴了她。我說：「有沒有搞錯？第一次見面就嘴人，你這色狼！」

他嘻嘻笑著說：「她 kiss 的時候閉上眼睛呀！」

幾天後，下班回家，他跟母親說，「那個女人，我不要了。」

母親忙問為什麼。他就說：「公司的阿黃說，你不是殘廢，又不是傻，幹麼娶大陸妹，給你戴綠帽的呀！」

母親氣死了，說給梅花和她爸媽出錢買飛機票，在深圳包食包住一星期，花了萬多元，到頭來一場空，前世欠了這小鬼頭！

小鬼頭結識了兩個女人，都慫恿他做生意。兩次生意失敗，兩個女人都溜了。

父親說是第一個女人搞砸了他和梅花的婚事，害死他。

四姊說是第二個精明的女人，騙去他所有錢，害死他。

母親死前，慨嘆著說：「你兩兄弟，只差一歲，你，什麼都有；你弟，做王老五一直做到死。」她在一個早上突然倒下，天還未亮。父親說：「有沒有這樣的人？阿娘跌倒，他叫：『爸爸，爸爸！阿娘跌倒！』我起床扶你娘，他卻蓋被子想再睡！那麼呆——」父親說的時候，臉寒寒的。

我一直覺得，是我害死了母親，我在電話中很大聲地罵她不聽我勸，拿棺材本給從沒碰過餐飲業的弟弟開餐廳，沒有在她患病的時候帶她見黎醫生。

我的頭又痛起來了。

我眼淚汪汪地對妻子說：「我是阿全！我是阿全！有一天，你會和我離婚！」

作者簡介

——王良和（1963-），原籍浙江紹興，在香港出生。香港中文大學榮譽文學士，香港大學哲學碩士，香港浸會大學哲學博士，現任香港教育學院中文學系副教授。曾獲青年文學獎、中文文學獎、香港中文文學雙年獎、香港藝術發展局文學獎。著有詩集《驚髮》、《柚燈》、《火中之磨》、《樹根頌》、《尚未誕生》、《時間問題》；散文集《秋水》、《山水之間》、《魚話》；小說集《魚咒》；評論集《余光中、黃國彬論》、《打開詩窗——香港詩人對談》。

木蘭花

陳曦靜

黃山山麓以南六十公里，是當地政府所在地——屯溪。鑲嵌在青山綠水的屯溪區中心地段的，是被譽為「流動的清明上河圖」的老街。老街長不足一千米，寬不過十米，因具有宋、明時代建築風格，被選為「中國歷史文化名街」。每天數以萬計的遊客把老街擠得水洩不通，遊客摩肩擦踵的，著迷於尋找街頭小吃，對那所謂象徵著徽派傳統建築特色的馬頭牆、小青瓦視而不見。商鋪的牌匾、招牌，也把這些特色遮沒了。沿著「老街」牌坊往前一百米左右有一三層結構之鋪面，門前三級臺階直上臨街單門，門檻後置一木頭曲尺櫃，牆上掛有營業執照，方知是一名為「中途站」之客棧，主人姓周，人稱老周。

老周長著胖圓臉，小眼睛，身子厚墩墩，瓷實瓷實的肩背。一年到頭繫著白圍裙，進進出出。見了人眼睛直瞇成一條線，雙手搓得娑娑響，歡迎著來客：「您哪，來啦！」彷彿之前約好了的。走的時候，還是搓著那女子般的手：「您哪，慢走！」把人客送到門檻邊，卻是從不邁出那門檻的，如古代大家閨秀。舊地重遊的回頭客不多，但總把好友往這邊介紹，來了，無一例外是住在老周的「中途站」，老周的客棧於是做得有聲有色的。

老周的客棧不大，三樓兩個標間，二樓兩個多人間，各三張床，六個鋪位，床頭各一個木櫃，附一把鎖。一樓則是廚房，大廳。曲尺櫃檯往裡五步是個一平方米左右的小天井，天井上架著旋形木梯通往二、三樓。樓梯是改裝過的，天井則是原有的。

四月初，天氣乍暖還寒，沒公眾假期，都是些散客。這天，老周客棧一幫背包客結伴遊完黃山，紛紛歸還拐杖，回房梳洗後，下樓來用餐。老周隨心所欲弄了個香椿炒蛋，西紅柿蛋湯，臭鱖魚，蘿蔔燉排骨，炒個野蕨菜，一桌人吃得唏哩嘩啦。老周在一旁打點，不時伸長脖子往桌上瞧，看哪個碟子清得差不多了，拿起來就往某人碗裡撥拉，一點菜汁也不剩，才把它撤下。遊客也似摸透了老周脾氣，把他支得團團轉：「老周，快！拿根筷子來！」，「老周，再添碗飯！」老周揚聲應道：「哎！來啦！」或「您哪，慢點兒吃，別噎著了！」剛把飯捧上，又有人喊：「老周，再來個尖椒炒牛肉！多放點辣子！」老周嘟囔著：「您哪，該吃點蔬菜了。」一會兒功夫，端出一碗綠汪汪的青椒，點綴著幾顆肉末。客人用筷子尖挑起肉末，瞇著眼送到鼻尖，大喊：老周！快！過來！老周搓著手笑呵呵跑出來：您哪，咋的啦！一驚一乍的。喊得人心都快蹦出來了。說完不忘拍拍胸口。客人道：「你這是哪門子的尖椒炒牛肉？這叫肉末，肉末你知道不？我要的是一片片的！不行不行，你再去炒一個，不然這個我可不付錢。」老周笑道：「您看這肉末不也是肉嘛？再說，您也該吃點菜了，看那脾氣躁的。您看這青椒，自個兒園裡摘的，新鮮著哩！外頭您還吃不著我告訴您。」客人笑著罵罵咧咧：「狗日的老周就你有理了！」吃完，該付錢還是付錢，老周也收得心安理得。

老周自作主張，有一半是為客人著想，另一半則是因應廚房的蔬菜而隨心欲。不過老周絕不是占遊客便宜，他不吝嗇，他經常送碟菜給客人：茄子，白菜，西瓜，草莓，什麼當造送什麼。客人正吃著飯時，他端過去往桌上一擱回身就走，客人愕然道：沒點這個，別人的吧！老周笑著道，吃吧，吃吧，多吃點兒。回頭杵在廚房門口，聽客人吃得嘖嘖有聲。較活潑的客人道：這菜就是不一樣，鮮！有股味道！旁人道：什麼味道？客人道：老周那老男人味，你沒聞到？一桌哄然大笑，支著耳的老周也嘿嘿的笑。有時老周沒送菜，客人會討：老周，菜園子裡有什麼新鮮菜，摘把來嚐嚐。老周不樂意時就答：「現在的蔥當季，要不幫您蒸條魚？」有時即使不樂意，還是磨磨蹭蹭的找點什麼給他們。

這天，黃山歸來的遊客意猶未盡，先是玩起「殺人遊戲」，人數太少，玩不起來，於是聊了一會兒天，講起黃山上開著一樹紫花，有人採了兩朵回來，有淡香，不知是啥名堂，又把老周喊出來。老周一看，「哦——」了一聲道，那是木蘭花，也稱辛夷，可入藥。白色的叫玉蘭……話沒說完，一幫人早七嘴八舌討論著此花跟那巾幗女英雄的關係，有人搖頭晃腦背起「唧唧復唧唧，木蘭當戶織」來。接著有人提議玩「接龍遊戲」來個「故事新編」，重寫木蘭代父從軍的故事。眾人拍手稱好，於是定下遊戲規則：每人編一分鐘的情節，不可重複。

「從前，有個女孩，姓花，名木蘭……」

老周嘟囔道：「誰不知道？」遊客待要罵他，他早笑咪咪踅進廚房，不一會兒，提出一塑料袋葵花籽，又泡了一壺茶。半邊屁股挨著椅緣，手裡抹布時不時擦拭一下桌面，聽著故事，自顧自發表意見。

「這木蘭一出生就奇醜無比，濃眉，小眼睛，厚嘴唇，」遊客邊講邊嘟起嘴唇，食指往眼角一按、往上一撐，眼睛狹長的一條，怪模怪樣惹人發笑：「無人一看不搖頭嘆息，就連其父母也說，咋生了個怪物？同是十月懷胎，人家隔壁張家不只是添了丁，小孩生得粉雕玉琢，人見人愛。兩家人為了一堵牆的高低，早已是多年冤家，如今木蘭不但不能為父母長臉，還長這德性，叫他們老臉往哪擱好？」老周不斷點頭，道，那是那是，是得生個兒子，生了兒子不受人欺負。遊客睥他一眼，沒理他。

「為了這緣故，木蘭從小不招父母待見。人說女大十八變，木蘭倒也變了——往壞的極端走。人長得粗獷，偏是心思又極細，表面上樂呵呵，心底裡可藏著多少心事。回頭說張家那小公子，長得水靈靈細皮嫩肉的，要說是女兒家，也都相信。木蘭母親常說，定是送子娘娘擺了烏龍，送錯胎了。」老周還在點頭，是，是有這可能。人啊，凡事都得小心。一不小心得罪神明，那可是不得了的事。遊客笑道：「老周，啥時候請你當評論了！去去，再燒壺水過來！」老周搓著手進去。

「大人們的恩怨沒有影響到下一代的交往，木蘭和張公子進同一所學校（當時沒到校？那就……私塾吧！什麼？女子不讀書？唉，你別打岔了行不？不是說好了『瞎編』嘛，那麼較真兒幹嘛呢這是？）好，他們進了同一私塾，木蘭對張公子一見鍾情一往情深，小丫環似的幫他揹書包、磨墨、抄作業，反正你想得出的她都幫，就差沒幫他吃飯沒幫他上廁所了。」

「張公子呢，男孩子晚熟嘛，加上長得好，沒少得到過好處，木蘭的好於他來說，也只是理所當然的。他不反對，木蘭看來，卻是一種默許，一種鼓勵，於是愈發努力，懵懵懂懂的，早就芳心暗許了。」接故事的人舉了好幾個現實例子，說明這種心態、行為的普遍性。眾人對此發表了一番議論，有人說這類人傻，有人說，那叫執著，值得尊敬。爭得激烈處，把老周喚來評理。老周搓著手，端了碟子去，把葵花子滿上，只呵呵直笑，不說話。遊客繼續接龍。

「一晃兩人都已十四歲，木蘭沒再讀書，照說女子到了這年歲，該談婚論嫁了。偏是木蘭長得醜，媒人從沒上過門。木蘭平日裡做做針線活兒，依然幫張公子寫寫作業，做做文章，要說木蘭代父從軍，也非不可能，這時候的她，說得上是滿腹經綸，論胸襟氣魄，絕不會輸給任何男子漢的。

正在此時，收到徵兵通知。張公子是獨生子，自是不能幸免。木蘭家呢，父老、子幼，木蘭父母盯著長得跟男子沒兩樣的木蘭，暗自打著算盤：說不定，這也是找到佳婿的好出路呢！

木蘭哪有不明白父母心思之理，只是她屈解了兩老的一番苦心，以為父母討厭自己到這樣的地步，心裡淒苦。好在張郎一同前往當兵，實是不幸中之大幸。

一念及此，木蘭轉悲為喜，心想張公子文不能文，武不能武，自己正好可以去侍候他，保護他。」

在這情節上，又頗費了點功夫。原本的木蘭是出於「孝」而代父從軍的，現在卻是各有各的考慮。老周在旁一直搖頭，遊客道：老周你有話快說！別再搖頭了！來，這群人中，只有你是父親，你來說說，要是你有個嫁不出去的女兒，你怎麼想？老周道：你女兒才嫁不出去哩！遊客笑道：急什麼？打個比方而已！來，你說說你做父親的感受——你可希望她去當兵，自己找一個？老周想了一會，道：女兒是爹娘的貼身小棉襖，只要她樂意，我都行。眾人起鬨：哇！老周是個廿四孝父親呢！鬧了一陣，方始接著遊戲。

「於是乎有了那『唧唧復唧唧』的千古絕唱。其實寫的人吧，不是不知情，只是這些兒女私情，有什麼好稱頌的是吧！於是乎換了個說法，這不成了千古絕唱，有腦啊你看人家。閒話不說，言歸正傳。話說木蘭從軍後，當然一下子就被揭穿身分，除非她裝聾扮啞，對不？再說，難道她一年到頭不洗澡，不來月事了？所以呢，人們打一開始就知道她是個女的，不過看在她實在醜得看不下去，二來人家又是代父從軍，是吧，心底多少有些佩服，再說，木蘭這人知書達禮，不計較，很快就處下一堆朋友。」老周在旁頷首稱許。

「木蘭對張公子如何的一往情深，同伴們最清楚，就常拿來開開玩笑。張公子這時候卻不樂意，為啥呢？原來他不善文武，可他長得俊俏啊，這軍中自也有人對他好，他就怕木蘭影響他，刻意冷淡木蘭，甚至故意令她難堪。例如別人取笑木蘭時，明明是善意的，他卻笑得最大聲，有時還提供一些陳年往事，或添油加醋的宣揚木蘭不堪回首的往事，誇張她的醜態。

木蘭看在眼裡，痛在心裡。怪就怪在，張公子愈是這樣，她愈是對他好。她不怨別的，只怨自己命不好，長成這樣子。她做夢都想：要是自己長得好看——唉，你看，從古至今，無論讀多少書，女子都這麼傻的。於是，木蘭千方百計尋找靈丹妙藥，希望自己變得白一些，輕盈一些，有女人味一些，美豔一些……可惜啊，木蘭不是生在現代，儀器幫不了她。食療也談不上，你想當兵的，有什麼條件談食療呢，是吧？」眾人又岔開話題，講起韓國明星，說都是人工整出來的。又說，現在也有很多人參加旅遊團，到臺灣整容。有人還提到一則新聞，說是有對夫婦結婚七年後離婚，妻患絕症，為了挽回丈夫的心，改頭換面，再以小三姿態出現，又跟丈夫結了一次婚。死後，丈夫方發現小三實是自己結髮妻子。眾人大叫荒謬，該遊客卻賭咒發誓說乃真人真事，眾人感慨唏噓了一番。老周聽到天方夜譚似的，驚訝得合不上嘴巴。又覺得這故事怪好聽的，藏種怪熟悉的東西：一個男人盼望一個全新的女人，或全新的任何東西——自己似乎也曾有過類似的念頭呢！老周飛快環顧四周，怕被人窺破祕密似的。

「……隊友們提供了一些偏方，只要不貴的，木蘭都試。茶樹粉洗頭，皂角敷臉，洗米水洗臉，喝醋什麼的，木蘭不管成效，一直堅持著，過了一年又一年。木蘭變漂亮了沒有呢？以後再揭曉，現在回頭說說張公子。當兵六年，木蘭『孜孜不倦』的事有兩件：繼續讀書，繼續對張公子好；張公子呢，對她卻是遞增式的冷淡。

卻說軍中有個叫李四的（隨便叫李四吧），對木蘭早就暗生好感，只是知道木蘭心有所屬，一直只是默默愛著木蘭。如今目睹木蘭一次又一次被傷害，又見木蘭如此作踐自己，心中不忍，終於向木蘭表白愛意。木蘭錯愕又感動，軍中相處多年，與一幫戰友實在情如手足，但心中卻從無非分之想，加之心中除了張公子，更無他選，只好感謝對方，願以兄妹相稱。李四再次退居幕後，默默守候。

時光荏苒，一晃又是數年。這些年來，木蘭和張生於不同地區服兵役，見面時間甚少，一年一兩回。張生與同袍發展曖昧關係，已是公開之祕密，唯有木蘭依然蒙在鼓裡。中秋佳節，木蘭備下食物，前往張生軍區，準備給他一個意外驚喜，誰知被『驚嚇』到的卻是自己——張生和其男友正過著幸福的生活——張生男扮女裝，正在勸酒。」遊客邊說邊捏起蘭花指，踮著腳尖裊裊婷婷「飄」至老周身邊：「官人，再來一杯！」兩指尖尖卻扯起老周耳朵，正閉目養神的老周嚇得差點沒摔到地上去，眾人拍腿頓地，哄然大笑。

「木蘭原也準備了份驚喜予張生，你道是什麼？記得這些年來，木蘭在自己身上所下的功夫？長年累月下來，人說『相由心生』，果然不假，木蘭五官雖沒辦法改變，但膚質、髮質、體質，都是無可挑剔的，加上她不間斷讀書，又心地善良，舉手投足之間，自有大家閨秀之風範。在一群粗野莽夫之間，更是鶴立雞群，說起木蘭，無人不豎起大拇指稱好。總之一句話，木蘭稱得上現代的『知性女性』。

張公子的震驚不下於木蘭，一時驚慌失措，不知如何是好。木蘭反倒冷靜，沒事人似的張羅吃食，住了一宿就回去了。回去後就排山倒海般病倒，臥病在床。李四服侍周到，木蘭終不見好。李四領命護送木蘭回鄉。木蘭拜見父母後，依舊臥病在床。有一晚，夢見自己於湖邊不斷想撈起水中的一朵花，往往落空，惆悵不已。醒來，突然悟到自己一生委屈求全，全因沒有勇氣面對真實的自己，卻花時間追求那水中花、鏡中月，方落得如斯下場。想到此，不禁又是悲傷又是歡喜，竟自吐了口血。」遊客裝衣袖掩面狀，側身急步退到角落，半托著頭，嚶嚶哭了起來。老周倒了杯熱茶端過去，拍了拍他肩膀，想說什麼沒說，兀自發起呆來。

「說也奇怪，一口血吐了出來，木蘭反而覺得神清氣爽，下床梳洗，如往日般煮好飯餸，飯後跪拜父母，感謝父母養育照顧之恩。兩老以為她說的是病中日子，不以為意。木蘭跪拜李四照顧之恩，說道：願有來世，報答其大恩大德。回到房間，木蘭對鏡梳妝，想到廿幾載來，自己總覺得如被拋入凡間之孤兒，一直苦苦追尋自己失落了的部分，殊不知那一部分，其實一直在自己身上。如今方明白這道理，不枉走這一遭。木蘭含笑梳妝，煙消雲散於世間。

因木蘭尚未婚嫁，又不能進祖墳，喪事極為簡陋，孤墳上只一坯黃土，連個墓碑都沒有。這時，李四上門提親，向兩老表明自己對木蘭的傾慕之情。兩老自是一百個願意，於是擇了吉日，李四捧著牌位成親，自家祖墳為其挖了新穴，立碑：李門木氏之墓。木蘭遂不致成為孤魂野鬼。」老周突然站起來大聲道：「這怎麼行？這不好，不好！她既然明白了李四對自己好，跟李四結婚得了，幹麼非得死呢？這不好！不好！」語氣堅決，截然異於平時。眾人愕然，繼而大笑。一位遊客道：「唉，老周，不就隨便編個故事嘛！犯得著這麼認真？木蘭不死，我們這花長不出來呀！你看我接著往下編……以前聽過梁祝化蝶，如今我們看到木蘭生花。兩年後，李家的祖墳、木蘭之墳前，長出一棵小樹苗。李四用心灌溉，幾年後，開出淡紫帶香氣的花，就是我們今日所見之木蘭花了。」

「這木蘭花為何生長於黃山呢？原來這花附了木蘭之靈魂，有了靈性。木蘭愧於自己未能服侍父母終老，又未能為李家傳宗接代，於是她的靈魂前往黃山，乞求於山中諸神諸精靈，賜自己醫治之能力，化自己骨肉，孕育出具藥效之植物。她因咳血身亡，開出的花呈淡紫色，有的是白中帶粉紅，花蕾入藥，有潤肺止咳、主治肺虛咳嗽、痰中帶血。你看，這不剛剛好嘛！不然你說，怎麼個結尾好，你來，你來，你來編！」

老周卻又退了回去，低聲自語道：「誰跟你們玩？瘋瘋癲癲的光顧著好玩。人可是能隨便殺的？隨隨便便一句話就一條人命，這種遊戲我玩不來。愛玩你們自個兒玩去！」遊客兀自沉浸在創作的喜悅中，沒人理會老周的悶悶不樂。過了好一會兒，有人喊：老周，換泡茶葉！喊了好幾聲，方見老周拿了罐茶葉過來，悻悻然扔到桌上，回頭就走。有人道：咦！老周這是咋的啦！哦，跟木蘭有感情了？捨不得是吧！好，來，咱來當次再世華佗，幫你把木蘭救回來。

「這木蘭醒悟後，發覺還是李四，不，還是老周好，於是梳妝打扮，熱熱鬧鬧嫁進李，不，周家了。兩人過起幸福快樂的日子。男的開了家客棧，叫『中途站』，每天迎著人來客往；女的紡紗織布，照顧兒女，好一幅田園生活！一天又一天，一月又一月，一年又一年……有一天，突然發現，唉喲我的媽呀，怎麼都老成這樣了！怎麼樣？老周，這合你心意了吧！」眾人笑笑鬧鬧，老周臉上微露笑意，淘了茶罐，沖了熱茶，大伙飲了才散。

因著遊客無端把老周扯進故事裡，老周就常琢磨，開始覺得真有一個自己在另一個世界裡生活著。那感覺很怪，開始另一個老周的生活比較模糊，跟自己的生活也沒有什麼兩樣。漸漸地，另一個老周過起跟自己截然不同的生活來——周遊列國，吃喝玩樂。有時候，老周也不知道另一個自己去了哪裡，做了些什麼，但是，他的那個世界，總是陽光明媚。另一個老周每天都神采飛揚，沒有煩惱似的。

之後的日子裡，老周照樣笑眯眯地搓著手，迎來一個又一個客人，送走一個又一個客人，偶爾倚在門框上，看遊客揹著半人高的背囊走出老街，走出他的視線範圍，他就精神恍惚起來，彷彿又看到另外的那個自己，走出客棧，走到大街上，走向未知卻又明確的世界去。看著看著，老周莫名生出一種無聊、荒誕的感覺。拔腿回廚房，剎那間，廚房也變得陌生起來。

老周經常精神恍惚，有時來了客人，他直直盯著看，良久方伸出手道：「您哪，回來啦？」有一次老婆帶著女兒來了，背著光，老周剛從廚房出來，盯著瞧了好一會，女兒開口叫道：爸！老周才「哦！哦！」應道，手往樓梯上揚揚，道：來啦！妻女不以為意，老周本來就不是個太表達感情的人。但是，老周不再那麼關心遊客們愛不愛吃他的菜，也不再送自家菜園子裡的菜了。有時他杵在廚房門口盯著遊客狼吞虎嚥，對遊客招手示意卻視而不見，遊客匆匆扒完飯離開飯桌，老周卻才恍然大悟似的，搓著手問客人：吃飽了？加點菜什麼的？客人懶得理會。漸漸地，老周家的客人少了，老周渾然不覺，依然在門檻前迎送客人。老婆常跟他嘮叨，有時吵，說老周被什麼狐狸精迷了不是，整天失魂落魄的？老周聽而不聞，有時直盯著老婆瞧，眼光卻穿過她，看著一片虛無。

又一年的春天，老街又下起毛毛細雨。天剛亮，老街一片寂靜。老周跨出門檻，盯著彎彎曲曲的老街被雨打得微微濕亮。他踏下臺階，回頭看「中途站」招牌，良久，又抬頭看馬頭牆上的一叢枯草，夾雜少許綠意。老周走到老街上，一家家鋪面審視著，彷彿從沒見過這條老街。走著走著，老周走出老街牌坊，完完全全走出老街，再也沒有回來。

後來有遊客說，在深圳碰見老周，奇怪的是他堅稱自己不姓周，姓李；又有人說，當年公安在黃山山腰發現了老周的屍體，懷疑他是因攀折木蘭花，失足跌死的；更有人說，看到老周在黃山當轎夫……老周老婆回到鄉下，等老周回家。她幫老周算過命，算命先生說，老周命裡有個大坎，跨過了就萬事大吉，晚年幸福。老周老婆堅信，丈夫肯定能跨過這個坎的，他是個那麼老實的人，一輩子沒做過壞事，現在只不過被迷了心竅，過些時日醒轉了，自會認得回家的路。

半年後，「中途站」客棧外，掛上新招牌「一縷陽光」，貼在大門口的「尋人啟事」被一塊黑板遮住，「驢友」們在黑板上留言、留電話號碼，徵友包車，互通訊息。背包客來來去去，老街熱鬧依然。

作者簡介

——陳曦靜（1974-），畢業於嶺南大學中文系，現於嶺南大學社區學院任職講師。大學時開始創作，作品散見於《香港文學》、《文學世紀》、《作家》、《瞄》、《字花》等文學雜誌，短篇小說集《不再狗臉的日子》於二〇一一年出版。相信寫作是沉澱與發掘的過程，是跟自己最真誠的對話，也是跟社會、世界互動的一種方式。

華文文學百年選 0109404

華文文學百年選・香港卷2：小說

主編	陳大為、鍾怡雯
責任編輯	羅珊珊
創辦人	蔡文甫
發行人	蔡澤玉
出版發行	九歌出版社有限公司 臺北市105八德路3段12巷57弄40號 電話／02-25776564・傳真／02-25789205 郵政劃撥／0112295-1
九歌文學網	www.chiuko.com.tw
印刷	晨捷印製股份有限公司
法律顧問	龍躍天律師・蕭雄淋律師・董安丹律師
初版	2018年5月
定價	**360元**

書號	0109404
ISBN	978-986-450-171-7

（缺頁、破損或裝訂錯誤，請寄回本公司更換）

國家圖書館出版品預行編目(CIP)資料

華文文學百年選. 香港卷 / 陳大為, 鍾怡雯主編.
-- 初版. -- 臺北市 : 九歌, 2018.05

冊 ;　公分. -- (華文文學百年選 ; 0109403-0109404)

ISBN 978-986-450-170-0(上冊 : 平裝). --
ISBN 978-986-450-171-7(下冊 : 平裝)

830.86　　107000222